新訳文庫

# くるみ割り人形とねずみの王さま／ブランビラ王女

ホフマン

大島かおり訳

kobunsha classics

光文社

Title : Nußknacker und Mausekönig
1816
Prinzessin Brambilla
1820

Author : E.T.A.Hoffmann
Illustrations by Jacques Callot

# 目次

# くるみ割り人形とねずみの王さま／ブランビラ王女

# くるみ割り人形とねずみの王さま

## クリスマス・イヴ

一二月二四日にはね、医事顧問官[1]シュタールバウム家の子どもたちは、朝からずっと、家の真ん中にある居間には立ち入り禁止だし、ましてその隣の豪華《ごうか》な飾りつきの応接間には、ぜったい入ってはいけなかったんだ。だからフリッツとマリーは、いっしょに奥の小部屋のすみっこにしゃがみこんでいたのだけれど、夕闇が濃《こ》くなるにつれて、だんだん怖くなってきた。この日はいつも、この部屋にはだれも灯《あか》りをもってきてくれないからね。フリッツは妹に（この子はやっと七歳になったばかりなんだ）、自分の発見したことを内緒《ないしょ》話のようにそっとおしえてやった。

「朝早くから、あっちの閉めきった部屋で、がさごそ音がしてたよ。なにかをとんとん叩く音も。それにさっきは、背がひくくて黒っぽい服の男[2]のひとが、大きな箱を脇にかかえて、廊下を忍び足でとおっていったんだ。でもぼくにはわかるさ、あれは名付け親のドロセルマイアーさんにきまってるよ」

マリーはうれしそうに手をたたいて叫んだ。

「ああ、ドロセルマイアーおじさんは、どんなすてきなものを作ってくださったのかなあ」

上級裁判所顧問官のドロセルマイアーさんというのは、見た目にはけっして格好のいいひとではなくて、ちびで瘦《や》せっぽち、顔は皺《しわ》だらけ、右目には目玉のかわりに大きな黒い眼帯《がんたい》、髪の毛だって一本もない、だからとてもきれいな白い鬘《かつら》をつけている。ガラス纖維《せんい》でできている精巧な模造品《もぞうひん》だけどね。

そもそも彼自身が手さきのとても器用なひとで、時計のことなど、なんでもよく知っていて、自分で作ることだってできるんだ。だからシュタールバウム家のりっぱな時計のどれかが病気になって、歌がうたえなくなったりすると、ドロセルマイアーおじさんのお出ましとなる。ガラスの鬘をはずし、黄色い上着をぬぎ、おなかに青いエプロンをまきつけて、先のとがった道具を時計に突き立てる。さぞかし痛いだろうと、小さなマリーは胸のつぶれる思いがしたけれど、時計は傷を負うどころか、すっかりまた元気をとりもどして、楽しそうにチクタクつぶやいたり、ボーンと刻《とき》を打ったり、歌ったりしはじめて、みんなを大喜びさせたものさ。

おじさんは来るときにいつも、子どもたちの喜びそうなものをポケットにしのばせている。あるときは、目玉をぎろりとむいてお辞儀《じぎ》をする、なんとも滑稽《こっけい》な感じのこびとの人形だったり、あるときは小鳥が一羽ぴょこりと飛びだしてくる小函《こばこ》だったり、その他いろいろ。でもクリスマスとなると格別で、いつもすばらしく凝《こ》った細工品を手間ひまかけて作ってくれる。でもね、かえってそのおかげで、贈られた品は子どもたちの両親がだいじにしまいこんでしまうのだ。

「ああ、ドロセルマイアーおじさんは、どんなすてきなものを作ってくださったのかなあ」

だからマリーはこう叫んだけれど、フリッツのほうは、今年は城塞《じょうさい》にきまってい

1　ドイツの諸王国での保険医療関係の役人の地位名で、次ページの「上級裁判所顧問官」にも付いている「顧問官」（Rat）というのは上級官吏職の称号。

2　これはサンタクロースの従者ループレヒトを思わせるイメージ。ドイツの民間伝承では、サンタクロース（聖ニコラウス）はよい子にご褒美のプレゼントをあげるが、悪い子にはループレヒトが鞭で罰を与える。

ると言う。

「城塞でいろんな格好いい兵隊たちが行進したり、演習したりしてるんだ。きっとよその兵隊たちがやってきて、城塞に攻めこもうとするよ。すると中の兵隊たちが勇ましく大砲をどーんどどーんと撃ちまくるぞ」

「ちがう、ちがうわよ」とマリー。「ドロセルマイアーおじさんは、あたしにすてきな庭園のことを話してくれたもの。そこには大きな湖があって、金の首輪をしたとってもりっぱな白鳥たちがすいすい泳ぎながら、きれいな歌をうたっているのよ。するとそこへ小さな女の子がお庭からやってきて、白鳥を呼びよせて甘いマルチパン[3]をあげるの」

「白鳥はマルチパンなんか食べないよ」フリッツがいささか乱暴に横槍《よこやり》をいれた。「それにそんな庭園をまるごとこしらえるなんて、ドロセルマイアーおじさんにだってできっこないさ。だいいち、おじさんのつくった玩具《おもちゃ》を、ぼくたちはほとんどもってないんだよ。すぐに取りあげられちゃうんだもの。だからやっぱり、パパとママのくれるプレゼントのほうがずっといいな、ちゃんと手もとにおいて、好きなように遊べるからね」

そこでふたりは、今年はプレゼントになにがもらえるだろうか、あれこれと推測しはじめた。マリーが言うには、トルーデちゃん（マリーの大きなお人形）は以前とは打って変わって、お行儀《ぎょうぎ》がわるくなった。すぐ床に寝転《ねころ》がってしまう。そうすると顔に汚いよごれがついて、どうしても取れなくなるし、服だって、きれいにしておくのはもうむりで、いくらお小言を言っても効き目がない。それにママは、あたしがグレーテちゃんの小さなパラソルを大喜びしたときには、にこにこしてたっけ。これにたいしてフリッツが確信ありげに言うには、ぼくの厩《うまや》には栗毛の馬が一頭もいないし、軍隊には騎兵がまるっきり欠けている、パパにはちゃんとそれがわかってるさ。子どもたちは、両親がいろいろとすてきなプレゼントを買っておいてくれて、それをいまきれいに並べているところだと、承知している。でもそこに聖なる幼子《おさなご》キリストのやさしい目が光を投げかけてくださるから、クリスマス・プレゼントはどれもこれも祝福の手で触れていただいたのと同じに、ほかのときのプレゼントにはないす

3　粉に挽いたアーモンドを砂糖と練り合わせて、さまざまな形に造型し着色した菓子、英語読みではマジパン。

ばらしい歓《よろこ》びを用意してくれるのだということも、よく心得ている。でもそれに付け加えて、この子たちのお姉さんのルイーゼが、どんなプレゼントがもらえるかといつまでも小声でささやきあっている弟と妹に、もう一つのことを思い出させてやった。

「クリスマスのプレゼントはね、親の手をとおしてイエスさまが贈ってくださるのよ。子どもたちがほんとうに喜ぶものはなにかを、イエスさまは子どもたち自身よりよくご存知なの。だからあれが欲しい、これが欲しいと言いたてないで、しずかに、イエスさまを信じて待っていなければいけないのよ」

小さいマリーはしゅんとしてしまったけれど、フリッツはあいかわらず言いつづける。

「栗毛の馬と軽騎兵たちが、ぼくは欲しいんだけどなあ」

すっかり暗くなってしまった。フリッツとマリーは、もうひと言も口をきかずに、たがいに身を寄せあっていた。あたりに、翼《つばさ》がはためくようなやさしい音がして、ずっと遠くからだけれど、すばらしい音楽が聞こえてくるような気がする。明るい光がひと筋、すうっと壁をかすめていった。幼子キリストがきらめく雲にのって、またべつの幸せな子どもたちのところへ飛んでいったのだと、子どもたちは思った。その瞬間、りんりんと銀の鈴の音《ね》がひびいて、扉《とびら》がさっと開いた。まばゆいばかりの光景に打たれて、子どもたちは「ああ！　ああ！」と叫ぶと、閾《しきい》ぎわで立ちすくんでしまった。パパとママが扉のこっちへ入ってきて、子どもたちの手をとって言った。

「さあ、おいで、子どもたち、イエスさまがおまえたちにくださったものを見てごらん」

**プレゼント**

さて、このお話を読んでいるか、あるいは読んでもらっているきみ――フリッツか、テオドールか、エルンストか、それともほかの名前かもしれないけどね――ここでひとつ、去年のクリスマスを思い出して、色とりどりのすてきなプレゼントがテーブルいっぱいに飾られていたようすを、まざまざと目に想い浮かべてごらん。そうすれば、この子たちが目をかがやかせ、息をのんで立ちつくしていたようすも、きっと想像がつくだろうね。しばらくしてようやくマリーが、ふかい吐息をつきながら叫んだ。

「ああ、なんてすてき――ああ、なんてすてき」

フリッツときたら、何回もとんぼ返りを打ったよ。それがいつになくうまくできてねえ。

それにしてもこの子たちはこの一年間ずっと、とびっきりいい子だったにちがいない。だって今回みたいにすばらしい贈りものをたくさんもらったことなんて、一度もなかったもの。部屋のまんなかに立つ大きな樅《もみ》の木には、金や銀のりんごがいっぱいぶらさがっていて、枝という枝には花か蕾《つぼみ》のように、砂糖ごろものアーモンドだの、色とりどりのボンボンだの、その他おいしそうなキャンディだのがついている。でもこのクリスマスツリーのいちばんすてきなところは、くろぐろとした枝に何百もの小さな灯りが星のようにきらめき、木全体が光を明滅させながら、さあ、わたしの花や実をお摘《つ》みなさいと、親しみをこめて子どもたちを誘っていることだ。その木をとりかこんで、ずらりと並んできらめく品々――こんなに美しいものがあるなんて――そうとも、その美しさを描写できる人がいるだろうか!

マリーの目にうつったのは、このうえなくかわいらしいお人形、それに人形ごっこ用のこまごました道具セット。でもなにより目をひいたのは、色とりどりのリボンで飾られた絹の服で、小さなマリーの目の高さに、前後左右からよく眺められるようにハンガーでつるしてある。マリーはじっさいにそうして眺めては、なんどとなく叫んだ。

「まあ、きれい、なんてすてき――すてきな服。これをあたしが――きっとあたしが――これをほんとに着せてもらえるのね！」

フリッツのほうは、そのあいだにテーブルのまわりをすでに三周か四周ほど、はいしーどうどうと新しい栗毛の馬をギャロップさせて、乗りごこちを試していた。夢みたとおり、この馬がテーブルに手綱《たづな》でつながれているのを見つけたのだ。馬からおりて言うには、

「こいつは野生のままだな、でもかまわないさ、ぼくがちゃんと馴《な》らすからね」

そしてつぎは、新しい軽騎兵中隊の閲兵《えっぺい》。騎兵たちは赤と金色のはなやかな軍服に、銀色ずくめの武器、そしてこれまた純銀製かと見まがうほど銀色にきらめく馬にまたがっている。

少し落ち着いてきた子どもたちは、こんどは絵本のほうへ行こうとした。絵本はページが開いてあって、とてもきれいな花だの、いろいろな人物だの、遊んでいる子どもだの、まるで生きて話をしているように自然に描かれているのが見てとれる。

そう！　子どもたちが絵本に近づこうとしたちょうどそのとき、またリンリンとベルが鳴った。ドロセルマイアーおじさんのプレゼント披露《ひろう》の合図だ。子どもたちは壁ぎわのテーブルへ駆けよった。おじさんがずっと身をひそめていた衝立《ついたて》が、さっと取り払われた。さあ、そこに子どもたちはなにを見たかな！

色とりどりの花に飾られた緑の芝生の広場に、壮麗《そうれい》なお城。たくさんの鏡窓がきらめき、いくつもの金色の塔がそびえ立っている。鐘の音がキンコンカンと聞こえてきて、扉と窓が開くと、とても小さいけれどぱりっとした身なりの紳士や、羽根飾りのついた帽子と長く裾《すそ》をひくドレスの淑女たちが、広間から広間へとそぞろ歩いているのが見える。中央の大広間はまるで燃えているよう——ものすごい数のろうそくが、銀のシャンデリアに灯《とも》されている——、そこでは短い胴着やスカート姿の子どもたちが、鐘のかなでる音楽にあわせて踊っている。エメラルドグリーンのマントを羽織《はお》った男が、しょっちゅう窓から手を振っては、また中にひっこむ。それにドロセルマイアーおじさん自身が、といってもその大きさはパパの親指くらいしかないのだけれど、ときどきお城の正面扉の下に、あらわれたり消えたりする。

フリッツはテーブルに手をついて、すてきなお城や、踊ったり歩きまわったりする人形たちに見いっていたが、しばらくすると言った。

「ねえ、ドロセルマイアーおじさん！　このお城に入ってみたいな、ぼくを中に入れてよ！」

「そりゃとてもむりだね」と、上級裁判所顧問官。

彼の言うとおりだ。お城は金色の塔までの高さですらフリッツの背丈そこそこだから、そこに入りたいなんて、むちゃな話だね。フリッツだってわかってはいたんだ。またしばらくのあいだ、あいかわらず紳士淑女がそぞろ歩き、子どもたちが踊り、エメラルドグリーンのマントの男が窓から顔を出したりひっこめたり、ドロセルマイアーおじさんが扉のまえにあらわれたりするのを眺めていたけれど、とうとうがまんしきれなくなって叫んだ。

「ドロセルマイアーおじさん、こんどは向こうの別の扉から出てきてよ」

「そうはいかないさ、フリッツ坊や」

「それなら、窓からしょっちゅう顔をだす緑色のひとを、ほかのひとといっしょに歩きまわらせてよ」フリッツはさらに言いつのる。

「それもだめだね」上級裁判所顧問官はまたしても言う。

「じゃあ、子どもたちを下に連れてきてよ。もっと近くで見たいから」

「いいかね、そういうことはどれもできない相談だよ」上級裁判所顧問官はうんざりしたように答えた。「機械仕掛けはいちど組み立てたら、もうそのとおりにしか動かないんだ」

「ふーん、そうなの？」フリッツはやたらと音をのばして訊《き》く。「どれもだめなのか。でもね、ドロセルマイアーおじさん、お城の中のちっちゃなおめかし人形たちが、いつも同じことしかできないんだったら、役立たずだね。そんなものにぼくはたいして用はないよ。――ぼくの軽騎兵のほうがずっといいな。思いどおりに前進・後退させられるし、家の中に閉じ込められてもいないもの」

そう言うとフリッツはクリスマス・プレゼントのテーブルのほうにとんでいって、銀色の馬に乗った騎兵中隊を前へ後ろへと進ませたり、方向転換させたり、突撃や発砲を命じたりして、心ゆくまで楽しんだ。マリーもやはりそっとお城をはなれていた。彼女にしても、お城の人形たちが歩いたり踊ったりするのを見ているのに飽《あ》きてしまっていたけれど、とてもお行儀いい子だから、フリッツ兄さんのように目立つことはしたくなかったのだ。

ドロセルマイアーはかなり機嫌《きげん》をそこねて両親に言った。

「こういうからくり仕掛けは、まだ理解力のない子どもには向いとりませんな。この城はもう片付けることにしましょう」

でもママが進みでて、内部の造作《ぞうさく》や、小さな人形たちを動かすすばらしく精巧《せいこう》な歯車仕掛けを、見せてほしいとおねがいした。顧問官は説明しながら、ぜんぶをばらばらに分解して、また組み立てなおしたのだが、そうしているうちにまたご機嫌がよくなって、子どもたちにまたいくつか、男と女をかたどったお菓子をプレゼントしてくれた――全体はすてきに焼けた茶色で、顔と手足は金色に色づけしてある。ぜんぶトルン[4]から取り寄せたもので、甘い香りがして、胡椒《こしょう》入り菓子みたいにおいしいので、フリッツもマリーもこれには大喜び。ママに言われてお姉さんのルイーゼは、プレゼントにもらったすてきな服にもう着替えていて、びっくりするほどきれいだったけれ

4　ポーランド中北部、ヴィスワ河畔にあるハンザ同盟以来の古都、この当時はプロイセン領だった。ここの名高い銘菓ピェルニクは、香辛料や蜂蜜を入れて焼きあげて、チョコレートや砂糖などで飾ったいろいろな形のクッキー。

ど、マリーのほうは新しい服を着るよりも、もうちょっとこのまま眺めていたいと言い、その希望はよろこんで聞き入れられた。

## お気に入り

ほんとうのところマリーは、プレゼントの載《の》せてあるテーブルから、はなれたくない理由があったのさ。そこに、これまで気がつかなかったものが見つかったからね。いまクリスマスツリーのそばで閲兵式をおこなっているフリッツの軽騎兵たちが、テーブルから出動してしまったおかげで、その蔭《かげ》にいたとてもりっぱな小さな男が姿をあらわしたのだ。自分の順番がくるまでおとなしく待っていたかのように、しずかに、つつましく立っていた。その体格については、いろいろ文句をつけたくなる向きがあるかもしれないがね。胴体は少し長すぎるくらいで、がっしりしているのに、それに似合わず、脚が小さくてほっそりしているという点を別にしても、頭がやたらと大きい。でもそれを埋め合わせるように、趣味のいい教養もある男だと思えるきちんとした服装をしている。白い紐《ひも》とボタンのたくさんついているとてもすてきな、すみれ色にきらめく軽騎兵の上着に、それとお揃いのズボンと、学生の足、それどころか将校の足にさえ似合いそうな極上《ごくじょう》のブーツ。ほっそりした脚にぴったり合っていて、まるで脚に描いてあるように見える。ところがこの服装にしてはおかしなことに、どうやら木製らしき幅のせまい、格好わるいマントを背中に羽織《はお》っているし、頭には鉱夫帽をのせている。マリーは思ったよ。ドロセルマイアーおじさんだってひどいマントを着て、へんてこな帽子をかぶっているけれど、それでもあたしの大好きなおじさんだわ。でも、こうも考えた。ドロセルマイアーおじさんがこの小さなひとみたいにおめかししたって、これほどすてきには見えないだろうなあ。

マリーはひと目で好きになったこの人形を、もっともっとよく見ているうちに、その顔になんともいえぬ気立てのよさが滲《にじ》みでていることがわかってきた。明るい緑色のちょっと大きすぎて飛びだしそうな目が語っているのは、ただただ親しみと好意ばかり。顎《あご》のまわりの、白い綿でできた手入れのゆきとどいた鬚《ひげ》がとてもよく似合っていて、くっきりと赤い口もとのやさしい微笑《びしょう》をいっそう引き立てている。

「ああ！」マリーはとうとう声をあげた。「ねえ、パパ、ツリーのそばにいるあのすてきな小さいひとは、だれのもの？」

「あれはね、マリー」パパは答えた。「おまえたちみんなのために、しっかり働いてもらおうと思ってね。固いくるみの殻《から》をきれいに嚙《か》み割ってもらうといいよ。ルイーゼのものでもあるし、おまえやフリッツのものでもあるんだよ」

そう言ってパパがテーブルから慎重《しんちょう》に人形をとりあげて、背中の木製マントを上にもちあげると、人形はぱくっと口を開いて、二列の白い、とがった歯を見せた。マリーがパパにうながされて、そこにくるみを入れると――バリッ――くるみが割れて殻が落ち、マリーはおいしそうな実を手に受けた。これを見ればだれだってわかったはずだよ、このしゃれた人形は、くるみ割りの家系の出で、先祖代々受けついできた家業を営んでいるのだとね。マリーがうれしくなって歓声をあげると、パパが言った。

「ほう、マリー、このくるみ割りくんがそんなに気にいったのなら、とくべつ大事にして守ってあげるんだよ、ただし、さっきも言ったように、ルイーゼとフリッツだっておまえと同じに使う権利があるんだからね！」

マリーはさっそく人形を腕に抱いて、くるみを割ってもらうことにしたのだが、人形がそれほど大きく口を開けなくてもすむように、小さなくるみばかり選んであげた。あんまり大口を開けるなんて、この人形には似合わないもの。ルイーゼもそばに寄ってきた。くるみ割りくんは、彼女のためにもお役目を遂行したのだが、それが楽しくてならないようだ。そのあいだずっと、とても気のよさそうなほほえみを絶やさなかったからね。フリッツは騎兵中隊の演習や騎行に飽きてきたころに、くるみの割れる楽しげな音が聞こえてきたので、妹のそばにとんできて、小さなおどけ者めいた人形をおもしろがって大笑いして、ぼくもくるみを食べたいと言いだした。くるみ割りは手から手へとわたっては、口を開けたり閉じたり、いつまでも止《や》められない。フリッツはかならずいちばん大きくて固いくるみを押しこむ。ところがそのうちふいに――バリッ――バリッ――くるみ割り人形の口から三本の歯が欠け落ち、下顎が外れてぐらぐらになってしまった。

「ああ、かわいそうに、あたしの大好きなくるみ割りさん！」

マリーは大声で叫ぶと、フリッツの手から人形を取りかえした。

「なにさ、そいつは間抜けのばかだよ」とフリッツ。「くるみ割りのくせに、まともに嚙めないなんて――自分の仕事がまるっきりわかってないんだな。そいつをよこせ、マリー！　くるみを割らせるんだ。残りの歯がみんな欠けたって、顎がとれちまったって、こんな役たたずにはどうってことないさ」

「いやよ、渡さない」マリーは泣きながら言った。「あたしの大事なくるみ割りだもの。ごらんなさいよ、こんなに悲しそうにあたしを見て、傷ついた口を見せてる！――お兄ちゃんて、心の冷たいひとね。馬をびしびしぶったり、兵隊さんだって一人、撃たれて死なせたり」

「あれは、そうしなきゃならないんだ、おまえなんかにわかるもんか」、とフリッツ。「でもくるみ割りはな、おまえだけのものじゃないぞ、ぼくのものでもあるんだ、さあ、よこせよ」

マリーはわんわん泣きだして、怪我したくるみ割りを小さなハンカチにくるんだ。両親がドロセルマイアーおじさんと、こっちにきた。残念ながらおじさんはフリッツの肩をもったけれど、パパがこう言ってくれた。

「わたしはさっき、くるみ割り人形はマリーの庇護《ひご》にゆだねると、はっきり言ったね。いまのようすじゃ、マリーの世話が必要だ。だからマリーがくるみ割り人形にしてやることに、だれも口出ししてはいけないよ。ところでフリッツには、おおいに首をかしげたくなるね、職務遂行中に負傷した者をさらに働かせたがるとはねえ。よき軍人なら、戦傷者をけっして戦列に加えたりはしないことぐらい、心得ているべきじゃないか？」

フリッツはとても恥ずかしくなって、くるみにも、くるみ割り人形にもかまうのはやめて、テーブルの向こう側へこそこそと逃げていった。そこでは彼の騎兵中隊が、しかるべき見張りを立てたあと野営に入っていた。

マリーはくるみ割り人形の欠け落ちた歯を拾いあつめ、自分の服についていたきれいな白いリボンを一本引き抜いて、病気の顎に包帯《ほうたい》してやってから、ひどく青ざめて恐怖にかられているらしいその人形を、まえよりもっと注意ぶかくハンカチにくるんだ。そして赤ちゃんのように腕に抱いて、そっとゆすりながら、今日のたくさんのプレゼントの中にあった新しい絵本のきれいな絵をながめていると、ドロセルマイアーおじさんが呵々大笑《かかたいしょう》して、そんなみっともない小さなやつを、どうしてそれほど大事にするんだと、なんどもなんども、しつこく訊く。いつものマリーらしくもなく、これにはむらむらと腹が立ってきた。――そういえばマリーは、この小さな人形にはじめて目をとめたとき、おかしなことに、思わずドロセルマイアーおじさんとくらべてしまったっけ。それを思い出すと、彼女はまじめくさって言った。

「ねえ、おじさんがあたしのくるみ割りさんみたいに、きちんとおめかしして、こんなぴかぴかのブーツをはいたとしても、これほどすてきに見えるかしらね！」

どうしてなのかマリーにはわからなかったけれど、パパとママは大きな声で笑いころげ、上級裁判所顧問官は鼻をぽうっと赤く染めただけで、さっきみたいに陽気な笑い声はたてなかった。きっとなにか、とくべつなわけがあるんだろうね。

## 不思議なものたち

医事顧問官の家の居間には、ドアを入ってすぐ左手の広い壁《かべ》に背の高いガラス戸棚があって、そこには、子どもたちに毎年のクリスマスに贈られたすてきな品々がぜんぶ入れてある。ルイーゼがまだ小さかったころに、パパがとても腕のいい家具職人にこの戸棚を作らせたのだ。正面にはすてきに明るいガラスがはまっているし、そもそも全体がじつにうまくできていたから、中に収まっている品はどれもこれも、手に取ったときよりもっとぴかぴかで、りっぱに見えるほどだ。マリーとフリッツには手のとどかない一番上の棚には、ドロセルマイアーおじさんの精巧な作品がならんでいて、そのすぐ下は絵本の棚、一番下の二つの棚は、フリッツとマリーが好きなように使っていいことになっているけれど、いつも一番下の段を使うのはマリーで、そこをお人形たちの居間にしつらえ、フリッツのほうは、その上の段を兵隊の駐屯基地にしていた。

だから今日もやはりそういうことになって、フリッツは軽騎兵を上の棚にならべ、マリーは下の棚のトルーデちゃんに少しわきへ詰めてもらって、おしゃれな新しい人形をとてもりっぱな家具のそろった部屋にすわらせ、自分もいっしょに甘いお菓子をご馳走になることにした。

とてもりっぱな家具のそろった部屋、とわたしはいま言ったね。それはほんとうなんだよ。わたしの話をしっかり聴いていてくれるマリー、きみもシュタールバウム家の女の子のように（その子もマリーという名だってことは、もうわかっているね）、すてきなお人形部屋をもっているかな――そう！　かわいい花模様のソファだの、たくさんのちっちゃな椅子だの、低いティーテーブルだの、きれいな人形を寝かせるぴかぴかのベッドだのが、そろっている部屋だよ。これらがみんなこの戸棚の一隅にならべられていて、そこの壁には色とりどりの絵が貼ってあるんだ。こういう部屋なら、きみにも想像つくだろうね、新しい人形も――クララちゃんという名だと、マリーはこの日のうちに教えてもらったんだ――とても居心地よく感じるにちがいないね。

夜が更けてきた。真夜中がもう近い。ドロセルマイアーおじさんはもうとっくに帰ってしまった。それなのに子どもたちは、ガラス戸棚のまえから離れられなくて、もういいかげんにベッドに入りなさいと、なんども注意された。

「そうだね」と、フリッツがとうとう言った。「このかわいそうなやつらだって(彼の軽騎兵たちのこと)、もう休みたがっているよね。ぼくがここにいるうちは、居眠りひとつできずに、がまんしてるんだ、ちゃんとわかってるよ!」

そう言ってフリッツは行ってしまった。でもマリーはママにせがんだ。

「あとちょっとだけ、ほんのちょっとだけいいでしょ、ママ。やってあげなきゃいけないことが、まだたくさんあるの。それがすんだら、すぐ寝るから!」

マリーはおとなしくて聞きわけのいい子なので、もう少し玩具《おもちゃ》のところにひとりで残しておいてもだいじょうぶだろうと、母親は考えた。でもマリーが新しい人形や玩具に夢中になりすぎて、壁ぎわの戸棚のまわりに灯る蠟燭《ろうそく》を消し忘れるといけないので、一つだけ、部屋の中央に天井からつるされて穏《おだや》かな光をひろげているランプのほかは、全部消しておいた。

「はやく寝なさいよ、マリー！　さもないと明日の朝ちゃんと起きられませんよ」

ママはそう言いおいて、寝室へと遠ざかっていった。

ひとりになるとマリーはすぐに、どうしてもやりたかったことに取りかかった。でもさっきそれをママにどうして打ち明けなかったのか、自分でもわからない。腕にはまだ、怪我《けが》したくるみ割り人形をハンカチにくるんで抱いていた。それをそうっとテーブルにおろし、そろりそろりとハンカチを開いて、傷のぐあいを調べた。くるみ割りはとても青ざめてはいたけれど、それでも哀《かな》しげに、やさしくほほえみかけてくる。マリーは胸がずきんとした。

「ああ、くるみ割りさん」と、そっと呼びかける。「お兄ちゃんのフリッツがひどい目にあわせてしまったけど、どうかわるく思わないでね。悪気《わるぎ》があったわけじゃないの、ただ、荒っぽい兵隊ごっこのせいで、少し乱暴になってしまったのよ。でもふだんはとてもいい子なの、ほんとよ。でもこれからは、あなたがすっかり元気になるまで、あたしがちゃんと面倒をみてあげる。欠けた歯をまたきちんと入れたり、肩の脱臼をなおしたりするのは、ドロセルマイアーおじさんにやってもらうわ、おじさんはそういうことが上手なんだから」

でもそこまで言ったとき、マリーは言葉をつづけられなくなった。ドロセルマイアーという名を口にしたとたんに、くるみ割り人形がおそろしく口をひんまげ、両眼がみどり色の火花を発したからだ。マリーはぎょっとしたが、つぎの瞬間には、くるみ割りはまた悲しそうにほほえんでいる顔にもどっていたので、さっきのはきっと、すきま風で部屋のランプがぱっと炎をあげたせいで、くるみ割りの顔があんなふうにゆがんで見えたのだろうと、思いなおした。

「あたしはそんなに簡単に怖がったりするような、ばかな女の子じゃないわ。木のお人形さんがしかめっ面《つら》できるなんて、信じたりしませんからね！　でもくるみ割りさんは大好きよ、とってもへんてこだけど、すごく気立てがいいんですもの、だからちゃんと看病してあげなきゃ！」

そう言ってマリーは、お友だちのくるみ割りを腕に抱きかかえて、ガラス戸棚のそばに行き、しゃがみこんで新しい人形に話しかけた。

「クララちゃん、お願いだから、あなたのベッドを怪我したくるみ割りさんにゆずってあげて、あなたはソファでがまんしてくれないかしら。あなたはとっても健康で元気いっぱいだもの。そうじゃなきゃ、そんなにふっくらした赤いほっぺをしているはずがないわ。それに、どんなにきれいなお人形だって、こんなにふかふかのソファをもっているひとは少ないのよ」

クララ嬢は目いっぱいクリスマス向きのおめかしをして、とてもお上品に見えたけれど、うんともすんとも言わない。

「どうしようか」とマリーは言いながら、ベッドを取り出すと、そこにくるみ割り人形をそっと寝かせて、いつも身につけているきれいなリボンを怪我した肩にまいてやってから、鼻の下まですっぽり毛布をかけた。

「不作法なクララちゃんのそばになんか、寝かせてはおけないわ」

そこで彼女は、ベッドをくるみ割り人形ごと上の段にのせた。だからベッドは、フリッツの軽騎兵部隊が宿営しているすてきな村の、すぐわきに鎮座《ちんざ》ましましたわけだ。

マリーは戸棚を閉めて、寝室へ行こうとした。そのとき──ほら、子どもたち、耳を澄ましてごらん！──暖炉《だんろ》の奥、椅子のうしろ、戸棚のかげなど、そこらじゅうから、ひそひそ、がさがさ、ごそごそと、かすかな音がしはじめたぞ。──そのあいだに、壁掛け時計の唸《うな》る音がだんだん大きくなってくる。でも、刻《とき》を打つことはできずにいる。マリーが見上げると、時計の上にとまった金めっきの大きな梟《ふくろう》が、時計にすっかりかぶさるほどに翼をさげて、にくたらしい猫頭とひんまがった嘴《くちばし》を突き出しているじゃないか。そして時計の唸り声がだんだん大きくなって、言葉が聴きとれるようになった。

「時計、時計よ、時計よ、時計たち、みんな声をひそめろ、しずかにしろ。――ねずみの王さまはまことに耳ざとい――プルルプルル――プムプム、歌だけにしろ、むかしの歌をお聴かせしろ――プルルプルル――プムプム――さあ打て、鐘を打て、もうじきやつはくたばるぞ！」

するとプムプムと二回、鐘がなんとも鈍いかすれた音を立てたのだ！

マリーはすっかり怖くなって、逃げだそうとしたそのとき、ドロセルマイアーおじさんの姿が目にとまった。なんと、ふくろうの代わりに時計の上に座っていて、黄色い上着の裾を翼みたいに両側に垂らしている。でもマリーは勇気をふるいおこして、半泣きの大声で叫んだ。

「ドロセルマイアーおじさん、ドロセルマイアーおじさん、そんなところでなにをするつもりなの？　おりてきてよ。あたしを怖がらせないでよ、わるいひとね、ドロセルマイアーおじさん！」

ところがそのとき、まわりじゅうにキーキー笑う声や口笛がすさまじく沸きあがり、やがて壁のうらで千本もの小さな脚が駆けずりまわる音がして、天井の隙間《すきま》からは、千もの小さな灯りがきらめいた。でもそれは灯りじゃなかった。ちがう！　ぎらぎら光る小さな目玉だ。よく見ると、いたるところからねずみが顔を出し、這《は》い出そうとしている。まもなく部屋じゅうをトロット――トロット――ホップホップと駆けまわりはじめ、ますます大小の群をつくりながらギャロップして、しまいには、フリッツが兵士たちを戦場におもむかせるときみたいに、整然と隊列を組んでゆく。そのようすがいかにもかわいらしく思えたし、マリーはもともとほかの子みたいにねずみ嫌《ぎら》いではなかったので、それまでの恐怖感がすっかり消えそうになったそのとき、突然、ねずみたちがおそろしいほど鋭い鳴き声をあげはじめた。マリーは背中に冷水を浴びたようにぞっとした！

ああ、マリーはこんどはなにを見たのだろう！　いやいや、ほんとうだよ、敬愛する読者のフリッツくん、きみがあの賢明で勇敢なフリッツ・シュタールバウム軍司令官と同様、ちゃんと肝っ玉のすわった子だってことはわかっているさ。でもそんなきみだって、いまマリーが目にしたものを見たら、たちまち逃げ出すだろうよ、急いでベッドにとびこんで、毛布を必要以上に深ぶかと、耳の上までひっかぶっちまうだろうね。

ああ——かわいそうにマリーは、それすらできなかった。というのはね、お聞き、子どもたち！　彼女のすぐ足もとに、地下世界の力で噴《ふ》きあげられたかのように、砂や石灰や壁石の破片が飛び散ったかとおもうと、七つのきらめく王冠をかぶった七つのねずみ頭が、なんともいやらしい鳴き声を上げながら、床から出てきたのだ。やがて胴体もあらわれた。首から七つの頭が生えている大ねずみだ。王冠をつけたその七つの頭が声をそろえて、全軍にむかって三度、高らかに鬨《とき》の声をあげると、ねずみたちはさっと進軍態勢《しんぐんたいせい》に入って、ホットホット——トロット——トロット、なんと、まっすぐ戸棚に向かってくる——そのガラス扉のすぐそばに立っているマリーめがけて。不安と恐怖のあまり、マリーは心臓がいまにも破裂して死んでしまうにちがいないと思ったが、つぎには血管の血が凍りついたようになった。なかば気が遠くなって、からだが後ろによろっと倒れかかると——ガチャン、ガラガラ——彼女の肘《ひじ》が当たって、戸棚のガラスが砕け落ちた。左肘にするどい痛みを感じたけれど、心臓は突然にすっと軽くなり、キーキーピーピーいうねずみどもの声はもう聞こえず、あたりはすっかり静かになった。マリーは周囲を見まわしはしなかったが、ねずみたちはガラスの壊れる音におどろいて巣穴に引きあげたのだろうと考えた。

でも、あれはいったいなに？　マリーのすぐ後ろの戸棚の中が、どうも奇妙にざわめきはじめて、とても澄んだ声が呼びかけている。

「起きろ――起きろ――出陣だ、今夜のうちに――起きろ――出陣だ」

それに合わせて、小さな鐘がとても美しい優雅な音をひびかせる。

「まあ、あれはあたしの小さなグロッケンシュピール[5]だわ」

マリーはうれしくなって、急いでそばに寄った。見ると、戸棚の中はふしぎなことに明るい光に照らされて、なにやらせわしげなようす。たくさんの人形が右往左往し、小さな腕を振りまわしている。するとこんどはくるみ割り人形が、がばと毛布をはねのけて起きるなり、両足そろえてベッドからとびだして大声をあげた。

「クナック――クナック――クナック――ばかなねずみ野郎ども――なんとも、ばか

---

5　教会の鐘の響きを模した楽器として17世紀から使われてきた鉄琴、のちには鍵盤式のものも生まれた。モーツァルトの『魔笛』で有名。

げたおふざけだな――ねずみ野郎――クナック――クナック――ねずみ野郎――クリック――クラック――ほんとのおふざけさ」

そして小さな剣を抜いて、宙に振りまわしながら叫ぶ。

「わが親愛なる家臣よ、友よ、兄弟よ、このきびしい戦闘で、わたしに味方して戦ってくれるか？」

たちどころに、力いっぱい呼びかけに応じたのは、三人のスカラムッチャ、一人のパンタローネ、[6]四人の煙突掃除夫、二人のツィター奏者、そして一人の鼓手。

「わが殿よ――われらは揺るぎなき忠誠をもってお仕えします――いざ、殿とともに、死を賭《と》して勝利と戦闘に！」

感激したくるみ割り人形が、上の棚から危険な跳びおりを敢行。一同、それっとあとにつづいた。そう！　連中はみごとに墜落したさ。でもね、なにしろ絹などの布地をたっぷり使った服を着ているばかりか、からだの中味だって綿や藁《わら》くずと大差ない。だから羊毛袋みたいな落ち方だった。でもかわいそうにくるみ割り人形は、腕と脚を折ってしまうところだった。考えてもごらん、彼のいた棚は床から二フィート近い高さだったし、彼のからだは、菩提樹《ぼだいじゅ》材の彫りものみたいに脆《もろ》いんだ。そうさ、くるみ割り人形はきっと腕と脚を折ってしまっただろうよ、もしもその瞬間、クララ嬢がソファからぱっととび起きて、抜き身の剣をもった英雄を彼女のやわらかな腕に受け止めなかったらね。

「ああ、やさしい親切なクララちゃん！」マリーは泣き声で言った。「あたし、あなたを誤解してたわ、あなたはお友だちのくるみ割りさんに、喜んでベッドを譲ったのね！」

するとクララ嬢は、若き英雄を彼女の絹の胸もとにやさしく抱きしめながら、こんどは口を利いたのだ。

「おお、殿よ、このように病み傷ついたおからだを、戦闘と危険にさらしてはいけませぬ。ご覧くださいまし、殿の勇敢な臣下たちは、闘志《とうし》に燃えたち勝利を信じて参集しております。スカラムッチャ、パンタローネ、煙突掃除夫、ツィター奏者、それに

6　イタリアの仮面劇、コメディア・デラルテの登場人物で、スカラムッチャは臆病なのに大言壮語する軍人、パンタローネは好色な老商人の役どころ。コメディア・デラルテについては「解説」参照。

鼓手が、もう下に控えておりますし、わたくしの棚の格言人形[7]たちも、たいへんに気負いたっております！　おお、殿よ、どうかわたくしの腕のなかでゆっくりとお休みあそばすか、あるいはわたくしの羽根帽子に座って、殿の軍勢の勝利をご覧になるかなさいませ！」

クララちゃんはそう言ったのに、くるみ割り人形はひどく乱暴に脚をばたつかせたものだから、急いで下におろしてやらざるをえなかった。そのとたんに、彼は申し分なく慇懃《いんぎん》に片膝《かたひざ》をついて、ぼそっと言うには、

「おお、ご婦人よ！　お示しくださったお情けとご好意に、戦いのあいだにもたえず思いをいたすでありましょう！」

するとクララちゃんは、ふかぶかと身をかがめ、彼の腕をつかんでそっと立ち上がらせると、たくさんのスパンコールで飾られた自分のベルトを急いではずして、小さなくるみ割りの肩にかけてやろうとした。ところが彼はさっと二歩さがって片手を胸に当て、あらたまった口調で言った。

「それはいただけませぬ、おお、ご婦人よ、それではお情けがむだになります、なぜなら」――ここで言いよどんで、ふかい溜息《ためいき》をつくと、マリーが肩にまいてやったリ

ボンの包帯をさっと解《ほど》き、それに唇を押し当ててから将校の肩帯のように身につけて、抜き身の剣を勇ましく振りまわしながら、小鳥のような機敏《きびん》さで、戸棚の桟《さん》をこえて床へと跳びおりた。

とても熱心に話を聴いてくれているきみたちには、もう察しがついているだろうね。くるみ割り人形は、さっき生気をとりもどしたときよりずっとまえから、マリーのやさしい親切な気持をはっきり感じていて、マリーのことが大好きになっていたんだ。だからこそ、クララ嬢のベルトがどんなにきらきらと光って美しく見えようと、受けとって身につける気にはならなかったのさ。真心のある善良なくるみ割り人形は、マリーの質素なリボンで身を飾るほうを望んだのだ。

でも、この先どうなるんだろう？　くるみ割り人形が床に跳びおりるやいなや、ねずみどもがまたもやキーキー、ピーピー、騒ぎはじめた。ああ、大テーブルの下には無数のねずみの大群、そしてひときわ大きな威容《いよう》であたりを圧しているのは、あのおぞましい七つ頭の大ねずみ！　さあ、どうなることか！

---

7　格言や標語が記されている陶製の人形。

「忠実なる鼓手よ、緊急警報《きんきゅうけいほう》の太鼓を打ち鳴らせ！」

くるみ割り人形が大声で呼ばわった。ただちに鼓手はみごとな腕前をみせて、ガラス戸棚の窓がびりびり震えるほどの連打をはじめた。戸棚の中でかたこと音がして、見ると、フリッツの軍勢が宿営している箱という箱の蓋《ふた》が、力いっぱい押しあげられて、兵士たちが出てきては下の棚へ跳びおりて、整列していく。くるみ割り人形はせわしく動きまわりながら、兵士たちに興奮《こうふん》して言葉をかけてまわる。

「ラッパを吹くやつは一人もいないのか」と、くるみ割り人形は腹だたしげに叫ぶと、いそいでパンタローネのほうを向き、いささか顔青ざめて長い顎をがくがく震《ふる》わせている相手に、おごそかに申しわたす。

「将軍よ、きみの勇気と経験は、わたしの知るところ。ここで肝要なのは、すみやかに情勢を見さだめ、機をつかむことだ——きみに騎兵隊と砲兵隊の指揮をすべて任せよう——きみに馬は不要だ、とても長い脚をしているから、なんとか早駆けできる。——さあ、きみの職務を果たしたまえ」

ただちにパンタローネは細長い指を唇に当てて、高だかと口笛を吹きならした。まるで百ものラッパの陽気なひびきのよう。すると戸棚で馬がいななき、脚踏みをする音。見てごらん、フリッツの重騎兵や竜騎兵、わけてもぴかぴかの新品の軽騎兵たちが、戸棚から出て、やがて床に結集してゆくじゃないか。そして連隊がつぎつぎと縦列を組み、旗をひるがえし笛の音にあわせて、くるみ割り人形のまえを行進して、部屋の床いっぱいに横列を組んだ。彼らのまえには、フリッツのいくつもの大砲が威風堂々と据《す》えられ、まわりを砲兵たちがかこんで、やがてブム、ブムと発砲——マリーが見ていると、砂糖豆がねずみの群に撃《う》ちこまれて、やつらの頭はみっともないことに砂糖で真っ白に。けれどめざましい働きでねずみどもに大損害を与えているのは、ママの足置き台に据えられた重砲だ。プム、プム、プムと、胡椒入りクッキーをつぎつぎと撃ちこんでは、やつらを倒す。それでもねずみたちはじりじりと近づいてきて、大砲を乗りこえさえする。でもそのとき、プルル——プルル、プルル、なにがおきたのか、あたり一面に煙と埃《ほこり》がたちこめて、マリーにはほとんど見えない。でも各軍団が必死に撃ちまくり、一進一退が長く続いていることは確かだった。ねずみどもはますます数を増し、やつらがじつに巧みに投げる銀色の玉は、すでにガラス戸棚の中にまで飛びこんでくる。クララ嬢とトルーデ嬢は、絶望に駆られて右往左往し、痛いたしくも両手を揉《も》みしだいている。

「花ざかりの若さで死ななくてはならないの！　お人形のうちでも最高の美人のこのわたしが！」クララちゃんが叫ぶ。

「わたしが若さをたもつ苦労をこんなに重ねてきたのは、この自分のお部屋で撃たれて死ぬためだったの？」と、トルーデちゃん。

そしてふたりは、おたがいの首っ玉に抱きついて、すさまじい騒ぎのなかでも聞こえるほどの大声で泣き泣く。

なにしろこのときおこっていた騒動ときたら、きみたち話を聴いているみんなには、想像もつかないほどだったんだ。――プルル――プルル――プフ、ピフ――ドドーン、ドドーン――ブム、ブルン――ブルン――ブム――と、ものすごい音が入り乱れ、それに加えて、ねずみの王さまとねずみどものキーキーピーピー鳴く声。そこへふたたび、くるみ割り人形が命令を下す大音声《だいおんじょう》、見ると彼は、火炎に包まれた大隊をこえて、進み出てゆく！

パンタローネはなんどか、はなばなしい騎兵突撃を敢行して手柄を立てたものの、フリッツの軽騎兵たちは、ねずみ砲兵隊の投げる悪臭芬々《あくしゅうふんぷん》たる玉に当たって、赤い胴着は情けないことにしみだらけ、そのためまともに前進しようとしなくなった。パンタローネは彼らを左へ方向転換させた。ところがその指揮をとるのに夢中になったあまり、自分まで左へ回ってしまい、重騎兵と竜騎兵たちも彼につづいて左旋回。ということはつまり、みんな左へ向きを変えて本陣へもどってしまったのだ。おかげで足置き台に陣どっていた砲兵隊は危地におちいり、ほどなく、にくたらしいねずみの大群がどっと押し寄せてきたものだから、足置き台は大砲と砲兵隊もろとも、ひっくりかえった。くるみ割り人形は周章狼狽《しゅうしょうろうばい》のようすで、右翼の軍に後退を命じた。

ねえ、きみならわかるね、話を聴いている百戦錬磨《ひゃくせんれんま》のフリッツくん、こういう動きは、ほとんど敵前逃亡と言えるほどのものだよね、そのせいでマリーのお気に入りの小さなくるみ割り人形の軍勢に災難が降りかかることは、もういまから目に見えていて、わたしと同様、なんとも残念だと思うだろうね！

でもこの災厄から目を転じて、くるみ割り人形軍の左翼を見てごらん。そっちはまだ全員しっかりもちこたえていて、司令官にも兵士にも、おおいに期待できるよ。そこでは激戦のつづくあいだに、ねずみ騎兵の大軍が簞笥《たんす》の下から音もなくそっとあらわれて、ぞっとする鳴き声をあげながら、くるみ割り人形軍の左翼に猛然と襲《おそ》いかかったのだが、なんとまあ、したたかな抵抗に出遭《であ》ったことか！——格言人形部隊が、二人の中国の皇帝の指揮のもと、ガラス戸棚の縁《ふち》をこえねばならぬという地形の難点のゆえ、ゆっくりとだが着実に前進してきて、方陣をしいていたのだ。

この勇敢な、じつに色とりどりのあっぱれな軍勢は、たくさんの庭師、チロル人、ツングース人、理髪師、道化師《ハーレキン》、キューピッド、ライオン、トラ、オナガザル、サルたちから成っていて、冷静沈着、勇気と持久力をもってたたかった。スパルタ風に勇《ゆう》猛果敢《もうかかん》なこのエリート軍団は、敵軍から勝利を奪わんばかりの勢いだったのに、そのとき敵の命知らずの騎兵大尉が猪突猛進《ちょとつもうしん》してきて、中国皇帝の一人の頭を嚙みくだき、皇帝はどうと倒れざま、二人のツングース人と一匹のオナガザルを押しつぶしてしまった。そのせいで方陣にすきまが生じて、敵がどっとなだれこみ、まもなく方陣がくずれて全軍がばらばらになった。とはいえ敵方も、このけしからぬ行動からたいして利益は得られなかったよ。殺気立った一匹のねずみ騎兵が、勇敢な敵手の胴体にがっと嚙みついたはいいが、その拍子に文字の印刷された小さなカードがおのれの喉《のど》に詰まって、ころりと死んでしまった。

しかしこの程度のことが、くるみ割り人形軍に有利に働いただろうかな？　軍はいったん後退をはじめてからは、後退に後退をかさね、ますます兵を失って、ついに不運なくるみ割り人形は、ほんのひと握りの兵とともに、ガラス戸棚のすぐまえまで押しもどされていた。

「予備軍よ、出動せよ！　パンタローネ、スカラムッチャ、鼓手――どこにいるか？」

くるみ割り人形は、新しい部隊がガラス戸棚から繰り出してくるのを、なおも期待して叫んだ。じっさい、トルンの茶色い焼き菓子の男女の人形が何人か、金色の顔に帽子や兜《かぶと》をのせて進み出てはきたのだが、その戦いぶりたるや不器用そのもの、剣をやたらと振りまわすだけで、敵にはいっこうに当たらず、そのうちに自分たちの司令官たるくるみ割り人形の頭から、帽子をあやうく叩き落としそうになる始末。まもなく敵の狙撃兵たちに脚を喰いちぎられ、ぶっ倒れたはずみで、くるみ割り人形軍の戦友を何人か押しつぶしてしまった。いまやくるみ割り人形は、敵にびっしりかこまれて、いよいよ窮地《きゅうち》に。戸棚の縁を跳びこえようにも、脚が短すぎてこえられないし、クララ嬢とトルーデ嬢は気絶していて、手助けできない——そのわきを、軽騎兵や竜騎兵たちは馬でかるがると跳びこえて、戸棚の中へ。くるみ割り人形は絶望して叫んだ。

「馬を——馬を——馬をよこすなら、王国をやろう！」[8]

その瞬間、敵の狙撃兵二人が彼の木製のマントをつかんだ。そしてねずみの王さまが、七つの喉から勝ち誇った叫びをあげながら近寄ってきた。マリーはもう自分を抑《おさ》えられなくなった。

「ああ、かわいそうなくるみ割りさん！　あたしのくるみ割りさん！」

泣きじゃくりながらそう叫ぶなり、自分のしていることをはっきりとは意識しないまま、左足の靴をぬいで手にとると、ねずみの大群のなかの王さま目がけて、力いっぱい投げつけた。その瞬間、なにもかも散りぢりになって消えてゆくようだった。けれどもマリーは左腕にまえよりもっと鋭い痛みを感じ、気を失って床にくずおれてしまった。

## 病気

マリーは死んだような深い眠りから覚めると、自分のベッドに寝ていて、お日さまが薄氷の張った窓ガラスから、明るくきらきらと部屋にさしこんでいた。すぐそばによその男のひとが座っていたが、外科医のヴェンデルシュテルンだとやがて気がついた。彼がそっと言う。

「目を覚ましましたよ！」

すると母親がやってきて、とても心配そうな目でマリーを見つめた。

「ああ、ママ」小さなマリーはささやいた。「にくらしいねずみは、みんなもういなくなった？　くるみ割りさんは助かったの？」

「ばかなことを言うんじゃありませんよ、マリー」と、ママ。「ねずみがくるみ割り

8　シェイクスピアの『リチャード三世』で、リチャードが最後の戦いで馬を殺され、馬を求めて叫ぶ科白、このあと彼は討たれて死ぬ。

人形となんの関係があるの？　でも、あなたはわるい子ねえ、みんなをものすごく心配させて。子どもが我《が》を張って親の言うことを聞かないと、こういうことになるのよ。あなたはゆうべ、夜おそくまでお人形と遊んでいたわね。眠くなってきたころ、ねずみが跳びだしてきて、あなたをびっくりさせたのかもしれない。ふだんはねずみなんて、うちにはいないのにねえ。あなたは戸棚のガラスに腕をぶつけて、ひどい怪我《けが》をしてしまったのよ。ヴェンデルシュテルン先生がいましがた、傷に残っていたガラスの破片を摘出《てきしゅつ》してくださったけれど、先生のおっしゃるには、すんでのところでそのガラスで血管が切れて、腕が麻痺《まひ》して利かなくなるか、出血多量でいのちを落とすかに、なりかねなかったんですって。さいわいなことに、わたしが真夜中に目をさまして、あなたがいないのに気がついて居間に行ってみると、あなたがガラス戸棚のわきで、気を失って血だらけになって倒れていたのよ。あんまりおどろいて、わたしまで失神しそうになったくらい。まわりには、フリッツの鉛の兵隊やほかの人形たち、壊《こわ》れた格言人形だの、胡椒菓子人形だのが、いっぱい散らかっていてね、でもくるみ割り人形は、あなたの血だらけの腕のうえにあって、少し離れたところに、あなたの左足の靴がころがっていたのよ」

「ああ、ママ、ママ」マリーが口をはさんだ。「わかったでしょ、それがねずみと人形たちの大戦争の跡なのよ。そりゃもう怖かったわ、人形軍の指揮をとっていたくるみ割り人形が、かわいそうに、ねずみたちに捕まりそうになったんですもの。だからあたしは、靴をねずみ軍に投げつけたのよ。そのあとどうなったのかは、わからないの」

外科医のヴェンデルシュテルンが母親に目配せをした。すると彼女はとてもやさしくマリーに話しかけた。

「そこまでで、やめにしておきましょ、いい子ね！　もう心配しないでいいのよ、ねずみはもうみんないなくなったし、くるみ割り人形は無事《ぶじ》で、ご機嫌《きげん》よくガラス戸棚に立っていますからね」

そのとき、医事顧問官が部屋に入ってきて、ヴェンデルシュテルン先生と長いこと話しこみ、それからマリーの脈をとった。創傷熱《そうしょうねつ》とかいうものの話だと、マリーにも聞きとれた。だからマリーはベッドで安静にして、薬をのまなくてはならないという。腕がちょっぴり痛むだけで、自分では病気だとも、気分がわるいとも感じなかったけれど、そうやって何日かが過ぎた。くるみ割り人形が戦闘から無事に帰れたことは、マリーにわかっていた。ときどきマリーの耳に、夢のなかでのように、くるみ割り人形がとてもはっきりと、それでも憂《うれ》いをにじませた声で、話しかけてくるのが聞こえるような気がする。

「マリー、たいせつなお嬢さん、ご恩に感謝します。でもわたしのためにしていただけることが、もっとたくさんあるんです！」

いったいなにができるのだろうと、マリーはあれこれ考えてみたけれど、なにも思いつかなかった。

腕を怪我しているからぜんぜん遊べないし、絵本をひろげて読んだり、ページをめくったりすると、へんな具合に目のまえがちらちらするので、諦《あきら》めるしかない。だから時間のたつのが、いやになるほど遅くなったように感じたにちがいない、夕暮れになるのが待ちどおしくてたまらなかった。そのころになるとママが枕もとに来て、すてきなお話をたくさん読んだり話したりしてくれるのだ。

ちょうどファカルディン王子のお話が終わったときのことだった。ドアが開いて、ドロセルマイアーおじさんが入ってきた。

「やっぱり自分の目で、いちどはちゃんと見ておかなくてはなりませんな、怪我して寝ているマリーの具合はどんなかをね」

マリーは黄色い上着を着たドロセルマイアーおじさんを見たとたん、くるみ割り人形とねずみの戦闘がくりひろげられたあの夜の光景が、ぱっと目のまえによみがえって、思わず大きな声で上級裁判所顧問官に呼びかけた。

「まあ、ドロセルマイアーおじさんったら、ほんとに憎《にく》ったらしかったわ。あたし、ちゃんと見たのよ、おじさんが時計のうえにのって翼をすっぽりかぶせて、刻《とき》の鐘が鳴らないようにしていたのを。そうしないと、あの鐘でねずみたちはみんな追っぱらわれてしまうもの——おじさんがねずみの王さまに呼びかけるのも、ちゃんと聞こえたわ！　どうしてくるみ割り人形を、どうしてあたしを、助けにきてくれなかったの？　憎たらしいドロセルマイアーおじさん、あたしが怪我してこうして寝ていなきゃならないのは、なんといってもおじさんのせいよ！」

ママがすっかりおどろいて訊く。

9　スコットランドのアンソニー・ハミルトン（一六三六—一七二〇）がフランス語で書いた三巻本『妖精物語』（一七一五）に出てくるお話。

「そんなことを言うなんて、いったいどうしたの、マリー？」

ところがドロセルマイヤーおじさんは、なんともおかしな顰《しか》めつらをして、時計の歯車みたいな一本調子の声で言いだした。

「時計の振り子は、唸《うな》らにゃいかん――チクタク、ブンブン――お行儀なんて知るもんか――時計――時計――時計の振り子は唸らにゃいかん――しずかに唸れ――鐘を大きく鳴らせ――ヒンク、ホンク、もひとつホンク、ハンク――人形のお嬢ちゃん、心配ご無用！――ちっちゃな鐘をお打ち、鐘が鳴ったら梟《ふくろう》が、ねずみの王さまを追っぱらいに飛んでくる――パタ、パタ、ピク、プク、おおいそぎ――ちっちゃな鐘はキン、コン、カン――時計よ――唸れ――振り子は唸らにゃいかん――チクタク、ブンブン、お行儀なんて知るもんか――ブンブン、チクタク、ピルル、プルル！」

マリーは目をまんまるにして、ドロセルマイアーおじさんを見ていた。いつもとはまるでちがって、もっと醜《みにく》く思える。おまけに右腕を大きく振りまわすようすは、まるで針金で操《あやつ》られている人形だ。ママがそばにいなかったら、それこそ怖くてたまらなかっただろう。そのとき、部屋にいつのまにか入りこんでいたフリッツが大声で笑いだして、おじさんの話をさえぎった。

「あれまあ、ドロセルマイアーおじさん、今日はまたとくべつのおどけぶりだね。ぼくの操り人形そっくりだよ。そいつはもうとっくに暖炉《だんろ》の奥にほうりこんじまったけどね」

ママがひどくまじめな顔をくずさないまま、口をはさんだ。

「上級裁判所顧問官さま、ほんとに風変わりなご冗談ですね、いったいどういう意味ですの？」

ドロセルマイアーは笑いながら答えた。

「いやはや！　わたしのすてきな時計師の歌をご存知ないのですな。いつもマリーみたいな病人に歌ってあげることにしていましてね」

そう言うと彼は急いでマリーのベッド近くに座って話しかけた。

「わたしがねずみの王さまの一四の眼ん玉を、すぐに全部ほじくりださなかったからといって、わるく思わないでおくれよ。そういうわけにはいかなかったんだ。そのかわりに、きみをうんと喜ばせてあげるからね」

上級裁判所顧問官がそう言いながらポケットに手をつっこんで、そうっと、そうっと引っ張り出したのは——くるみ割り人形だ。その欠け落ちた歯を、彼はとても器用にしっかり入れて、外れた顎をもとどおりに直してくれていた。マリーはうれしくなって歓声をあげた。

「これでわかったでしょ？　ドロセルマイアーおじさんは、あなたのくるみ割り人形にどんなにご親切か」

「でもマリー、きみもやっぱり認めなくちゃいけないね」上級裁判所顧問官が口をはさんだ。「くるみ割り人形の姿かたちは、けっして極上《ごくじょう》のできじゃないし、顔だって美しいとはとても言えないことをね。この人形の家族は、こういう不器量さを代々受け継《つ》いできたのだが、どうしてそんなことになったのか、聴きたいなら話してあげよう。それとも、もう知っているかな、ピルリパット姫と、魔女マウゼリンクスと、腕利きの時計師の話を」

「ねえ、おしえてよ」と、ここで不意にフリッツが割り込んできた。「ねえ、ドロセルマイアーおじさん、くるみ割り人形の歯はちゃんと入れてくれたし、顎ももうぐらぐらしてないのに、どうして剣をもっていないの？　なぜ剣をつけてやらなかったの？」

「おやおや」上級裁判所顧問官はうるさそうに答えた。「なんにでも文句ばかりつける子だな！　くるみ割り人形の剣なんぞ、わたしの知ったことか。からだは直してやった、剣がほしけりゃ、こいつが自分でなんとかすりゃあいい」

「そりゃそうだ」とフリッツ。「ひとかどの男なら、武器をどうやって手に入れるかなんて、ちゃんと心得ているよね！」

「では、マリー」上級裁判所顧問官はつづけた。「どうだね、ピルリパット姫のお話はもう知っているかい？」

「いいえ、知らない」とマリー。「お話ししてよ、ドロセルマイアーおじさん、お話しして！」

「でも上級裁判所顧問官さん」医事顧問官夫人が言う。「怖いお話じゃないでしょうね？　あなたのお話はいつも怖いものばかりですもの」

「とんでもない、医事顧問官夫人。それどころか、これからお聞かせするのはとっても楽しいお話ですよ」

「お話ししてよ、さあ、おじさん」子どもたちが叫びたて、そこで上級裁判所顧問官は話しはじめたのだった。

固いくるみのメールヘン

「ピルリパットのお母さんは、王さまの妻、つまり王妃さまだったから、ピルリパット自身は生まれたその瞬間、れっきとした王女さまになったわけだよ。ゆりかごに寝ている美しい小さな娘を見て、王さまはもう大喜び、われを忘れて歓声をあげ、踊りまわるやら、片足立ちでくるくる回るやら。そしてなんども、なんども叫んだ。

《ばんざい！　みなのもの、わしのピルリパット姫より美しいものを見たことがあるか？》

並みいる大臣、将軍、総督《そうとく》、参謀将校たちはみんな、国父たる王さまにならって、片足で跳ねまわりながら高らかに声をあげた。

《いえ、いえ、だんじてございませぬ！》

じっさい、この世のあるかぎり、ピルリパット姫より美しい子が生まれたことがないのは、否定のしようがなかったからねえ。そのちっちゃな顔は、白いユリと赤いバラの色の繊細な絹糸で織りあげたかのよう、生きいきとした目は紺碧《こんぺき》にきらめき、かがやく純金の糸のような髪の毛がくるくると巻いているのが、なんともよく似合っていた。そのうえ、ピルリパットは生まれたときから、二列の小さな真珠のような歯をそなえていたんだよ。誕生の二時間後、宰相《さいしょう》がお顔立ちをとくと検分しようとしたら、その歯で指に嚙《か》みつかれてしまったものだから、彼は《おお、イェーミネ！》[10]と叫んだそうな——でも、《痛いっ！》と叫んだと主張する人たちもいて、その叫び声については今日まで意見が分かれたままなのだがね。

要するに、ピルリパット姫はほんとうに宰相の指を嚙んだのだ。有頂天《うちょうてん》になった国じゅうの人たちは、これでピルリパット姫の天使のように美しい小さなからだには、精神も、感情も、理解力も、ちゃんと具《そな》わっているのだなと納得したのさ。

さっきも言ったように、みんなは満足していたのだけれど、ひとり王妃さまだけは、とても心配で落ち着かなかった。でもその理由をだれも知らない。とりわけ人目をひいたのは、王妃さまがピルリパットのゆりかごを、たいへん念入りに見張らせたことだ。ドアというドアに護衛兵を立たせ、二人の侍女をゆりかごのすぐそばに侍《はべ》らせた

10 ラテン語で「主イエスよ！」という意味、驚きの表現。

ばかりか、夜にはほかに六人もの侍女を、部屋のすみずみに配して見張らせたのだ。でもまったくばかげているようで、だれにも理解できなかったのは、この六人の侍女がそれぞれ牡猫を一匹、膝にかかえて、猫がたえずゴロゴロ喉を鳴らしているように夜どおし撫《な》でていなければならなかったことだ。ねえ、子どもたち、どうしてピルリパットのお母さんがこんな対策をとったのか、きみたちには見当もつかないよね。でもわたしはわけを知っているから、すぐおしえてあげよう。

以前、ピルリパットのお父さんの宮廷に、りっぱな王さまや格好いい王子さまがたくさん集まったことがあってね。だから当然、騎士試合やら、道化芝居やら、舞踏会やら、まことに盛大なたくさんの催しがくりひろげられた。王さまは金銀にはまったく不足していないところを見せようと、王室金庫からたっぷり一つかみ財宝を取りだして、本格的なご馳走を用意する費用に当てることにした。そこで、とりわけ宮廷料理長からひそかに聞きだしたところでは、豚を殺すにふさわしい時刻を宮廷占星術師が告げてきたというので、王さまは大々的なソーセージ宴会をご下命になり、ご自分は馬車にとび乗ると、王さま王子さまたち全員を招待したいと、みずから告げてまわった——ただし、スープをほんのひと口だけですが、という触れ込みで。それというのも、予期しないおいしいご馳走にお客がびっくりするのを楽しみにしたわけだ。

さてつぎに、王さまはお妃にたいそう愛想よく話しかけた。

《そなたはようく知っておろう、わしがソーセージをどれほど好んでいるかを!》

王さまがなにを言おうとしているのか、お妃にはすぐわかったよ。つまり、これまでもやったことがあるように、お妃みずからソーセージ作りというたいへん有用な仕事を引き受けてくれ、ということだ。王室宝庫管理長は、ただちに黄金のソーセージ用大鍋と銀のソースパンを台所へ運ぶように命じられ、白檀《びゃくだん》の薪《まき》でさかんな火が焚《た》かれ、お妃はダマスコ織りのエプロンをかけ、やがて大鍋からはソーセージスープ[11]のいい匂いが立ちのぼった。その上品な香りは枢密院《すうみついん》にまでただよっていったから、王さまは内心のうれしさに居ても立ってもいられなくなる始末。《諸君、失礼!》と叫ぶなり、台所へとんでいって、お妃を抱きしめ、大鍋のなかを金の王錫《おうしゃく》でちょっと

11　ソーセージを湯で煮てつくる過程でできるスープのこと。昔は豚を殺すとすぐ大鍋で湯を沸かし、香辛料とともに頬肉や内臓を煮て、そこに血や肝臓を材料にしたソーセージを加え、次に挽《ひき》肉を詰めたソーセージを入れて茹《ゆ》で、ソーセージ類を取り出したあとの濃厚なスープをべつの料理に活用したという。

かきまわしてから、安心して枢密院へもどっていった。

いよいよこれからがだいじな山場で、脂身を賽《さい》の目に切って、銀の焼き網で炙《あぶ》らなきゃならない。女官たちは退場、というのもこの仕事をお妃は、宮廷の宴《うたげ》にたいする心からの愛着と敬意のゆえに、ひとりでやりたかったからなんだ。ところが脂身がじゅうじゅうと焼けはじめると、そうっとささやくかぼそい声が聞こえてきた。

《焼けたのをわたしにも分けてくださいな、お姉さま！　わたしだって食べたい、わたしだって王妃だもの――焼けた脂身をちょうだいよ！》

お妃には、それがマウゼリンクス夫人[12]だとすぐわかった。マウゼリンクス夫人はもう長いことこの宮殿に住みついていたからね。彼女はこの王家の親戚筋で、彼女自身、マウゾリア王国の女王だと主張していた。だから竈《かまど》の下に大きな宮廷をかまえてもいるんだって。お妃は気のやさしい、慈善心のあるお方だったので、マウゼリンクス夫人を女王だとも妹だとも認めたくはなかったものの、今日はめでたいお祝いの日だから、喜んでご馳走をわけてあげようと思って声をかけた。

《出ていらっしゃい、マウゼリンクス夫人、わたしの脂身を召し上がれ》

するとマウゼリンクス夫人がうれしそうにさっと出てきて、竈の上にとび乗ると、お妃が差しだす脂身をつぎからつぎと、華奢《きゃしゃ》な小さい前足でつかんだ。ところがこんどは、マウゼリンクス夫人のおじ・おば・親戚一同が全員、そればかりか彼女の七人の息子、ひどく行儀のわるい腕白小僧たちまで、どっと竈にとびあがって脂身に殺到してくる。どぎもを抜かれたお妃は、どうにも防ぎようがない。運よくそこに女官長がやってきて、押しかけ客どもを追っぱらってくれた。おかげでいくらか脂身は残ったので、それを宮廷お抱えの数学者の指図にしたがって切り分けて、すべてのソーセージにうまく配分して加えることができたのだった。

ティンパニーとラッパが高らかに鳴りひびき、ご来駕《らいが》中の王侯・王子たち全員がきらびやかな晴れ着姿で、ある者は白いツェルター[13]にまたがり、ある者は水晶の馬車に乗って、ソーセージ宴へと向かった。王さまは心からの友情と愛想をこめて一同を迎え、王国の主《あるじ》として冠《かんむり》をつけ王錫を手に、上座についた。ところが早くもレバー

12 マウゼリンクスも、すぐあとのマウゾリアも、マウス（＝ねずみ）という語をもとにした造語。

13 上下動が少なく騎乗者にとって楽な側対歩（同じ側の前後の足を同時に前に出す歩き方）をする馬。

ソーセージの段階で、王さまの顔がどんどん青ざめ、天を仰ぐのが見てとれた――ひそかな嘆息が洩《も》れ――はげしい苦痛に胸がかきむしられているようす！　ブラッドソーセージの段階になると、なんと、声をあげてすすり泣きながら椅子の背に身を沈め、両手で顔をおおって、嘆くやら呻《うめ》くやら。

　みなの者が立ち上がり、侍医が駆けよって不幸な王さまの脈をとろうと努めたのも空《むな》しく、王さまの心は名状しがたい悲嘆に千々《ちぢ》に引き裂かれているらしい。あれこれ声をかけたり、鳥の羽根を焼く[14]やらなにやら、強力な手段に訴えたりしたあげく、ようやく王さまはいくらかわれに返ったようで、ほとんど聴きとれないほどの声でつぶやいた。

《脂身が足りない》

　するとお妃が、身も世もなく王さまの足もとにがばとひれ伏して、涙ながらに訴えた。

《ああ、お気の毒にもご不運な、わが夫たる王さま！　おお、なんというお苦しみよう！　でもその咎《とが》を負うべき者は、ここ、王さまのお足もとにおります――お罰しください、きびしくお罰しくださいませ！　ああ――マウゼリンクス夫人とその七人の

息子、それに一家眷属《けんぞく》が、脂身を食べてしまい、そして……》
そこまで言うとお妃は気を失って、仰向《あおむ》けにひっくりかえってしまった。だが王さまは怒りに駆られて立ち上がりざま叫んだ。
《女官長、どういうことだ？》
女官長は知っているかぎりのことを申し上げ、そこで王さまは、ソーセージ用の脂身を横取りして食べてしまったマウゼリンクス夫人とその一族に、だんこ復讐《ふくしゅう》しようと決心した。枢密院が召集され、マウゼリンクス夫人を裁判にかけてその全財産を没収するという決議がなされた。でも王さまは、その間にも彼女が脂身をあいかわらず横取りしかねないと考えたため、この件はまるごと、宮廷付の時計師兼秘術師に一任されることになった。この男は、わたしと同じ名前でね、つまりクリスティアン・エリアス・ドロセルマイアーというんだが、彼は約束したよ。国政のためのとくべつ巧妙な作戦をもって、マウゼリンクス夫人をその一族ともども、宮廷から永久に駆逐《くちく》いたします、とね。じっさい彼は、小さくて、とても精巧な機械を発明して、その中

14　鳥の羽根を焼いてその臭いを嗅がせるという昔の対痙攣民間療法。

に焼いた脂身を糸でつるし、脂身食い夫人の住まいの周囲あちこちに仕掛けておいた。マウゼリンクス夫人はとても賢くて、ドロセルマイアーの計略をたちまち見抜きはしたけれど、ほかのやつらは、彼女がいくら警告しようと諫《いさ》めようと馬耳東風《ばじとうふう》、焼けた脂身のおいしそうな匂いにつられて、七人の息子全員とたくさんたくさんの一家眷属が、ドロセルマイアーの機械に入りこみ、脂身に食らいつこうとした瞬間、ばたんと格子戸が落ちてきて囚《とら》われの身となり、つぎには台所で不名誉にも処刑されてしまったのだった。マウゼリンクス夫人は、一族のわずかな残党を引き連れて、この恐怖の場所を去っていった。怨《うら》みと絶望と復讐心で、彼女の胸ははちきれそうだった。

宮廷は歓呼の声にわきかえったけれど、王妃は心配でならなかった。だって彼女はマウゼリンクス夫人の気質をよく知っていて、夫人が息子と親戚縁者たちの死に復讐せずにはおくまいと、わかっていたからね。事実、ちょうどお妃が王さまの大好きな肺臓ムースをこしらえていたときのこと、マウゼリンクス夫人が姿をあらわした。

《わたしの息子たち――それにおじ・おば・親戚たちが殺されたんだよ。ようく用心おし、お妃さんよ、ねずみの女王があんたのちっちゃな王女を、まっぷたつに喰いちぎらないように――ようく用心するがいいさ》

そう言うなり、マウゼリンクス夫人はまた姿を消して見えなくなったけれど、お妃はおどろきのあまり、肺臓ムースを火のなかに落としてしまった。二度までもマウゼリンクス夫人に大好物をだいなしにされて、王さまはかんかんに怒ったというわけだ。――でもな、今晩はここまでにしておこう、続きはまたこんど」

お話を聴きながら自分の頭をせっせと働かせていたマリーが、お願いだからもうちょっと続きをといくらせがんでも、ドロセルマイアーおじさんは聞きいれず、さっと立ち上がって言った。

「一度にたっぷりすぎては、からだにわるい、続きはまた明日」

上級裁判所顧問官がドアから一歩踏み出そうとしたとき、フリッツが訊いた。

「でも、おしえてよ、ドロセルマイアーおじさん、ほんとうなの、おじさんがねずみ捕《と》り器を発明したっていうのは」

「どうしてそんなばかなことを訊くの？」と、ママが大声をあげた。

でも上級裁判所顧問官はとても奇妙な笑《え》みを浮かべて、しずかに答えた。

「わたしは腕のいい時計師じゃないか、ねずみ捕り器なんぞ、どうして発明できないわけがある？」

## 固いくるみのメールヘンの続き

「さて、子どもたち」と、上級裁判所顧問官はつぎの晩、お話の続きをしてくれた。

「お妃がすばらしく美しいピルリパット姫を、どうしてあんなに注意ぶかく見張らせたのか、もうわかったよね？　マウゼリンクス夫人はあの脅《おど》しを実行に移すだろう、きっとまたやってきて姫を噛み殺してしまうだろうと、おそれずにはいられなかったんだね。ドロセルマイヤーの機械は、賢くて機転のきくマウゼリンクス夫人が相手では、まるっきり役に立たない。ただね、宮廷付の天文学者で、同時に枢密易術・占星術長をつとめる人物が、牡猫ゴロゴロ一族なら、マウゼリンクス夫人をゆりかごから遠ざけておくことができるんじゃないか、ひとつ試してみようと言いだした。ちなみにその牡猫一族というのは、枢密公使館参事官として宮廷に召し抱えられていたんだよ。そこで侍女たちそれぞれの膝に、その猫一族の息子を一匹ずつあてがって、お国のためのご奉公のつらさを和《やわ》らげるために、やさしく撫でさすらせることにしたわけさ。

あるとき、もう真夜中になったころ、ゆりかごのすぐそばに座っていた二人の枢密警護女官の片方が、ふかい眠りから覚めたかのようにとび起きた。――まわりのだれもかも、睡魔《すいま》にとっつかまっている――牡猫たちの喉のゴロゴロも聞こえない。――しんと静まりかえって、木食い虫が木を蝕《むしば》む音が聞こえるほど！　ところがすぐ目のまえに、大きな、とても醜いねずみを見たとき、枢密警護女官はどんな気がしただろうねえ。ねずみは後ろ脚で立って、そのおぞましい頭を王女の顔にのせていた。女官が悲鳴をあげて立ち上がったので、全員が目を覚ましたが、その瞬間、マウゼリンクス夫人は（そう、ピルリパット姫のゆりかごにいた大きなねずみは、だれあろう、彼女だったのさ）、部屋の隅へと一目散。枢密公使館参事の猫たちがそれっとあとを追ったが、間に合わなかった――部屋の床の割れ目をくぐって、マウゼリンクス夫人は消えてしまっていた。

その騒ぎでピルリパット姫が目をさまして、ひどく泣きだした。《ありがたや、姫さまは生きていらっしゃる！》と、侍女たちは叫んだ。ところがピルリパットのほうをのぞき込んで、あの美しくて華奢《きゃしゃ》だった子の変わりようを見たとき、彼女たちはどんなにびっくりしたことか。白い肌、赤い唇、金色の巻き毛の天使のような頭のかわりに、不細工なでっかい頭が、小さく押しつぶしてしまったような胴体にのっかっていて、瑠璃《るり》のように青かった目は、緑色の突き出た眼玉がどんよりこっちを睨《にら》んでいる目に変わり、口は耳までぱっくり裂けている。お妃は悲しみと嘆きのあまり、いまにも、はかなくなりそう。王さまの執務室には、綿入りの壁紙を張りめぐらせなければならない始末、なにしろ王さまは壁に何度となく頭を打ちつけては、悲痛な声で叫ぶからだ。

《おお、わしはなんと不幸な王か！》

こうなってはもう王さまだって、ソーセージの脂身不足ぐらいはがまんして、マウゼリンクス夫人を一族郎党ともども、竈の下に住まわせておいたほうがましだったと、悟ってもよかっただろうにね。でもピルリパットのお父さんはそうは考えず、なにもかもニュルンベルク出の宮廷付時計師にして秘術師、クリスティアン・エリアス・ドロセルマイアーのせいにしてしまった。だから王さまは知恵を働かせて、うまい命令を出したのさ。ドロセルマイアーは四週間以内にピルリパット姫をもとどおりの姿にするか、もしくは少なくとも、これを成就《じょうじゅ》するための確実な策を示すべし、さもなければ、首切り役人の斧のもとでの不名誉な死を覚悟せよ、とね。

ドロセルマイアーは少なからず肝をつぶしたものの、やがて気をとりなおし、自分の腕と運を信じることにして、見込みがありそうに思えた第一の作戦にさっそくとりかかった。なんとも器用にピルリパット姫をばらばらに分解し、手足のネジをはずして、内部の構造を調べたのだよ。ところが残念ながら、王女は大きくなればなるほど不細工になることが判明、彼はどうしたらいいか途方に暮れた。そこで王女をまた念入りに組み立てなおすと、けっして離れてはならぬと命ぜられているゆりかごのそばに、しょんぼりと座りこんだ。

すでに四週目がはじまっていた——しかもこの日はもう水曜日。王さまは怒りに燃える目でこのありさまを見てとると、王錫を突きつけて脅しながら叫んだ。

《クリスティアン・エリアス・ドロセルマイアーよ、姫を治せ、さもなきゃ死刑じゃ！》

ドロセルマイアーはおんおん泣きはじめたが、ピルリパット姫は、なんとご機嫌でくるみをばりっと嚙み割っている。このときはじめてこの秘術師は、ピルリパットが異常なほどのくるみ好きだということに気がつき、そういえば姫は生まれたときから歯が生えそろっていたなと、思い当たった。事実、ピルリパットは変身直後には長いこと泣きわめいていたけれど、たまたま、くるみを一つ、目のまえに差し出されたとき、すぐさま殻《から》をばりっと噛み割って実を食べ、それでおとなしくなったのだった。それ以来、侍女たちがくるみをどんなにせっせともってこようと、十分だったためしがない。

《おお、自然の聖なる本能よ、永遠に探求しつくせない万物相互の共感よ》と、クリスティアン・エリアス・ドロセルマイアーは叫んだ。《おまえは秘密への狭き門を示してくれた。門を叩こう、さらば開かれん！》

彼はただちに宮廷天文学者と話をする許可を願い出て、厳重《げんじゅう》な見張り付きで彼のもとに案内された。二人の紳士は涙ながらに抱擁しあったよ。だって二人は心やさしい友だちどうしだったからね。それからある秘密の小部屋にひきこもって、たくさんの本を調べた。本能についての本、共感と反感、その他、秘密に満ちたことがらを扱っている本をね。夜になると、宮廷天文学者は星を見つめ、この分野でもたいへん有能なドロセルマイアーの助けを借りて、ピルリパット姫の運勢を星占いした。これはたいへんな苦労だったよ、なにしろいくつもの線がやたらともつれあっていたからね。でもとうとう――うれしいことに、ついにわかった。ピルリパット姫を醜く変えた魔法を解いて、もとどおりの美しさを取りもどすには、クラカトゥククるみの甘い実を食べさせればいいのだと。

クラカトゥククるみというのは、四八ポンド・カノン砲[15]に轢《ひ》かれても割れないほど、殻がめっぽう固いんだよ。しかしこの固いくるみを割る役目をするのは、生まれてからまだいちども髭《ひげ》を剃《そ》ったことがなく、ブーツを履《は》いたこともない男でなくてはならなくて、その男が姫のまえでくるみを噛み割り、目をつぶってその実を姫に差し出さなければならない。そうしてから後ろ向きに七歩、躓《つまず》かずに下がってはじめて、その若者は目を開けていい、ということなのだ。

この解決法にたどりつくまでの三日三晩、ドロセルマイアーは天文学者といっしょに、片ときも休まず研究をかさねてきた。そしてまさに土曜日、王さまが昼食の席についているところに、明日の日曜早朝には首を刎《は》ねられる定めのドロセルマイアーが、

---

15　重さ四八ポンドの弾丸を撃つ火砲。ナポレオン戦争ではフランス軍の一八ポンド野戦砲が猛威をふるい、アメリカの南北戦争では一二ポンド野戦砲が有名だが、四八ポンドもの重い弾を撃つカノン砲というのは、中世の石弾用のカノン砲か、架空の火砲かもしれない。

欣《きん》喜《き》雀躍《じゃくやく》とびこんできて、ピルリパット姫の失われた美しさを取りもどす手立てが見つかった、と告げたのだ。王さまはとびきりの好意を示して彼を抱擁し、ダイアモンドで飾った剣を一振りと、勲章四つと、新品の晴れ着二着を下賜《かし》しようと約束した。《食事を終えたら》と、王さまはにこやかに付け加えた、《ただちに仕事にかかろう、忠実な秘術師よ。髭を剃ったことがなく、短靴しか履かないその若者が、クラカトゥクくるみを割る仕事をきちんと果たせるようにしてやってくれ。そいつに事前にワインをのますでないぞ、蟹《かに》みたいに後ろ向きに七歩下がるとき、躓くといかんからな。すんだあとなら、存分に飲むがいい！》

ドロセルマイアーは王さまの言葉を聞いてひどく狼狽《ろうばい》した。ぶるぶる震えながら、ようやく王さまにどもりどもり申しあげるには、たしかに手段は見つかったけれど、クラカトゥククるみも、それを嚙み割る若者も、両方ともこれから探し出さねばならない。くるみと、くるみを割る役の男が、果たして見つかるかどうか、まだたいへん心もとないところだ、と。

王さまはかんしゃくを起こして、王錫を冠ののっている頭の上まで振り上げると、ライオンの咆吼《ほうこう》さながらの声でわめいた。

《それなら、首斬り刑を執行するまでじゃ》

不安と恐怖のどん底に突きおとされたドロセルマイアーにとって、運のよかったことに、王さまはこの日、昼食がことのほかおいしくて上機嫌だったせいで、寛大なお妃がドロセルマイアーの運命に心動かされて申しあげた賢明なお諭《さと》しの言葉に、耳をかたむける気になったのだった。ドロセルマイアーも勇気をふるって、そもそも自分は王女を治せる手段をみつけるという任務は果たしたのだから、命を絶たれる理由はないと抗弁した。王さまは、くだらん言い逃れをするなとか、ばかなことをつべこべ言うなとか、応じはしたものの、消化水をコップ一杯きこしめしてから、ようやく心を決めてお申し渡しになった。時計師と天文学者の二人は旅に出よ、クラカトゥクくるみを懐《ふところ》にせずには、二度ともどってきてはならぬ、とね。それを嚙み割る役の男については、お妃の斡旋案《あっせんあん》を容《い》れて、国内外の新聞や報知紙[16]に何度も懸賞広告を出して見つけることになったのさ」——

16　Intelligenzblätter. 一八世紀に出されていた週刊広告新聞で、のちには行政府の広報機関ともなった。

ここで上級裁判所顧問官はまたしても話を打ち切って、この続きはあしたの晩に、と約束したんだと。

## 固いくるみのメールヘンの結末

翌日、まだ灯りもつくかつかぬかの夕暮れどき、ドロセルマイアーおじさんはほんとうにまたやってきて、お話のつづきをしてくれた。

「ドロセルマイアーと宮廷天文学者が旅に出てから、もう一五年になるというのに、クラカトゥクくるみの手がかりは、まるっきり摑《つか》めなくてね。ふたりが行くさきざきで、どんなに摩訶《まか》不思議な出来事に出会ったか、話せば四週間はかかってしまいそうだから、それはやめておくよ。いまは、ドロセルマイアーがすっかり気落ちしてしまって、しまいには愛する生まれ故郷の町ニュルンベルクが恋しくてたまらなくなった、というところから話すことにしよう。

この故郷恋しさに彼が格別つよくおそわれたのは、ちょうど友人といっしょにアジアの大きな森のどまんなかで、パイプで煙草を一服しているときだった。

《ああ、うるわしの——うるわしの故郷ニュルンベルク——うるわしの都よ、おまえを見たことがない者は、たとえあまたの旅をして、ロンドン、パリ、ペーターヴァルダイン[17]を見ようとも、心は晴ればれとすることがなく、つねにおまえを憧《あこが》れつづけるしかない——おお、ニュルンベルクよ、窓うるわしき家々のつらなる、うるわしの都よ》

ドロセルマイアーの悲嘆ぶりのあまりのはげしさに、天文学者はふかい同情に心ゆさぶられて、アジアじゅうに聞こえんばかりに号泣しはじめてね。でもまたわれに返ると、涙をぬぐって訊いたんだ。

《しかしね、ご同僚よ、なんだってわれわれはここに座って泣いてなんかいるんだ？　なぜニュルンベルクへ行かないんだ？　いまいましいクラカトゥククるみを、どこで、どう探そうが、どっちみち同じことじゃないか？》

《それもそうだ》と、ドロセルマイアーはほっとして答えた。ふたりはさっそく立ち

17　現在のセルビヤの都市、ペトロヴァラディン。一七一六年、オーストリアに仕えた軍人プリンツ・オイゲンがここでトルコに勝利したことで有名になった。

上がり、パイプの灰を落とすと、アジアのどまんなかの森から一路ニュルンベルク目指して、まっしぐらに進んでいった。

　到着するとその足で、ドロセルマイアーはもうずっと長いこと会っていなかった従弟《いとこ》のもとへ急いだ。轆轤《ろくろ》師で、漆《うるし》職人と金細工師も兼《か》ねている男で、名はクリストフ・ツァハリアス・ドロセルマイアー。そしてピルリパット姫とマウゼリンクス夫人とクラカトゥククるみの話を、すっかり聴かせたところ、相手は幾度となく両手を打ち合わせては、おどろきの声をあげた。

《なんとまあ、従兄《いとこ》よ、世にも不思議な話だなあ！》

　ドロセルマイアーはつぎに、これまでの長旅での冒険のかずかずを物語った。ナツメヤシ王のもとで過ごした二年間のこと、アーモンド侯にはけんもほろろに門前払いされたこと、アイヒホルンスハウゼン[18]の自然科学協会に問い合わせてみたが、むだだったこと、要するに、どこでも失敗ばかりで、クラカトゥククるみの手がかりさえも摑めなかったことを話したのだ。この話を聴いているあいだ、クリストフ・ツァハリアスはしきりと指をぱちぱち鳴らしたり――片足立ちでくるりと回ったり――チッチと舌を鳴らしたり――やがては《フム、フム――イー――アイ――オー、なんてこった！》とどなったり。ついには帽子と鬘《かつら》をむしりとって放りあげると、従兄の首っ玉に抱きついて叫んだ。《従兄よ――従兄！　助かったぞ、あんたは助かったぞ、いいか、おれの思いちがいでなけりゃ、このおれは、クラカトゥクくるみをもってるんだ》

彼はすぐに一つの小函《こばこ》をもってきて、金箔を張った中くらいの大きさのくるみを取り出した。

《ほら、見ろよ》と、くるみを従兄に見せながら言う。《このくるみには、曰《いわ》く因縁《いんねん》があってな、何年もまえのことだが、クリスマスの時期[19]に一人のよそ者が、袋いっぱいのくるみをかついでこの町にやってきた、くるみを売りにね。ちょうどおれが人形を売っていた屋台のまえで、そいつは喧嘩《けんか》をふっかけられた。地元のくるみ売りが、よそ者が商売するなんてがまんならんと、殴りかかってきたんだ。その攻撃からうま

18　「リスの家」を意味する架空の地名。
19　クリスマス前の四週間の四旬節のあいだ、どの町にもクリスマス用品を売る市が立つ。ニュルンベルクの市は世界一と誇称されるほど名高い。この人形師もその市に屋台を出して、轆轤で削った木の人形、とりわけくるみ割り人形を売ったのだろう。

く身をまもれるようにと、そいつはくるみの袋を肩からおろした。その瞬間、重い荷を積んだ荷車がとおりかかって、袋を轢《ひ》いちまってね。くるみはたった一つ残して、ぜんぶ割れちまった。よそ者はそのくるみを、一七二〇年鋳造の二〇クロイツァー銀貨で買わないかと、妙な笑顔をしておれにもちかけてきた。おかしな話だと思いはしたものの、ちょうどポケットにその男の欲しがったぴかぴかの銀貨があったものだから、おれはそのくるみを買って、金箔を張ったのさ。どうしてそのくるみにそんな大金を払ったのか、なんでこんなにだいじにとっておいたのか、われながら気が知れんがねえ》

従弟のもっているこのくるみが、ほんとうにあれほど探していたクラカトゥククるみなのか、その疑念はすぐ晴れた。この場に呼ばれた宮廷天文学者が、金箔をきれいに剝《は》がすと、くるみの殻にクラカトゥクをあらわす中国の文字が彫りこまれているのがわかったのだ。旅をつづけてきたふたりは大喜び、そして従弟はこの世でいちばんの幸せ者、なにしろ彼はドロセルマイアーが請け合ったとおり、たいした幸運をつかんで、今後はそうとうな額の年金ばかりか、金細工に使う金をただでもらえるようになるだろうからね。

秘術師と天文学者がふたりとも、もうナイトキャップをかぶって、ベッドに入ろうとしたとき、後者、つまり天文学者が言いだした。

《なあ、ご同僚、いいことは重なるものだねえ――われわれはクラカトゥククるみだけじゃなく、それを噛み割って、姫に美しさをとりもどす妙薬をさしだす若者まで、見つけたようだね！――わたしの言うのはほかでもない、あんたの従弟の息子だよ！――そうだ、寝てなんかいられない》。天文学者は興奮《こうふん》してしゃべりつづける。《今夜のうちに、あの若者のホロスコープを立てて運勢を読み取るんだ！》

そう言うなり彼はナイトキャップをかなぐり捨てて、ただちに天文観察をはじめたのだった。

従弟の息子はたしかに感じのいい、すこやかに育った若者で、まだ髭を剃ったこともブーツを履いたこともない。もっとも、子どものころに何年か、クリスマスの時期にはハンペルマン人形[20]をつとめたものだったが、その名残《なごり》はもう露《つゆ》ほどもない。父親

20　子どもの玩具の木製の操り人形で、紐を引くと手足が陽気にばたばた動く仕掛けになっている。

が苦労して、しっかり育てたおかげだ。いまではクリスマスには、金の縁《ふち》どりをしたきれいな赤い上着を着て、腰には剣、小脇には帽子をはさみ、きれいにととのえた髪を後ろで束ねてリボンでくるみ、このきらびやかないでたちで父親の屋台のなかに立ち、女性にたいする生まれながらの慇懃《いんぎん》さで、若い娘たちのためにくるみを嚙み割っている。だから娘たちは彼のことを、うるわしのくるみ割り、とも呼んだんだよ。

翌朝、天文学者はうれしさのあまり秘術師の首っ玉にかじりついて叫んだ。

《あの子だよ、ついに見つかったんだ。ただし、ご同僚、しっかり気をつけておくべきことが二つある。第一は、あんたのすぐれた甥《おい》ごさんに、頑丈な木製の三つ編み髪[21]をつけてやらなくてはいかん。その髪を下顎とつないでおいて、髪をつよく引っぱると顎がぐっと締《し》まるようにするのだ。もう一つは、われわれはお城に着いても、クラカトゥクくるみを嚙み割る若者を連れてきていることを、用心ぶかく言わずにおくこと。彼はわれわれよりずっと遅れてあらわれるようにしなくてはいかん。ホロスコープを解読したところでは、まず何人かが、自分の歯を折っただけで空《むな》しく敗退する。それを見た国王は、くるみを嚙み割って姫にかつての美しさを取りもどした者には、褒美《ほうび》として姫を与え王国を継がせると、約束するはずだからな》

従弟の人形轆轤師は、これを聞いてこのうえなく満足した。だって自分の倅《せがれ》がピルリパット姫と結婚して王子となり、国王となるというのだからね。そこで彼はこの使者たちに息子をすっかり委《ゆだ》ねることにした。ドロセルマイアーが前途洋々たる若い甥に付けてやった三つ編み髪は、じつにうまいできばえで、ためしに噛んでみたひどく固い桃の種は、みごとに割れたのだった。

ドロセルマイアーと天文学者は、クラカトゥククるみ発見の報をただちにお城へ送った。かくて、そちらでもさっそく挑戦者招請のための必要な告示が出され、旅人両人が美の秘薬をたずさえてお城に着いたときには、はやくもたくさんの、なかには王子さえまじる美々しい若者が、おのれの頑丈な歯をたのみに、姫の魔法を解いてみせようと名乗りをあげていた。ドロセルマイアーたちは姫にふたたびお目どおりしたとき、少なからずびっくりしたよ。小さな手足の生えた小さなからだは、不格好な大きな頭をかろうじて支えているありさま。顔の醜さは、口と顎のまわりに生えた木綿

21　Zopf. 髪を長い綱状に編んだ髪型で、中世以来の人物画によく見られるように、男女双方にとっての正装用の伝統的な髪型だった。

糸のような髭のせいで、いっそうひどくなっている。なにもかも、天文学者がホロスコープで読みとったとおりだった。

うぶ髭を生やし、短靴を履いた若者たちが、つぎつぎとクラカトゥクくるみを嚙み割ろうとしたものの、歯を折り、顎を傷《いた》めるばかりで、王女を助けることはできず、手当のために呼ばれていた歯医者たちによって、なかば失神状態で担《かつ》ぎだされては、溜息まじりに言うのだった。

《ほんとに固いくるみだった！》

心配でいてもたってもいられなくなった王さまが、魔法を解いた者には姫と王国をくれてやろうと、ついに約束したとき、お行儀のいい、おだやかな若者、ドロセルマイアーが、試しにやらせていただけまいかと願い出た。ピルリパット姫は、若きドロセルマイアーがほかのだれよりも気に入ってしまって、小さな両手を胸に当て、せつなげな溜息とともに言ったものだ。

《ああ、このお方こそ、クラカトゥクくるみをほんとうに嚙み割って、わたしのお婿《むこ》さんになりますように！》

若きドロセルマイアーは国王とお妃に、それからピルリパット姫にも、うやうやしく挨拶してから、儀典長《ぎてんちょう》の手からクラカトゥククるみを受けとって無造作《むぞうさ》に口にくわえると、三つ編み髪をえいっと引っ張る――バリバリッと殻が砕け散った。まだ実についている薄皮をきれいに取りのけてから、臣下にふさわしく右足をうしろに引いて一礼しながら、くるみの実を王女に渡すと、目を閉じて七歩の後退をはじめた。

姫がくるみの実を食べるやいなや、ああ、不思議！　ぶざまな姿はかき消えて、そのかわりに天使のように美しい姫があらわれた。顔はさながらユリの白さとバラの赤さの絹糸を織りなしたかのよう、目はきらめく紺碧《こんぺき》、豊かな巻き毛は金糸のように波打っている。トランペットとティンパニーのひびきが、民草の高らかな歓声とまじりあった。王さまも、宮廷の人たち全員も、ピルリパット誕生のときと同様、片足立ちで踊りまわり、お妃はうれしさにのぼせて失神してしまって、気つけにオーデコロンを振りかけてあげなくてはならなかった。

この大騒動で、まだ七歩の後退をやりおえてなかった若きドロセルマイアーは、いささか度を失い、それでもなんとかもちこたえて、七歩目に右足を後ろに伸ばしたちょうどそのときのことだ。憎にくしげにピーピー鳴きながら、マウゼリンクス夫人が床から姿をあらわしたものだから、足を踏みおろそうとしたドロセルマイアーは、彼女を踏んづけてよろけ、あやうく倒れそうになった。――おお、なんたる災厄！　突然、若者はさっきまでのピルリパット姫そっくりの、奇怪な姿になっていた。胴体は、でっかい不格好な頭を支えきれないほど小さくちぢんで、大きな目はいまにも飛び出しそうだし、口は耳までぱっくり裂けている。編んだ髪のかわりに背中に垂れさがっているのは、下顎を操作する仕掛けになっている細い木製マント。

時計師と天文学者は、おどろきのあまり呆然《ぼうぜん》としていたが、見るとマウゼリンクス夫人が血みどろで床を転げまわっている。彼女の悪意は、報いをうけずにはすまなかったのだね。というのも、若きドロセルマイアーの靴のとがった踵《かかと》に首をいやというほど踏んづけられて、夫人は死ぬはめになったのだ。それでも彼女は断末魔《だんまつま》の苦しみのもと、ピーピー、キーキーとあさましい鳴き声をあげながら言った。

《おお、クラカトゥクめ、固いくるみめ――おまえのせいで、わたしは死ぬはめに――ヒーヒー――ピーピー、格好いいくるみ割りめ、あんたももうすぐ死ぬんだよ――七つの冠をつけた息子が、おまえにお返しをしてくれるからね、母親の仇《かたき》をちゃんととってくれるのさ、ちびのくるみ割りめ――おお、いのちよ、鮮やかな赤いいのち、お別れだ、おお、この苦しさ！――キイーーッ》

この叫びとともに、マウゼリンクス夫人は息絶えて、お城の暖房係の手で運ばれていった。

若きドロセルマイアーのことはだれも気にかけていなかったのだが、王女が王さまに約束を思い出させたので、王さまは若き英雄をここに連れてまいれと、すぐさま命令した。ところが、不細工な姿になりはてた不幸な若者がまえに進み出ると、王女は両手で顔をおおって叫んだのだ。

《いやよ、おさがり、こんなみっともないくるみ割りなんて！》

すかさず宮廷式部長官が、若者の小さな肩をひっつかんで、扉のそとに放りだした。王さまは、くるみ割りを娘の婿として押しつけられそうになったことで怒り心頭に発し、すべてを時計師と天文学者の不手際《ふてぎわ》のせいにして、ふたりをお城から永久に追放してしまった。

こういう運命は、天文学者がニュルンベルクで占ったホロスコープには出ていなかったんだがねえ。それでも彼はめげずに、あらためて観察にはげんだところ、星々からつぎのような運勢を読みとれたそうだ。若きドロセルマイアーは、この新しい境遇にあってもりっぱにふるまい、異形《いぎょう》の容姿にもかかわらず王子に、そして国王になるだろう。しかしその不格好さは、マウゼリンクス夫人から七人の息子の死後に生まれて、ねずみ王となった七つ頭の息子を、彼みずからの手で斃《たお》し、またその醜い姿にもかかわらず高貴な婦人の愛をかちえたとき、はじめて消えるだろう、とね。じっさい、ニュルンベルクで若きドロセルマイアーは、クリスマスのころには父親の屋台にいるのが見受けられたそうだよ、それもくるみ割り人形のいでたちで、それでいて王子さまに見えたってさ！

さて、子どもたち、これが固いくるみのメールヘンだよ。これできみたちにもわかったね、難題にぶつかって苦労したとき、《固いくるみだった！》という言い方をみんなはどうしてよくするのか、そしてくるみ割り人形はどうしてあんなに醜い姿になったのか」

そう言って上級裁判所顧問官はお話をむすんだ。マリーは、ピルリパット姫っておよそ恩知らずな、いやな子だ、という感想だった。それにたいしてフリッツのほうは、くるみ割り人形が勇敢な男でありたけりゃ、ねずみの王さまなんてさっさと片付けちゃって、以前のように格好いい姿にもどるだろうと、断言したのだった。

## 伯父と甥

わたしの話を読んでいるか、聴いているかしている諸君のなかにも、ガラスで怪我をしたことがある人がいるかな。そういう人なら、ガラスによる切り傷というのがどんなに痛いものか、なかなか治らなくてどんなに厄介か、よく知っているだろうね。なにしろマリーなんて、起きると目眩《めまい》でくらくらするようで、ほとんどまる一週間もベッドで過ごす羽目になったんだ。それでもとうとうすっかり元気になって、いつものように楽しそうに部屋のなかをとびまわれるようになった。あのガラス戸棚のなかは、木々や花々、家々、輝くばかりに美しいお人形たちが、新品ぴかぴかの姿で勢揃《せいぞろ》いして、じつにきれいに見える。マリーがなによりうれしかったのは、大好きなくるみ割り人形にまた会えたことだった。二段目の棚に立って、すっかりなおった健康な歯をみせて、にっこりほほえみかけてくる。彼女はこのお気に入りの人形を心ゆくまでながめていたが、そのうちにふと、ドロセルマイアーおじさんのお話を思い出して、急に不安におそわれた。あの物語はぜんぶ、くるみ割りのお話、マウゼリンクス夫人とその息子対くるみ割りの確執《かくしつ》のお話だった。マリーはわかったのだ。彼女のくるみ割り人形は、ニュルンベルクの若きドロセルマイアー以外の何者でもありえない、そう、ドロセルマイアーおじさんの感じのいい甥っ子、でも残念なことにマウゼリンクス夫人の魔法にかかってしまったその人にほかならない、と。なぜって、ピルリパットの父親の宮廷の腕利き時計師なる者は、だれあろう、上級裁判所顧問官ドロセルマイアーその人だということを、マリーは物語を聴いているときから一瞬たりとも疑わなかったからね。

「でもどうしておじさんは、あなたの助太刀をしてくれなかったの？　どうして助けてくれなかったの？」

マリーは不満を口にせずにはいられなかった。自分の目で見たあの修羅場《しゅらば》は、くるみ割り人形の王国と王冠の命運《めいうん》をかけた戦闘だったことが、頭のなかでますますはっきりと見えてきたからだ。だって、ほかの人形はみんな、くるみ割り人形に家来として従っていたじゃないの。宮廷天文学者の予言は的中して、あの若いドロセルマイアーは人形王国の王さまになっていたのよね。利口なマリーはこんなふうに思いめぐらしながら、くるみ割り人形もその臣下たちも、生きていて動けるのだと彼女が信じてあげたなら、すぐさまほんとうに生きて動くにちがいない、とも考えた。でもそうはいかなかった。戸棚のなかの人形たちは微動《びどう》だにせず、こわばったまま。でもマリーは、胸のうちの確信を捨てる気にはとてもなれずに、これはマウゼリンクス夫人と七つ頭の息子による魔法のせいだと考えることにした。

「でもね、ドロセルマイアーさん」マリーは声に出してくるみ割り人形に言った。「たとえあなたが動けなくても、ひと言もあたしと話ができなくても、あたしにはちゃんとわかってるのよ。あなたはあたしの言うことを理解してくれているし、あたしがどんなにあなたを好きかも知っているって。助けが必要なときは、あたしを頼りにしてね——少なくともおじさんにお願いするつもりよ、あの器用な腕前を発揮しに駆けつけてきてくださいって」

くるみ割り人形はなんにも言わずじっとしたままだったけれど、マリーはガラス戸棚のなかを静かな吐息が流れたような気がした。そのせいでガラスが、ほとんど聞こえないけれど、とてもすてきな音色をたてて、まるで小さな鐘がこう歌っているようだった。

「小さなマリア——わが守護天使——あなたにわたしを捧げましょう——わがマ

リア」

マリーのからだを氷のような戦慄《せんりつ》が走った。でもそれでいて、不思議とうれしい気分だった。

夕闇がおとずれ、医事顧問官がドロセルマイアーおじさんといっしょに入ってきた。いくらもしないうちに、ルイーゼがお茶のテーブルをととのえ終わって、家族がそろってテーブルをかこみ、楽しいおしゃべりがはずんだ。マリーは自分の小さな椅子をそうっと引っぱってきて、ドロセルマイアーおじさんの足もとに座っていた。みんなの話がふっととぎれたとき、マリーは大きな青い目を上級裁判所顧問官の顔にじっと当てて言った。

「ねえ、あたしにはもうわかったわ、ドロセルマイアーおじさん、あたしのくるみ割りさんは、おじさんの甥の、ニュルンベルクのあの若いドロセルマイアーなのよね。いまは王子さま、というより王さまになってるの。おじさんのお連れの天文学者が予言したとおりになったのね。でもおじさんは知ってるんでしょ、彼はいまマウゼリンクスの息子の憎たらしいねずみ王との、結着のつかない闘いのさなかにいるってことを。どうして助けてあげないの？」

マリーは自分の見た戦闘の経過をいままたもういちど、ぜんぶ話してみたけれど、パパとママとルイーゼの大笑いに、なんども話はさえぎられてしまった。真顔《まがお》で聞いていたのは、フリッツとドロセルマイアーおじさんだけだった。

「いったいこの子は、どこでこんなばかげた話を仕入れてきたのかねえ」

医事顧問官がそう言うと、ママもあいづちをうつ。

「ほんとにおかしな子。空想にばかりふけって――ほんとうのところは、ひどい創傷熱が生んだただの夢ですよ」

「ぜんぶがほんとうってわけじゃないね」とフリッツ。「ぼくの赤い服のハンガリー軽騎兵は、そんな臆病者じゃないもん、マネルカ将軍め[22]、そんなだったらぼくが仲間入りするわけがないさ」

ところがドロセルマイアーおじさんは、奇妙な笑みを浮かべて小さなマリーを膝に

22　Potz Bassa Manelka. ハンガリー軽騎兵が使っていた伝統的な罵《ののし》り言葉で、トルコの将軍の名からくる。華麗なスタイルと勇猛さで名高かったハンガリー軽騎兵は、一五―一七世紀、ハンガリーをたえず圧迫していたオスマン帝国の騎兵隊と互角に戦った。

抱きあげると、いつになくやさしく話しかけた。

「いやはや、マリー、きみはわたしよりも、わたしたちみんなよりも、ずっと天分に恵まれているね。きみはピルリパットと同じに、生まれながらのお姫さまだ。だってきみは、美しい純然たる王国を治めているじゃないか。――でもね、あのかわいそうな、不格好なくるみ割り人形の面倒をみてあげるつもりだとすると、とっても苦労することになるよ。ねずみの王さまは彼を行くさきざきで迫害するからね。――だがわたしじゃなく――きみだけが彼を救えるんだ。ゆるがぬ気持で、真心をつくすんだよ」

マリーにも、ほかのだれにも、ドロセルマイアーがこのような言葉でなにを言おうとしているのか、さっぱりわからなかった。むしろ医事顧問官はどうもおかしいと思って、上級裁判所顧問官の脈をとって言った。

「頭にひどく血がのぼってますよ、ドロセルマイアーさん、薬を処方してさしあげましょう」

ただ医事顧問官夫人だけは頭を振りふり、なにやらもの思わしげにそっとつぶやいた。

「上級裁判所顧問官のおっしゃることは、なんとなくわかる気がするけれど、はっきり言葉で言いあらわすことは、わたしにはできないわ」

## 勝利

それから間もなくのこと、月がこうこうと照る夜、マリーは部屋の隅から聞こえてくるらしい妙な物音で目を覚ました。小さな石を投げたり転がしたりするような音のあいだに、ピーピー、キーキーと、いやらしい鳴き声。

「ああ、ねずみだ、ねずみがまた来た」

びっくりしたマリーはそう叫んで、ママを起こそうとした。けれども、ねずみの王さまが壁の穴からのっそり這いだしてくるのが目に入ると、もう声が出ない。手も足も動かない。とうとうねずみの王さまは、眼玉と王冠をぎらつかせながら部屋のなかをこっちにやってきて、えいっとひと跳び、マリーのベッドわきの小さなテーブルに跳びのった。

「ヒィ――ヒィ――ヒィ――おまえの砂糖豆をよこせ――おまえのマルチパンをよこ

せ、ちびっ子め、さもなきゃ、おまえのくるみ割り人形をずたずたに嚙みちぎるぞ——おまえのくるみ割り人形をな！」

ねずみの王さまは歯をぎりぎり鳴らしながらこれだけ言うと、ひと跳びしてすばやくまた壁穴に消えてしまった。マリーはおぞましいねずみの王さまの出現で不安になったあまり、翌朝、ひどく青ざめた顔をして、内心の興奮のせいでひとことも口が利けないありさまだった。なにごとがあったのか、ママかルイーゼに、せめてフリッツに訴えたいと、なんど思ったかしれない。けれどできなかった。

「あたしの言うことを、だれが信じてくれる？　さんざん笑いものにされるだけじゃないの」

でもくるみ割り人形を助けるには、砂糖豆とマルチパンを差し出すしかない。そのことははっきりわかっていたから、マリーはその晩、自分の砂糖豆とマルチパンをありったけ、戸棚の枠縁のまえに置いたのだった。

翌朝、医事顧問官夫人が言った。

「いったい、ねずみが突然、どこからうちの居間に入ってくるようになったのかしら。かわいそうに、マリー！　あなたの砂糖菓子がぜんぶ食いちらされてるわ」

そのとおりだった。マルチパン入りのお菓子は、食いしんぼのねずみの王さまの好みに合わなかったものの、鋭い歯でかじりちらされて、これでは捨ててしまうしかない。マリーはもう砂糖菓子などどうでもよくて、内心ではむしろ、これでくるみ割り人形が助かったと思ってうれしかった。ところがつぎの夜、すぐ耳もとでまたあのピーピー、キーキー鳴く声がしたとき、マリーはどんな気持がしただろうか。ああ、またあのねずみの王さまだ。しかもまえの晩よりもっといやらしく眼玉をぎらつかせ、もっとおぞましく歯ぎしりしながら鳴いている。

「おまえの砂糖ごろも人形、おまえのトラガント人形[23]をよこせ、ちびっ子め、さもなきゃ、おまえのくるみ割り人形をずたずたに嚙みちぎるぞ――おまえのくるみ割り人形をな」

こう言うと、恐ろしいねずみの王さまはぱっと跳びおりて消えてしまった。

マリーはすっかり憂鬱《ゆううつ》になって、翌朝、戸棚のところへ行くと、砂糖ごろものトラ

23　人形をかたどったクッキーで、ゲンゲ属の植物トラガントから採った接着剤を使っていることからこの名で呼ばれる。

ガント人形たちを悲しい目でじっと見つめた。彼女がつらい思いをしているのは、むりないよね。わたしの話に熱心に耳をかたむけているマリーちゃん、きみだって想像がつくだろう？ 小さなマリー・シュタールバウムが、砂糖やトラガントで形をととのえたどんなに愛くるしい人形たちをもっているか。まずは、とてもすてきな羊飼いが、女の羊飼いといっしょに、乳白色の羊の群の番をしていて、そのそばで元気な子犬が跳びはねている。そこへ郵便屋さんが二人、手紙を手にしてやってくる。それからすてきな四組の、身ぎれいな若者とひどくめかしこんだ娘さんが、ロシア式ブランコ[24]に乗っている。何人か踊っている人もいて、そのうしろにはパハター・フェルトキュンメル[25]と、オルレアンの処女[26]がいるけれど、この人たちのことはマリーはたいして好きじゃない。でもうんと隅っこに立っている赤いほっぺたの男の子は、マリーのお気に入りで、彼をみつめる小さなマリーの目から涙があふれた。

「ああ」と、マリーはくるみ割り人形のほうを向いて泣きながら言った。「ああ、ドロセルマイアーさん、あなたを助けるためなら、どんなことでもするつもりよ。でも、とってもつらい！」

くるみ割り人形はいまにも泣きだしそうな顔をしているようだったし、そのうえ、ねずみの王さまが七つの口をかっと開いて、この不幸な若者を呑みこもうとしているのが目に見えるような気がしたので、マリーはもうなにもかもぜんぶ犠牲にしようと覚悟をきめた。そこで晩になると、まえの砂糖菓子のときのように、ぜんぶの砂糖ごろも人形を戸棚の枠縁のところに並べていった。男女の羊飼いと羊にキスをして、最後には大好きな赤いほっぺの男の子も隅っこから取りだしたけれど、それでも置く場所はみんなのいちばん後ろ。パパハター・フェルトキュンメルとオルレアンの処女は、どうしたって最前列だ。

「まあ、なんてひどい」と、医事顧問官夫人がつぎの朝、大声をあげた。「きっとガラス戸棚のなかに、大きなわるいねずみが巣くっているのよ。かわいそうにマリーのすてきな砂糖ごろも人形が、みんなかじられてしまって」

マリーは涙をこらえきれなかったものの、しばらくするとまた笑顔をとりもどした。

24 大観覧車の前身の遊園地遊具。
25 ドイツの作家アウグスト・コッツェブーの喜劇『謝肉祭』（一八一一年）の主人公。
26 フリードリッヒ・シラーが、フランスの一五世紀の国民的英雄ジャンヌ・ダルクを主人公にした史劇を、このタイトルで一八〇一年に公刊している。

「どうってことないわ、くるみ割り人形は助かったんだもの」と思ったからだ。

その晩、ママがドロセルマイアーに、子どもたちのガラス戸棚でねずみが狼藉《ろうぜき》を働いたことを話したとき、パパが言った。

「しかしなんともいまいましい話だな、ガラス戸棚に巣くって、マリーの砂糖菓子を食ってしまうねずみのやつを、われわれは退治できないとはねえ」

「そうだ」と、フリッツが陽気な声をあげた。「下のパン屋には、すごくりっぱな灰色の公使館参事官[27]がいるよ。あいつを連れてこよう。すぐに片をつけてくれるよ、マウゼリンクス夫人だろうと、息子のねずみの王さまだろうと、がぶりと頭を嚙みきっちまうさ」

「そしてね」ママが笑いながら後をつづけた。「椅子やテーブルの上を跳びまわったり、グラスや茶碗を投げとばしたりして、ほかの損害もたっぷりとかけてくれるでしょうね」

「そんなことないよ」とフリッツ。「パン屋の公使館参事官はなんでも器用にやってのけるんだ。ぼくもあいつみたいに、優雅《ゆうが》にとんがり屋根の上を歩けたらいいのになあ」

「夜中に牡猫なんて、いやよ」と、猫ぎらいのルイーゼが言う。

「じっさいのところ」と、シュタールバウム氏、「フリッツの言うことはもっともだね。罠《わな》を仕掛けてみることだって、できるじゃないか。うちに罠はないのか?」

「罠なら、ドロセルマイアーおじさんに作ってもらうのがいちばんだよ。罠を発明したのはおじさんだもの」とフリッツが叫ぶ。

みんなが笑った。そして、家には罠はありませんよと夫人が断言すると、ドロセルマイアーは、自分のところにはいくつでもあるからと言って、とても出来のいいねずみ捕り器を一つ、すぐに家からもってこさせた。

このときフリッツとマリーの脳裡《のうり》には、おじさんの話してくれた「固いくるみのメールヘン」が、まざまざとよみがえっていた。料理女のドーレがベーコンの脂身を炙《あぶ》っていると、マリーはからだが震えだし、メールヘンの不思議なできごとで頭がいっぱいになって、日ごろからおなじみのドーレに、思わずこう言っていた。

「ああ、お妃さま、マウゼリンクス夫人とその一族にくれぐれもご用心を」

---

27 「固いくるみのメールヘン」にならって、パン屋の牡猫をこう呼んでいる。

フリッツは抜き身のサーベルを手に、呼ばわる。

「さあ、来るなら来い、ぼくがしとめてやる」

けれども、かまどの上も下も、こそりとも音がしない。

上級裁判所顧問官がベーコンを細い糸にむすんで吊るし、罠をそうっとそうっとガラス戸棚に据えつけたとき、フリッツが声をかけた。

「時計師のおじさん、気をつけてよ、ねずみの王さまは本気なんだ、ただのわるふざけとはちがうよ」

ああ、その夜、かわいそうなマリーはどんなだっただろう。ひやっと冷たいものが腕のあちこちにさわり、頰《ほお》になにやらざらっとした気持わるいものが触れて、耳もとでピーピー、キーキーと鳴く声。――いやらしいねずみの王さまがマリーの肩に乗っているではないか。かっと開いた七つの口から真っ赤な泡を吹いて、恐怖に凍りついたマリーの耳に、歯ぎしりしながらささやきかける。

「シュー――シュー――罠になんか、かかるもんか――餌に近づくもんか――捕まるもんか――シュー――さあ、よこせ、おまえの絵本をぜんぶよこせ、それに服もだ。さもなきゃ、ただじゃおかないぞ――わかってるな、くるみ割り人形がいなくなるんだぞ、嚙み殺されるんだぞ――ヒッピー――ピッピー――キーキー！」

マリーはがっくり気落ちしてしまった。悲しくてたまらなかった。

「わるいねずみはまだ捕まっていないわ」

翌朝ママがそう言ったとき、マリーはとても顔色がわるくて、打ちひしがれたようすだったので、これはお菓子がなくなって悲しいのと、ねずみが怖いせいだろうと思って、ママは付け加えた。

「でも、いい子だから心配しないでね、わるいねずみはきっと退治しますからね。罠が役に立たないようなら、フリッツの灰色の公使館参事官にお出ましをねがいましょ」

マリーは居間に自分ひとりしかいなくなると、すぐにガラス戸棚のまえに行って、泣きじゃくりながらくるみ割り人形に話しかけた。

「ああ、気立てのいいドロセルマイアーさん、あたしみたいにかわいそうな、運のわるい女の子が、あなたのためになにができる？――あたしの絵本ぜんぶと、聖キリストがプレゼントしてくださったきれいな新しい服まで差し出して、あのいやらしいねずみの王さまが食いちぎるのに任せたとしても、あいつはまたもっとよこせ、もっとよこせと要求して、しまいにあたしは、あげるものがなんにもなくなってしまうじゃないの？　そしたらあいつは、あなたのかわりにあたしに嚙みついて、ずたずたにする気じゃないの？——ああ、あたしはかわいそうな子、どうしたらいいの——どうしたらいいの？」

小さなマリーはこうやって嘆きを訴えているうちに、くるみ割り人形の首に、あの夜以来の大きな血痕がのこったままなのに気がついた。くるみ割り人形がほんとうは上級裁判所顧問官の甥の若いドロセルマイアーだと知ってからというもの、もう腕に抱いたり、抱きしめて接吻したりはせず、まあ言うなれば一種の羞《は》じらいから、あまり手を触れないようにしていたのだけれど、いまはそっとだいじに棚からおろして、首の血痕をハンカチでこすり落としはじめた。ところがおどろいたことに突然、くるみ割り人形が彼女の手のなかで温かくなり、みじろぎしはじめたように感じられたのだ。あわててまた棚にもどすと、小さな口ががくがくと動いて、くるみ割り人形はたどたどしく言葉をつぶやいた。

「ああ、シュタールバウムのお嬢さん——すばらしいお友だち、なにもかもあなたのおかげです——いいえ、絵本も、キリストの贈りものの服も、わたしのために犠牲にしてはいけません——ただ、ひと振りの剣をお願いします——剣だけを、ほかのことはわたしにお任せください、たとえあいつが——」

ここでくるみ割り人形の言葉はとぎれ、はじめて内心の苦衷《くちゅう》をにじませて生気づいていた目も、またじっと動かなくなってしまった。でもマリーはちっとも怖くなかった。むしろうれしくて跳びはねたいほどだ。これ以上つらい犠牲をはらわなくとも、くるみ割り人形を救える手だてがわかったからね。でもこの小さな人形用の剣を、どうやって手に入れる？

マリーはフリッツに相談してみようと決心した。その晩、両親は外出したので、彼女はフリッツとふたりきりで居間のガラス戸棚のそばにすわりこんで、これまでのことを洗いざらい打ち明けた。くるみ割り人形とねずみの王さまのことで、自分にふりかかっている災難についても、くるみ割り人形を助けるにはどうしたらいいかも。フリッツがなによりがっくりしたのは、マリーの報告によると、彼の軽騎兵たちがとてもぶざまな戦いぶりだったことだ。ほんとうにそうだったのかと、もう一度おおまじめに訊いて、マリーがそうだと請け合うと、フリッツはぱっとガラス戸棚のまえに行って、彼の軽騎兵に荘重な演説を一席ぶちあげてから、おまえたちの保身と卑怯な態度への罰だと言って、帽子の徽章《きしょう》をつぎつぎとちぎりとって、今後一年間、軽騎兵隊行進曲の吹奏はまかりならんと申しわたした。こうして処罰の職責《しょくせき》を果たすと、またマリーのほうを向いて言った。

「サーベルなら、ぼくがくるみ割り人形のお役に立てるよ。昨日、甲騎兵隊の老大佐を年金付退職にしたところだから、彼のりっぱな切れ味のサーベルがご用ずみになってるんだ」

件《くだん》の大佐は三段目の棚のいちばん奥のすみっこで、フリッツに指示された年金暮らしをむさぼっている。そこから大佐が取りだされ、見ればたしかに飾りつきの銀のサーベルを佩《は》いている。それがはずされ、こんどはくるみ割り人形の腰に付けられたのだった。

その夜、マリーは恐ろしさに胸がしめつけられて、寝つけなかった。真夜中ごろだろうか、がたぴしと妙な音が居間から聞こえてくるような気がする。——突然、「キーッ！」という声。

「ねずみの王さまだ！　ねずみの王さま！」

マリーは叫んで、ベッドから跳びだした。家じゅう、しずまりかえっている。だがまもなく、そっとドアをたたく音がして、かぼそい声が聞こえた。

「シュタールバウムのお嬢さん、安心してドアを開けてくださいーーよろこばしいお報《しら》せです！」

若いドロセルマイアーの声だ。マリーは上着を肩にひっかけるなり、ドアを開けた。外にはくるみ割り人形が立っていた。右手には血まみれの剣、左手には小さな蠟燭《ろうそく》をもって。マリーの姿をみると、彼は片膝をついて言った。

「あなたこそ、わたしに騎士の勇気を与えてくださったお方、不埒《ふらち》にもあなたを嘲《ちょう》笑《しょう》しようとしたやつと戦う力を、わが腕に授けてくださったお方。背信のねずみ王は重傷を負って倒れ、おのれの血の海でのたうちまわっております！ーーどうか勝利のしるしを、あなたのためには死をもいとわぬ騎士の手から、お受けとりください！」

そう言ってくるみ割り人形は、左腕にずらりと通してあったねずみの王さまの七つの黄金の冠を、ひとつひとつ、てぎわよく外してマリーに差しだし、彼女は大喜びで受けとった。くるみ割り人形は立ちあがって言葉をつづけた。

「ああ、シュタールバウムのお嬢さん、にっくき敵を討ち倒したいまこのとき、もしもほんの何歩かわたしについてきてくださるお気持があるなら、あなたにすばらしいものをお見せできます！　ぜひ来てください――どうか、お嬢さん！」

人形の国

ねえ、子どもたち、きみたちだってだれひとり、悪意なんて少しもないこの律儀《りちぎ》で気のいいくるみ割り人形についていくのを、一瞬だってためらいはしないだろうね。マリーなら、なおさらだよ。なにしろ自分はくるみ割り人形に感謝される資格がたっぷりあるとわかっていたし、彼が約束を守って、すばらしいものをたくさん見せてくれるだろうと信じて疑わなかったからね。だからマリーは言ったよ。

「いっしょに行くわ、ドロセルマイアーさん、でも遠くて時間のかかるところじゃだめよ、だってあたし、まだ眠り足りないんですもの」

「ですから、いちばんの近道を選びます」くるみ割り人形が答えた。「ただし、いささか険《けわ》しい道ですが」

彼が先に立って進み、マリーがそのあとについてゆくと、廊下に置きっぱなしの古くてどっしりと大きな衣裳簞笥のまえで、彼は立ちどまった。おどろいたことに、いつもはしっかり閉じているこの簞笥の扉が開けっぱなしになっていて、いちばんまえにつるしてあるパパの旅行用の狐皮コートがはっきり見える。くるみ割り人形はとても器用にコートの縁飾《ふちかざ》りをよじのぼると、背中がわに太い紐《ひも》でぶらさげてある大きな総飾《ふさかざ》りをつかんだ。この総飾りをぐいと引っぱると、たちどころに毛皮コートの袖口から、ヒマラヤ杉でできたとてもほっそりした梯子《はしご》がするするとおりてきた。

「どうぞこれを登ってください、お嬢さん」くるみ割り人形が叫ぶ。

マリーは登った。ところが袖をとおりぬけて襟の見えるあたりまで着くか着かないかのうちに、まぶしい光が降りそそいできて、突然マリーは、すてきな匂いのただよう野原に立っていた。きらめく宝石のように、無数の閃光《せんこう》を放っている野原だ。

「ここは氷砂糖の野原です」と、くるみ割り人形。「でもすぐにあの門をくぐりましょう」

そう言われて見上げると、野原のほんの数歩さきにそびえている美しい門が目に入った。白と茶色と干しぶどう色の、斑《ふ》入り大理石でできているように見えたけれど、近づいてみると、砂糖漬けアーモンドと干しぶどうを入れて焼き固めた巨大なお菓子の門だとわかる。そこを通りぬけるときのくるみ割り人形の説明によると、だからこの門は〈アーモンド＝干しぶどう門〉とも呼ばれているそうな。庶民はこれをたいへん無粋《ぶすい》にも、〈学生の餌の門〉[28]と名付けていたけれどね。この門の、見るからに麦芽《ばくが》糖《とう》でつくってあるらしい張り出し回廊では、赤い胴着をつけた六匹の猿が、この上なくすばらしいトルコ軍楽隊の行進曲を演奏していた。それがあんまりすてきなので、マリーは色とりどりの大理石タイルの上をどんどん進みながらも、足もとのそのタイルがほんとうはみごとな仕上げの砂糖板菓子[29]だということに、ほとんど気がつかなかったほどだ。

やがて甘いあまい匂いに全身が包まれた。そこを入口にして両側にひろがる、すてきな森からただよってくる。暗い葉むらのあいだから灯りがきらきらと射し出て、さまざまな色の植物の茎《くき》に金や銀の実がぶらさがっているのや、木の幹や枝が、うれしげな花嫁や陽気な婚礼客さながら、リボンや花束で飾られているのが、はっきりと見えた。そしてオレンジの香りがやさしい南西風のようにそよ吹くと、枝々や葉むらがさわさわと揺らいで、金銀のスパンコールが楽しげな音をたて、そのお祝いの音楽のようなひびきに合わせて、きらめく灯火がおのずと跳ねたり踊ったりする。

「まあ、ここはなんてきれいなんでしょう」

マリーはうっとりして叫んだ。

「ここはクリスマスの森です、お嬢さん」と、くるみ割り人形が言う。

「ああ、ここにもうちょっといてもいいかしら」とマリー、「ここはほんとにすてき」。

くるみ割り人形が小さな手をたたいて合図すると、たちどころにあらわれたのは何人かのかわいらしい男女の羊飼いと猟師。とっても華奢《きゃしゃ》で、白くて、砂糖だけでできているかと思うほど。マリーは彼らが森のなかを歩きまわっていたのに、ちっとも気がつかなかったのだ。連中はこの上なく愛らしい黄金の肘掛け椅子をもってきて、甘草《かんぞう》でできた白いクッションを置くと、そこに座るようにとても丁重にマリーに勧《すす》めてくれた。そしてすぐに男女の羊飼いが、猟師たちの吹くじょうずな笛の音に合わせて、とても上品なバレエを踊ったかと思うと、またみんな茂みに消えていった。

28　Studentenfutterpforte. 干しぶどうとナッツ類は、授業の合間に食べて空腹をしのぐのに便利だし、二日酔いにも効くとされて、〈学生の餌〉と呼ばれていた。

29　Morselle. 溶かした砂糖にさまざまな香料、ナッツ類、チョコレートなどを入れて板状に固めた菓子。苦くて飲みにくい薬をこれに混ぜ込んである薬用菓子もある。

「お許しください、シュタールバウムのお嬢さん」くるみ割り人形が言う。「踊りがとてもお粗末でして。でもあの連中は、われわれの操り人形バレエ一座のものでして、いつもいつも同じ踊りしかできないんです。それに猟師たちの笛の伴奏が、あんなに眠たげで気がぬけていたのも、理由のあることでしてね。砂糖菓子の籠《かご》がクリスマスツリーにつるしてあって、彼らの鼻の上にぶらさがっているのに、ちょっとばかり高すぎて手がとどかないんです！——けれどもう少し、散歩しませんか？」

「でもとってもすてきだったし、あたしはすごく気に入ったわ」

マリーはそう言って立ち上がると、先を行くくるみ割り人形についていった。甘くささやきながら流れる小川に沿って歩く。森全体を満たしているすばらしい芳香《ほうこう》は、すべてその小川から立ちのぼっているらしい。

「これはオレンジ川」くるみ割り人形がマリーの質問に答えて言う。「でもこのいい香りをべつとすれば、大きさと美しさの点では、レモネード河に遠くおよびません。どちらもアーモンドミルク湖に注いでいます」

やがて、たしかにもっとはげしい水流のざわめきが聞こえてきて、幅ひろいレモネード河が視界にあらわれた。くすんだ黄色の波を誇らしげに立てながら、両岸の、緑色にきらめくガーネットさながらの茂みのあいだを流れ下っていて、格別にさわやかな、胸と心臓を力づけてくれる涼やかさが、このみごとな河から立ちのぼってくる。そこからほど遠からぬところに、暗黄色の水が重たげにのったりと、しかしなんとも甘ったるい匂いを放ちながら流れていて、岸辺にはさまざまなかわいらしい子どもたちが座りこんで、まるまっこい小魚を釣り上げては、その場で口に放り込む。近づいてみると、魚はどうやらハシバミの実らしい。少し離れたところに、とても小ぎれいな村があり、家々、教会、牧師館、納屋、どれもみな暗褐色、でも屋根は金色に飾り立てられ、多くの壁も、砂糖漬けのレモンの皮やアーモンドの種を貼りつけたように色とりどり。

「あれは胡椒菓子村《ペファークーヘン》です」くるみ割り人形が言う。「蜂蜜川のほとりにあって、じつにいい人たちが住んでいるんですがね、おおかたは虫歯がひどくて、ご機嫌がわるい。だからあの村へ入るのはやめておきましょう」

そのとき、マリーは小さな町が見えるのに気がついた。さまざまな色の透明な家ばかりが並んでいて、とてもきれいだ。くるみ割り人形はまっすぐそっちへ向かって行く。やがて陽気な騒ぎが聞こえてきて、何千もの小さな人が、荷物を山と積んで広場にとまっている何台もの車をかこんで、荷を調べたり下ろしたりしようとしているのが見える。でも荷ほどきされて出てきたものは、見たところ、さまざまな色の紙と板チョコレート。

「ここはボンボン町でしてね」と、くるみ割り人形が言う。「ちょうどいま、紙の国とチョコレート王からの贈りものがとどいたところです。かわいそうにボンボン町は、最近、蚊将軍の軍勢にひどく脅《おび》かされたものですから、みんなは自分の家を紙の国からの贈りものでくるんで、チョコレート王からいただいた頑丈な材料で防壁を築こうというわけです。でもシュタールバウムのお嬢さん、この国の小さな町や村をぜんぶ見てまわるのはやめて――都へまいりましょう――都へ！」

くるみ割り人形はどんどん先を急ぎ、マリーは好奇心にかられてあとについていった。ほどなくすると、すばらしいバラの香りが下のほうから立ちのぼってきて、あたり一面が柔らかになびくバラ色の霞《かすみ》に包まれた。気がつくとそれは、赤いバラ色にきらめく川面《かわも》の照り返しなのだ。その川はマリーたちの目のまえを、バラ色がかった銀の小波《さざなみ》を立てながら、妙《たえ》なる音とメロディーを奏でつつ流れていく。この優美な川は、しだいに幅をひろげて大きな湖のようになり、その水の上では、金色の首飾りをつけた銀白色のすてきな白鳥が泳ぎながら歌を競《きそ》いあい、それに合わせて、ダイアモンドの魚たちがバラ色の水のなかを浮いたり沈んだり、楽しげに踊っているかのよう。

「まあ！」マリーはすっかりうれしくなって声をあげた。「これはドロセルマイアーおじさんが、いつかあたしに作ってくださるおつもりだった湖だわ。ほんとうよ。そしてあたしが、あのすてきな白鳥たちと仲良しになる女の子なのよ」

それを聞いたくるみ割り人形は、マリーがこれまでいちども見たことがないような、ふんと嘲《あざけ》るような笑みを浮かべてから、こう言った。

「そんなこと、おじさんにはできっこないでしょうよ。シュタールバウムのお嬢さん、むしろあなたのほうがおできになる。でもそんなことをあれこれ詮索《せんさく》するのはやめましょう。それよりこのバラ湖を渡って、都へ行きましょう」

## 首都

くるみ割り人形がまた小さな手をたたいて合図すると、バラ湖がざわめきはじめて、波がいっそう高くなった。見ると遠くから、色とりどりにきらめく宝石ずくめの貝の舟が、黄金の鱗《うろこ》のイルカ二頭に曳《ひ》かれて近づいてくる。なんとも愛くるしい小さなムーア人[30]、きらめくハチドリの羽根で作った帽子と前掛けといういでたちの一二人が、岸に跳びおりて、まずはマリーを、つぎにくるみ割り人形をかかえあげ、そっと波の上を滑っていくようにして舟へ運びこむと、すぐさま船出した。すごいねえ、貝の舟にのって、バラの香りにつつまれ、バラ色の波にかこまれて湖を渡ってゆくなんて、どんなにかすてきだったろうね。二頭の黄金の鱗のイルカが鼻を水からつきだして、水晶のような水柱を高だかと噴きあげる。それがきらきら光りながら弧を描いて落ちてくるさまの、みごとなこと。まるで銀の鈴のようなやさしいきれいな二つの声が、歌っているように聞こえる。

「バラ湖を泳いでいるのはだれ？――妖精だ！　蚊だよ！　ブンブン、魚だ、スイイ――白鳥だ！　シュワシュワ、金の鳥だよ！　トララー、波の流れよ――湧きたて、ひびけ、歌え、うねろ、行く手をうかがえ――小さな妖精、小妖精たち、こっちにおいで。バラの波濤《はとう》よ、うねろ、冷気を送れ、打ちよせろ――大きく――岸に向かって押しよせろ！」

ところが、貝の乗物の後部にとび乗っていた一二人の小さなムーア人は、噴水の歌にすっかり気をわるくしているらしい。だって彼らときたら、椰子《やし》の葉でこしらえた日除《ひよ》け傘を、葉っぱがよれよれになってばらけてしまうほど振りまわしているじゃないか。そうしながら足でじつに風変わりな拍子を取って歌っているよ。

「クラップ、クリップ、もいちどクリップ、クラップ、上へ、下へ――ムーア人の輪《りん》舞《ぶ》は黙りこんじゃいけない。魚よ、はねろ、白鳥よ、動きまわれ、貝の舟よ、とどろけ、とどろけ、ガタン、ゴトン、輪舞はクリップ、クラップ、上へ、下へ！」

「ムーア人というのは、なんとも陽気な連中でしてね」くるみ割り人形がいささか困ったような顔で言った。「でもこれじゃ湖全体を煽《あお》って、わたしに反抗させてしまいそうだ」

事実、まもなく湖と大気にただよっているらしい不思議な声々が、耳を聾《ろう》さんばかりに高まってきた。けれどマリーはそんなことには気もとめずに、香りたつバラ色の波を見つめていた。一つひとつの波すべてから、やさしい優美な女の子の顔がほほえ

30　北西アフリカの住人、とくにベルベル人の呼称だったが、中世以降、肌の色が黒い人をステレオタイプ的にムーア人と呼ぶようになった。

みかけてくる。

「まあ」マリーは小さな手を打ちあわせて、うれしそうな声をあげた。「見て、ドロセルマイアーさん！　ほら、あそこにピルリパット姫がいて、とってもやさしくほほえみかけてくる。――ああ、見てよ、ドロセルマイアーさん！」

ところがくるみ割り人形は、ほとんど悲しむかのような吐息をついて、こう言ったのだ。

「おお、シュタールバウムのお嬢さん、あれはピルリパット姫じゃありません。あなたですよ。どのバラ色の波からもじつに愛らしくほほえみかけているのは、いつもあなた自身ばかり、あなたの自身のやさしい顔ですよ」

それを聞いてマリーはいそいで頭をそらして、目をかたくとじた。とっても恥ずかしかったのだ。でもその瞬間、彼女は一二人のムーア人に抱えられて、貝の舟から陸地へ運ばれていった。見ると、そこは小さな灌木《かんぼく》の林。さっきのクリスマスの森よりもっと美しいくらいで、なにもかもぴかぴかと光を放っている。とりわけみごとなのは、木という木に、色が奇妙なばかりかすてきな匂いもする珍しい果実がぶらさがっていることだ。

「ここはジャム村」くるみ割り人形が言う。「でも、あっちが都ですよ」

さて、いまマリーの目に映ったものといったら！　ねえ子どもたち、いまマリーのまえに広がる花咲く緑地のむこうに、大きく姿をあらわした都の美しさとすばらしさを、どこからきみたちに説明したらいいだろうね。みごとな色の壁面や塔が目をひくばかりじゃない、建物の形にしてからが、およそこの世に似たようなものはまずみつかるまい。なにしろ家々には、屋根のかわりに華奢な編み模様細工の冠《かんむり》がのっかっているし、塔のてっぺんには、このうえなく繊細《せんさい》な色とりどりの葉っぱをかたどった飾りがついている。マリーたちが、マコロンと砂糖ごろもの果実ばかりでできているように見える門を入ると、銀の兵隊たちが捧げ銃《つつ》をして迎え、錦織《にしきお》りの部屋着姿のこびとが、くるみ割り人形の首に抱きついて言うではないか。

「ようこそ、王子さま、お菓子の都へようこそ！」

マリーは、若いドロセルマイアーがとても気品のあるひとに王子さまと呼びかけられたことに、少なからずびっくりした。でもこんどは、とてもおおぜいの人声が入り乱れて聞こえてくる。歓声やら、笑い声やら、ふざけたり歌ったりする声やら、そのかまびすしさに、マリーはほかのことは考えられなくなって、いったいこれはなんなのかと、くるみ割り人形にすぐ訊いてみた。

「おお、シュタールバウムのお嬢さん」くるみ割り人形は答えた。「これは、とくべつどうということじゃありません。お菓子の都は、人口が多くてにぎやかなところでしてね、毎日がこうなんです。それよりどうぞ、もっと先へ行きましょう」

何歩もすすまぬうちに、大きな市《いち》の立つ広場に出た。なんともすてきな眺めだ。広場をぐるりとかこむ家は、すべて透かし彫りの砂糖細工で、回廊の上にはまた回廊が重なり、広場の中央にはオベリスクとして砂糖ごろものバウムクーヘンが高くそびえ立ち、そのまわりにある四つの精巧《せいこう》な噴水は、オレンジ・ジュースやレモネードその他、すてきな甘味飲料を噴きあげ、水盤にはまじりけのないクリームが溜《た》まっていて、その場でスプーンですくって食べられそう。

でもなによりすてきなのは、何千もの頭かずで押し合いへし合いしている、なんとも愛くるしい小さな人たちだった。たがいに歓声をあげ、笑いころげ、冗談を言い、歌をうたっている。そう、遠くからすでにマリーに聞こえていたあの陽気な騒ぎの張本人たちだ。きれいに着飾った紳士淑女、アルメニア人にギリシャ人、ユダヤ人にチロル人、将校に兵隊、説教師、羊飼い、道化、要するに、およそこの世でみつかるかぎりのあらゆる種類の人がいる。

広場の一隅で騒ぎが大きくなった。人びとの群がどっと左右に分かれて道をあける。いましもインド式の輿《こし》に乗ったムガール帝国皇帝が、九三人の帝国太守と七百人の奴隷《どれい》をお供に従えて、お通りになるのだ。ところがこんどはべつの一隅で、五百人を擁《よう》する漁師組合がお祭り行列をおっぱじめ、ちょうどそこに折悪《おりあ》しくもトルコのスルタンが、三千騎の親衛隊をひきつれて広場を散歩しようと思いついてしまった。それに加えて、『中止された奉献祭』[31]の大行列までやってきて、「起《た》て、強大なる日輪に感謝をささげよ」の合唱をにぎやかな鳴りもの入りで歌いながら、まっすぐオベリスク目指して進んでゆく。とほうもない押し合いへし合い、怒声と金切り声の大騒動。

そのうちに、あちこちで悲鳴も上がりはじめた。なにしろ、一人の漁師が雑踏にもまれて、バラモン僧の頭を突き落としてしまうわ、ムガール帝国皇帝はすんでのとこ

31　ドイツの作曲家ペーター・フォン・ヴィンターの一七九六年初演のオペラ。ペルーを舞台に、太陽神に捧げる儀式でこの合唱が歌われる。ホフマンはこのオペラの公演批評を書いたことがある。

ろで道化に踏み倒されかけるわ。騒ぎはひどくなるばかり、みんなは突きとばし合ったり、殴《なぐ》り合ったりしはじめた。そのときだった。錦織りの部屋着を着た男、門のところでくるみ割り人形に王子さまと呼びかけたあの男が、バウムクーヘンによじのぼっていった。三度、とても澄んだ鐘の音がひびきわたり、それにつづけて三度、彼が大声で呼ばわった。

「菓子づくり殿！　菓子づくり殿！　菓子づくり殿！」

ぴたりと騒動がおさまった。だれもかれも、なんとか身づくろいしようと手をつくし、乱れた行列は態勢をたてなおし、ムガール皇帝の汚れた服にはブラシがかけられ、バラモン僧の頭がもとどおり首にすえられると、以前のような陽気な騒ぎがまたはじまった。

「菓子づくり殿って、ドロセルマイアーさん、どういうこと？」

「ああ、シュタールバウムのお嬢さん、菓子づくりというのは、ここでは、ある未知の、でもたいへんおそろしい権力の呼び名なんです。その力は人間を思いどおり、なんにでも作り変えることができるのだと、みんな信じています。これがここの陽気なひとびとを支配している宿命で、みんなはこの力をおそれるあまり、その名が呼ばれるだけで、さっき市長さんがやってみせたとおり、どんな大騒動もしずまってしまう。そしてだれもが、肋骨《ろっこつ》を折られたの、頭を殴られて瘤《こぶ》ができたのというような、浮世のことを思いわずらうのをやめて、自分の内面に向かって、〈人間とはなにか、人間をなにに変えうるのか？〉と問いかけるのです」

マリーがおどろきの声、いや、最高の賛嘆の声をあげずにはいられなかったのは、いきなり目のまえに、天高くそびえる百もの塔をいただいて、紅バラ色の微光にきらめくお城があらわれたときだった。ただ城壁のここかしこに、スミレ、スイセン、チューリップ、アラセイトウのたっぷりとした花束が置いてあって、それらの濃く燃え立つ色合いが、バラ色に染まった地色のきらめく白さを引き立てる。中央の建物の大きな丸屋根にも、塔のピラミッド型の屋根にも、無数の金銀の星がちりばめられている。

「さあ、マルチパン城に着きました」と、くるみ割り人形が言った。

マリーはすっかりぼうっとなってこの魔法の宮殿に見とれていたが、それでも大きな塔の一つには、屋根がまるごとなくなっているのを見のがさなかった。その塔には肉桂《シナモン》の棒で足場が組まれていて、小さな男たちがその上に立って修理をしようとしているらしい。彼女が質問するよりさきに、くるみ割り人形が説明してくれた。

「しばらくまえのことですが、この美しいお城は完全な滅亡とまではいかなくとも、ひどい荒廃《こうはい》の危険にさらされました。食いしんぼ巨人がやってきて、あの塔の屋根をぱくりとかじりとり、大きな丸屋根にまで食らいついたのです。でもお菓子の都の住民たちは、貢《みつ》ぎものとして都の一地区まるごとと、ジャム村のかなりの部分を差し出したので、それを巨人はすっかり平らげて、出て行ってくれました」

その瞬間、とても心地よいやさしい音楽が聞こえてきて、お城の門がさっと開くと、一二人の小さなお小姓《こしょう》が、火をともした丁子《ちょうじ》の茎を松明《たいまつ》のように手にかかげて出てきた。お小姓の頭はひと粒の真珠、胴体はルビーとエメラルドでできていて、そのうえとても美しい純金細工の足で歩いてくる。

それにつづいて四人の貴婦人、大きさはマリーのお人形のクララちゃんとほぼ同じくらいだけれど、そのりっぱな輝くばかりのおめかしぶりを見ると、生まれながらの王女さまたちだと一目でわかる。彼女たちは、くるみ割り人形をそれはそれはやさしく抱きしめて、悲嘆と喜びをこめて叫んだ。

「おお、わたしの王子さま！　わたしのだいじな王子さま！　おお、わたしのお兄さま！」

くるみ割り人形はたいそう感動したようす。溢《はふ》り落ちる涙をぬぐうと、マリーの手をとって思いのかぎりをこめて重おもしく言った。

「このお方はマリー・シュタールバウム令嬢、たいへん尊敬すべき医事顧問官のお嬢さんで、わたしの命の恩人です！　もしも彼女が、ここぞというときに上履きを投げてくださらなかったら、またもしも、退職した大佐のサーベルを調達してくださらなかったら、わたしは呪《のろ》わしいねずみ王の牙《きば》にかかって、墓によこたわる身となっていたことでしょう。——おお！　このシュタールバウム令嬢に、生まれながらの王女とはいえピルリパットが、美しさと、気立てのよさと、美徳の点で、比べものになるでしょうか？　だんじてなりません！」

「だんじて！」

貴婦人たちは声をそろえてそう叫ぶと、マリーの首っ玉にかじりついて、泣きじゃくりながら呼びかける。

「おお、兄の王子をお救いくださった尊いお方——すばらしいシュタールバウムのご令嬢！」

さてそれから、貴婦人たちはマリーとくるみ割り人形を先導して城のなかへ、正確に言うと広間のなかへ、入っていった。そこの壁は、目もあやにきらめく水晶ずくめ。でもなによりマリーの気に入ったのは、壁ぞいにぐるりと並ぶなんともかわいらしい椅子やテーブル、簞笥や書きもの机などだった。どれもこれも、糸杉材かブラジルボクで作られていて、金の花模様を散らして仕上げてある。王女たちはマリーとくるみ割り人形を席につかせて、これから自分たちですぐ食事の支度をすると言う。そしてとても繊細な日本磁器の小さな鉢やお皿、それにスプーン、ナイフ、フォーク、卸《おろし》金《がね》、ソースパンなどなど、たくさんの金銀製の調理用具を運んできた。つぎには、マリーが見たこともないような、みごとな果物や砂糖菓子をもってきて、雪のように白い小さな手でこのうえなく優美に果汁をしぼったり、スパイスを搗《つ》き砕いたり、砂糖漬けアーモンドを擂《す》りつぶしたり、要するに見ていても、王女たちがどんなに料理じょうずか、どんなにおいしいご馳走《ちそう》ができそうか、マリーにもよくわかるほどの手さばきなのだ。

マリーは、こういうことならあたしだって得意だと思うとむずむずして、王女たちの仕事をいっしょにやらせてもらいたくてたまらなくなった。このひそかな願いを察したかのように、くるみ割り人形のいちばん美しい妹が、小さな金の乳鉢《にゅうばち》をマリーに差しだして言った。

「さあ、かわいいお友だち、わたしの兄の救い主、この氷砂糖を少しばかり搗いて、こまかく砕いてくださいな！」

マリーが上機嫌で氷砂糖を搗くと、乳鉢はすてきな歌にも似たやさしく愛らしい音をたてる。するとくるみ割り人形が、これまでのことをながながと話しはじめた。彼とねずみ王の軍勢とのすさまじい戦いのようす、くるみ割り軍の臆病さのせいで彼は敗れてしまったこと、そのあと恐ろしいねずみ王は彼を嚙み殺そうと企て、そのためにマリーは、彼女に仕えていた彼の臣下をたくさん犠牲にせざるをえなかったこと、などなど。

マリーはこの話のあいだ、だんだんと彼の言葉も、そう、乳鉢を搗く音さえも遠のいて、聞きとれなくなっていくような気がしたけれど、やがてそのうちに、銀色のヴェールが薄い霧の雲のように立ちのぼってくるのが見えた。そのなかを王女たち――お小姓たち、くるみ割り人形、それればかりかマリー自身さえも、ふんわり泳いでいく――奇妙な歌声、それに鳥や虫の羽音のようなものが聞こえたかと思うと、遠くのほうへ消えてゆき、マリーはいまや高まりゆく波にもちあげられるかのように、どんどん高くのぼっていく――高く、高く――もっと高く――

## 結び

プルル――すとん！――マリーはとんでもなく高いところから落っこちた。――あっという間のことだ！　でもとっさに目を開けると、なんとそこは自分のベッドの上、しかも日の光も明るい。ママが目のまえに立って、言っている。

「よくもまあ、こんなに長く寝ていられること、とっくに朝ごはんの時間になってますよ！」

お集まりの聴衆諸君はご存知だね、マリーはありとあらゆる不思議なものを見たせいで、すっかりぼうっとなったあげく、マルチパン城の広間で眠りこんでしまい、ムーア人たちかお小姓たちか、それともくるみ割り人形自身かが、彼女を家に運び込んでベッドに寝かせてやったんだよね。

「ママ、ねえ、ママ、ゆうべは若いドロセルマイアーさんがあたしをあっちこっち案内してくれて、いっぱい、きれいなものが見られたのよ!」

マリーは、いましがたわたしが話したとおりのことをぜんぶ、ほぼ正確にママに話してあげた。ママは目を丸くしてマリーを見ていたけれど、話が終わると言った。

「とってもすてきな長い夢を見たのね、マリー。でもそんなものはぜんぶ、頭から追いはらってしまいなさいよ」

夢なんかじゃない、ほんとに見たんだと、マリーが言い張ると、ママはガラス戸棚のところにマリーを連れていって、いつものように三段目の棚に立っているくるみ割り人形を取り出して言った。

「おばかさんねえ、このニュルンベルクの木の人形が生きていて動けるなんて、どうして信じられるのかしら」

「でも、ママ」と、マリーが口をはさむ。「あたしはよく知ってるのよ、この小さなくるみ割り人形はニュルンベルクの若いドロセルマイアーさんで、ドロセルマイアーおじさんの甥だってことを」

すると医事顧問官夫妻はそろって大声で笑いこけた。

「ああ、パパったら、あたしのくるみ割り人形を笑ったりして」マリーは泣きそうになって言いつのった。「でも彼はパパのことを、とてもよく言ってたのよ。マルチパン城に着いて、妹の王女さまたちにあたしを紹介したとき、パパはたいへん尊敬すべき医事顧問官だって！」

笑い声はいっそう高まった。ルイーゼばかりか、フリッツまでいっしょに笑っている。そこでマリーはべつの部屋へ走っていって、彼女の小函からねずみの王さまの七つの冠をいそいで取ってくると、ママに渡しながら言った。

「ねえ、見て、ママ、ねずみの王さまの七つの冠よ。ゆうべ、若いドロセルマイアーさんが彼の勝利のしるしに、あたしにくださったの」

びっくりしてママは小さな王冠をとくと眺めた。まったく見知らぬ金属でできているが、とてもぴかぴか光っていて、人間の手ではとてもできそうもないほどきれいな細工がほどこしてある。医事顧問官も王冠をいつまでもじっと見ている。そのあげく、両親そろってひどく真剣な面持《おもも》ちで、どこでこれらの王冠を手に入れたのか言いなさいと、マリーに詰めよった。けれども彼女は自分がさっき話したことを繰りかえすことしかできない。パパはマリーを叱りつけて、嘘つき呼ばわりまでしたものだから、彼女はわっと泣き出して、悲しい声をあげた。

「ああ、どうしたらいいの、いったいなんと言えばいいの？」

そのときドアが開いた。上級裁判所顧問官が入ってきて、声をかけた。

「どうした――どうしたんだ？　わたしの名付け子のマリーがこんなに泣いているなんて。――どうした――どうしたのかね？」

医事顧問官がことのしだいを説明しながら、王冠を彼に見せた。ところがドロセルマイアーは見たとたんに、からからと笑って言う。

「ばかな冗談ですよ、つまらん話、これはわたしが何年もまえに時計の鎖につけていた王冠で、それを小さなマリーが二歳になった誕生日に、贈りものにしたんですよ。もうお忘れですか？」

医事顧問官も夫人もそんな記憶はなかった。けれどもマリーは両親の顔がやわらいだのを見てとると、ドロセルマイアーおじさんのそばにとんでいって叫んだ。

「ねえ、ドロセルマイアーおじさん、なにもかも知ってるんでしょ、おじさんの口から言ってあげてちょうだい、あたしのくるみ割り人形は、おじさんの甥の、ニュルンベルク生まれの若いドロセルマイアーさんで、彼があたしに王冠をプレゼントしてくれたんだって」

ところが上級裁判所顧問官はひどく顔をくもらせて、もぞもぞと言う。

「ばかげたつまらん冗談だな」

そこで医事顧問官は、小さなマリーを自分のまえに引き寄せて、とてもまじめな顔で言った。

「お聞き、マリー、あらぬ空想だの、ふざけた話だのはもうやめなさい。こんどまた、あの間の抜けた不格好なくるみ割り人形が上級裁判所顧問官の甥ごさんだなんて言ったら、くるみ割り人形ばかりか、おまえのほかの人形も、クララちゃんもだよ、ぜんぶ窓から投げ捨ててしまうからね」

こうなっては、かわいそうにマリーは胸いっぱいに溜まっているものを、もちろん口に出すことはもうできなくなった。きみたちにもわかるだろう？ なにしろマリーが出会ったようなすばらしいもの、美しいものは、忘れようにも忘れられるものじゃない。それなのに――わたしの話を読むか聴くかしているフリッツくん、きみの同輩たるフリッツ・シュタールバウムですら、妹があんなに幸せを感じた魔法の国のことを話そうとすると、ぷいっと背を向けてしまう。ときには「ばかなガチョウめ！」と、小声で吐き捨てるように言ったそうだが、いつもの彼の気のよさを知るわたしとしては、そんなことは信じたくないね。でも一つだけ確かなことがある。フリッツはマリーの話をもう信じなかったから、彼の軽騎兵の公式観兵式をもよおして、自分がおこなった不当な処分をきちんと陳謝《ちんしゃ》し、剝奪《はくだつ》した徽章のかわりにもっと高級できれいなガチョウの羽根の束をつけてやって、またもとのように軽騎兵行進曲を吹奏することも許したのだ。——はてさて！　ほんとのことは、われわれがいちばんよく知っているよね、軽騎兵がいやらしい弾丸を浴びて赤い胴着をしみだらけにされたとき、彼らの勇気たるものがどんなざまだったか！

マリーは自分の経験した冒険の話をするのはもう許されなかったものの、あのすばらしい妖精の国のさまざまな光景は、甘く波うつざわめきとなり、やさしく愛らしい音となって、彼女のまわりをいつも飛びかっていた。意識をしっかりそこに向けさえすれば、なにもかも、いまいちど目に浮かぶ。だからマリーはいつものように遊ぶことはせず、自分のなかに引きこもったまま、じっとだまって座り込んでいるようになり、おかげでみんなから夢見るおちびさんだとわるく言われた。

ある日、上級裁判所顧問官が時計の修理をしに、医事顧問官の家に来ているときのことだった。マリーはガラス戸棚のそばに腰かけて自分の夢にどっぷりひたりながら、くるみ割り人形を眺めていると、ふと、自分でも気づかないうちに話しかけていた。

「ああ、ドロセルマイアーさん、もしあなたがほんとうに生きていさえしたら、あたし、ピルリパット姫みたいにあなたを蔑《さげす》んで撥《は》ねつけたりはしないわ。だってあなたは、あたしのために美しい若者でいられなくなったんですもの！」

すかさず上級裁判所顧問官が声をかけた。

「おやまあ――ばかげた冗談を」

とその瞬間、どしんと音をたててマリーが椅子から転がり落ちて気を失っていた。

ふたたび目を覚ますと、ママがそばに付き添ってくれている。ママが言った。

「でもまあ、どうして椅子から落ちたりするんでしょう、こんなに大きくなった子が！　さあ、上級裁判所顧問官のニュルンベルクの甥ごさんがいらしてますよ――お行儀よくなさい！」

目を上げると、上級裁判所顧問官がまたガラスの鬘をつけ、黄色い上着を着て、たいそう満足そうにほほえんでいる。ところがその手に握られているのは、小さくはあるけれど、とても姿かたちよく育った若者だ。顔はミルク色で血色がよく、金糸の縫い取りのあるりっぱな赤い上着に、白絹の靴下と靴、襟にはじつに愛らしい小さな花束の飾り、髪はきれいにととのえて髪粉が振ってあって、後ろにはじつにみごとな三つ編みの髪が下がっている。腰の剣は宝石ずくめなのだろう、きらきらと光り、小脇にかかえた帽子は絹綿の織りもの。この若者がどんなに好ましい礼儀作法を心得ているかも、すぐに証明された。マリーにはたくさんのすばらしい玩具、とりわけ、ねずみの王さまにかじられてしまった極上のマルチパンと同じ人形たちを、そしてフリッツにはひと振りのすばらしいサーベルを、お土産《みやげ》にもってきてくれたのだ。

食事のとき、この感じのよい若者はみんなのためにくるみを割ってくれた。どんなに固いくるみだろうと彼には敵《かな》わず、彼が右手で口にほうりこみ、左手で髪をぐいと引くと――カチッ――くるみはみごとに割れるのだ！

マリーは若くて感じのいいこの若者を見たとき真っ赤になったけれど、もっと赤くなったのは、食後に若いドロセルマイアーから、いっしょに居間のガラス戸棚のところへ行こうと誘われたときだった。

「いっしょに仲良く遊ぶがいい、子どもたち、わたしの時計はみんなちゃんと動くようになったから、わたしはもう反対しないよ」と、上級裁判所顧問官が声をかけた。

ところが若いドロセルマイアーはマリーと二人きりになると、いきなりひざまずいて言いはじめた。

「おお、だれよりも優れておいでのシュタールバウムのお嬢さん、あなたの足もとにひざまずくこの幸運なドロセルマイアーをご覧ください、この場所であなたに命を救っていただいた者を！　あなたはご親切にも言ってくださいましたね、あなたのためにわたしが醜《みにく》い姿になったのなら、あの不作法なピルリパット姫のようにわたしを蔑んで撥ねつけたりはしないと！——その言葉のおかげで、たちどころにわたしは醜いくるみ割り人形から、もとの見苦しからぬ姿にもどったのです。おお、ごりっぱなお嬢さん、ありがたいそのお手で、わたしに幸福をさずけてください。わたしとともに王国と冠をわかちあい、マルチパン城にともに君臨してください。わたしはいまではあそこの王なのです！」

マリーは若者を立たせると、しずかに言った。

「ドロセルマイアーさん！　あなたは心やさしい、いいひと。そのうえ、とてもかわいい陽気な人たちのいるすてきな国を治めておいでなのね。それならあたしは、あなたを花婿に！」

こうしてマリーは、ドロセルマイアーの花嫁になるのを、その場で承知したのだった。ひとの伝えるところでは、挙式までの一年の期限が過ぎると、彼は銀色の馬に曳かせた黄金の車でマリーを迎えにきて、連れていったそうな。結婚式では、真珠とダイアモンドで身を飾った二万二千人もの人形が踊ったとか。マリーはいまなお一国の王妃で、その国ではいたるところに、きらきらきらめくクリスマスの森や、透きとおったマルチパン城、要するに、見る目のある人だけに見える世にもすばらしい不思議なものが、眺められるという。

これが、くるみ割り人形とねずみの王さまのお話だよ。

# ブランビラ王女

## ジャック・カロ風のカプリッチョ

# はじめに

メールヘン『ちびのツァッヘス、またの名ツィノーバー』（［ホフマン作］ベルリン、F・デュムラー社、一八一九年刊）は、冗談めいた一つの思いつきをだらだらと締まりもなく述べたてているだけで、それ以上のものではない。ところが作者はある書評[1]に接して、少なからず驚かされた。ほんの束の間のお愉しみにと、気楽に投げかけただけのこの戯《ざ》れ言を、なんと評者はくそまじめな、もったいぶった顔つきで解剖して、作者が知識をそこから汲《く》んだにちがいないと睨《にら》んだ源泉の一つひとつを、事細かにご指摘におよんでいる。もっともこれは、作者にとって、それらの源泉をみずから訪ね、おのが知識を豊かにしようとする誘因となりうるというかぎりでは、まあ、ありがたいことではあったのだが。

さて今回は、いっさいの誤解を避けるために、本書の編者はまえもって申し上げておきたい。『ちびのツァッヘス』と同様に『ブランビラ王女』もやはり、なにごとであれくそまじめに重々しく受け取りたがる方々向きの本ではございませぬ。好意ある読者諸氏よ、何時間かのあいだ、まじめさなんぞにはご免こうむって、ひょっとしたら図々《ずうずう》しすぎることもあるかもしれぬさる妖怪の、無鉄砲で気分まかせの戯れをいっしょに愉しみたいお気持もご用意もおありの方々に、編者は辞を低うしてお願い申しあげる。どうか全体の基盤をなすもの、すなわちカロの奇抜な戯画連作[2]を、つねに視野のなかに入れておき、そしてまた、音楽家ならカプリッチョ[3]のような楽曲にどんな気分を要求するだろうかにも、たえず思いをいたしていただけますように。

　編者があえて読者諸氏に想い起こしてほしいと願うのは、カルロ・ゴッツィ[4]の（『精霊の王』の序文中の）あの主張である。それによれば、不合理なばか話や妖怪変《へん》化《げ》の武器庫のありったけをいくら活用したところで、メールヘンに魂を吹き込むことはできっこない。メールヘンは、深い根拠をつうじて、人生についてのなんらかの哲学的見解から汲みだされた主要理念をつうじて、はじめて魂を得るのだという。だから願わくば読者は、この主張が示唆している方向を編者はまさにこのメールヘンで志したのであって、それがどう成功しているかはさておき、その意図そのものをどうかお汲みいただきたい。

ベルリン、一八二〇年九月

1 一八一九年の『ハイデルベルク文芸年鑑』に載った匿名批評。
2 ジャック・カロの版画シリーズ、Balli di Sfessaria（スフェッサニアの踊り）。詳しくは巻末の「解説」参照。
3 「解説」参照。
4 イタリアのヴェネツィア出身の劇作家（一七二〇―一八〇六）。改革派のゴルドーニに対抗してコメディア・デラルテの伝統的作法を守り、メールヘンを題材とした作品が多く、『トゥーランドット』や『三つのオレンジの恋』など、オペラ化された作品もある。

# 第一章

ある豪華な服が若いお針子におよぼした魔法のような作用。——二枚目役者が述べる俳優の定義。——イタリア娘たちのふくれっ面《スモルフィア》について。——威厳のある小男がチューリップの花の中に座って学問に没頭し、典雅なご婦人方が騾馬《らば》の耳のあいだでレースを編むようす。——大道商人チェリオナティとアッシリアの王子の歯。——空色と薔薇《ばら》色。——パンタローネと不思議な中味の入った葡萄酒壜《ぶどうしゅびん》。

夕闇が訪れ、あちこちの僧院でアヴェ・マリアに捧げる夕禱《ゆうとう》を告げる鐘がひびきわたった。それを聞くと、名をジアチンタ・ソアルディという、かわいくてきれいな娘《こ》が、それまでせっせと縁飾《ふちかざ》りを縫いつけていた、赤いどっしりした繻子《しゅす》の豪華な婦人服をわきに放りだして、屋根裏部屋の高い窓から、ひと気《け》のない、うらぶれた狭い路地を不機嫌そうに見おろした。

　そのあいだベアトリーチェ婆さんは、小さな部屋のテーブルや椅子いっぱいに散らばったありとあらゆる種類の派手な仮装用衣裳を、ていねいにかき集めて、戸棚に順序よく並べて吊していった。それがすむと両手を腰にあてて、扉の開いたままの戸棚のまえにでんと立ち、にんまりして言った。

「ほんとにねえ、ジアチンタ、あたしら、こんどはよく働いたよ。こうして見ていると、コルソ通り[5]の陽気な住民の半分を目のまえにしているような気がするね。――それにこれまでなかったことじゃないか、ベスカーピ親方が、こんなにどっさりご注文くださるなんてねえ。――親方はわかっておいでなんだよ、われらが麗《うるわ》しのローマが今年また愉しみと絢爛豪華《けんらんごうか》のかぎりをつくして、ぱっと輝きわたるだろうとね。気をおつけ、ジアチンタ、明日はカーニヴァルの初日、どんなに賑《にぎ》やかな歓声があがることか！　それに明日――明日にはベスカーピ親方が、片手いっぱいのドゥカーテン金貨をあたしらの懐《ふところ》に注ぎこんでくださるよ。――気をおつけ、ジアチンタ！　でも、どうしたんだい？　なんだか萎《しお》れちまって、気むずかしげだね――ご機嫌《きげん》わるいのかい？　明日はカーニヴァルだっていうのに」

ジアチンタは仕事用の椅子にまた座りなおしていたが、頬杖《ほおづえ》をついて、じっと床に目を落としたきり、婆さんの言葉も馬耳東風。それでも婆さんが、目前に迫ったカーニヴァルの愉しみをあれこれ言い立てるのをやめないので、ジアチンタは口をはさんだ。

「黙っててよ、お婆さん、後生だから。ほかの人には楽しいかもしれないけど、あた

5　ローマのカーニヴァルのメイン・ストリート。ヴェネツィア広場からポポロ広場まで、市の中心部を南北にまっすぐ走っている。

しには不愉快で退屈なだけの一時期のことなんか、黙っててよ。昼も夜も働きづめのあたしに、なにかいいことでもある？　ベスカーピ親方のドゥカーテンがなんの役に立つ？——あたしたち、すごく貧乏じゃないっていうの？　このところの稼ぎで、このさき一年をなんとか食いつなぐ算段をしなきゃじゃないの？　自分のお愉しみに使えるお金なんか、どこにある？」

「そりゃあたしらは貧乏さ」婆さんは答える。「でもそれがカーニヴァルとなんの関係があるってんだい？　去年は朝っぱらから夜遅くまであっちこっち駆けずりまわって、あたしゃドットーレ[6]の格好をして、なかなかご立派に見えたんじゃなかったかい？——そしてあんたと腕を組んでさ、あんたは花作り娘になって、なんともかわいらしかったねえ——ひひひ！　いちばんすてきな仮装の男たちがあんたを追いまわして、甘ったるい言葉をかけてきたね。あれが楽しくなかったっていうのかい？　今年もおんなじことをしてはいけないわけが、どこにある？　あたしのドットーレ衣裳には、しっかりブラシをかけてやりさえすりゃ、去年投げつけられたいまいましいコンフェッティ[7]の痕《あと》なんか、きれいに消えちまうさ。あんたの花作り娘の服だって、ここにぶらさがってるよ。新しいリボンを何本か、それに摘《つ》みたての花をいくらか——かわいく、小ぎれいにするのに、それ以上になにが要《い》る?」

「なに言ってんのよ」ジアチンタは叫んだ。「なに言ってんの、お婆さん。――そんな貧乏くさい襤褸《ぼろ》を着て外へくりだせっていうの?――いやよ!――すてきなスペイン風の服でなきゃだめなの――腰から上はからだにぴったり、下は大きなたっぷりした襞《ひだ》でふんわりとふくらみ、広い袖《そで》はスリット入りで、その袖口からみごとなレースがのぞいている服――帽子には小粋《こいき》に風にそよぐ大きな羽根飾り、腰帯にも首飾りにも、きらめくダイアモンド――そういう姿でジアチンタはコルソ通りへ出ていって、ルスポリ宮[8]のまえに陣取りたいのよ。――さぞかし騎士たちが押しよせてくるでしょうよ――この貴婦人はどなただろう?――きっと伯爵夫人――いや、王女さまだ、と

6　イタリア語で博士、医者の意。コメディア・デラルテでは、大きな帽子とレース襟という格好の、大学都市ボローニャ出の衒学的で滑稽な学者役。なお、コメディア・デラルテについては「解説」参照。
7　結婚式などの祝い事で投げる砂糖菓子や紙吹雪《かみふぶき》のことだが、カーニヴァルでは石膏やチョークの礫《つぶて》を投げ合うこともある。
8　コルソ通りにある一六世紀来の宮殿で、カーニヴァルの騒ぎの中心地。

いってね。プルチネッラ[9]でさえ畏《おそ》れおおさのあまり、いつものひどい悪ふざけを忘れちまうわよ！」

「たまげたねえ」婆さんが言葉を引き取る。「いつからそんな高慢ちきな、いまいましい悪魔が、あんたにとりついちまったのかい？――ねえ、そんなにお高くとまって、伯爵夫人だの王女さまだのの真似をしたいっていうんなら、それなりにお上品になって、恋人をこしらえることだね。あんたのきれいな目のためならば、勇んでフォルトゥナートゥスの財布[10]に手を突っこむような男をだよ。そしてあの素寒貧《すかんぴん》のシニョール・ジーリオなんか、お払い箱におし。あいつときたら、懐にドゥカーテン金貨が二、三枚でも入ろうものなら、いい匂いのポマードよ、甘い菓子よと、すっからかんになるまで無駄遣いしちまって、あたしにゃレース飾り襟の洗濯代、銀二パオロをまだ払ってくれないんだからねえ」

こう話しながら婆さんは、ランプの芯をととのえて灯《ひ》をともしたところだったが、明るい光に照らされたジアチンタの顔を見たとき、その目から苦い涙が真珠のようにほろほろとこぼれおちているのに気がついた。

「ジアチンタ」婆さんは声をかけた。「なんてまあ、ジアチンタ、いったいどうしたんだい？――ねえ、あんた、わたしゃ本気で意地悪を言ったわけじゃないんだよ。気をしずめておくれよ、そんなに根《こん》をつめて働かなくていいんだよ。服は約束のときまでにちゃんとできあがりそうじゃないか」

「ああ」と、ジアチンタはまた始めていた針仕事から顔を上げもせずに言う。「ああ、その服なのよ、あたしの頭がありとあらゆるばかな考えでいっぱいになってしまうのは、思うに、このいまいましい服のせいなんだわ。ねえ、お婆さん、美しさと華やかさの点でこの服にひけをとらないようなドレスを、生まれてこのかた一度でも見たことある？　ベスカーピ親方はじっさいこの服では、ふだんをしのぐ腕前を見せてるのよ。このみごとな繻子を裁つとき、親方になにかとくべつな霊が乗りうつってたんだわ。それに、縁飾りに付けるようにあたしたちに渡された豪華なレースや、きらきらするモールや、高価な宝石。なんとかして知りたいものだわ、神さまたちの衣裳みた

9　コメディア・デラルテの道化役の一つ、名は「小さな雄鶏《おんどり》」の意。白いぶかぶかの衣裳にとんがり帽子、鳥の嘴《くちばし》のような鼻をした黒い仮面を特徴とする。

10　一六世紀の民衆本『フォルトゥナートゥス』の主人公フォルトゥナートゥスが幸運の女神からもらった魔法の財布で、手を突っ込むとかならず金が出てくる。

いなこの服で身を飾る幸福なひとって、いったいだれかしら」

「そんなこと」と、婆さんが口をはさむ。「そんなこと、あたしらには関係ないさ。あたしらは仕事をして、金をもらう。でも、ほんとだねえ、ベスカーピ親方はいやに秘密めかしてたね、いつにないことだ——さあて、この服を着るのは、少なくとも王女さまにちがいない。あたしゃ、いつもは知りたがり屋ってわけじゃないけどね、ベスカーピ親方が名前をおしえてくれたら、そりゃうれしいさ。明日はひとつ、親方がそうするまで食いさがってみるとするか」

「あら、だめよ、だめ」とジアチンタ、「あたしは知りたくなんかない、想像だけしてるほうがいい。ふつうの人間がこの服を着るんじゃなくて、あたしは秘密につつまれた妖精の衣裳を縫っているんだ、ってね。いまだってもうほんとうに、きらきらする宝石のなかからいろんな精霊があたしに微笑《ほほえ》みかけてくる気がするもの。そしてそっとささやくのよ、〈縫っておくれ——わたしたちの美しい女王さまのために、真新しい晴れ着を縫っておくれ、わたしたちも手伝うよ——手伝うよ！〉——そしてレースと金モールをこうやって絡ませて縫い付けていると、かわいらしい妖精たちが、金の甲冑《かっちゅう》姿の地霊たちといっしょに、とびはねてるような気がしてくるし——あっ、痛い！」

ジアチンタがそう叫んだのは、ちょうど胸の襞飾りを縫いつけていたとき、針を指にずぶっと突きたててしまったからだ。傷口から血があふれ出る。

「たいへんだ」と婆さんが叫ぶ。「どうしよう、きれいな服が！」

彼女はランプを急いで近づけたものだから、油を何滴もこぼしてしまった。

「たいへんだ、きれいな服が！」とジアチンタ。恐怖のあまり失神せんばかりだ。ところが、血も油もたしかに服に垂れたはずなのに、婆さんもジアチンタも、どんな小さな染みのあとすらみつけられない。そこでジアチンタは大急ぎで縫いつづけて、とうとう、「できた、できた！」と躍りあがって、服を高だかとかざした。

「ほんと、なんてきれい」婆さんが声をあげた。「なんてすてき――なんて豪華！――ねえ、ジアチンタ、これまであんたのかわいい手が、こんなにすばらしい服を仕上げたことはなかったねえ――それにあんたにもわかってるんだろう、ジアチンタ、その服はどこからどこまで、あんたのからだにぴったり合うように裁断されているみたいだって。まるでベスカーピ親方が、ほかでもない、あんた自身の寸法をとって裁ったようじゃないか」

「とんでもない」ジアチンタは真っ赤になって反論した。「夢でも見てるのね、お婆さん。あたしは背丈もウェストの細さも、この服を着るはずのお方とおんなじだっていうの？――さあ、これをもっていって、明日までだいじにしまっておいて！　どうか昼の光でいやな染みが見つかったりしませんように！　そんなことになったら、あたしたち貧乏人はどうしたらいいっていうの？――さあ、これをもっていってよ！」

でも婆さんはためらう。

「そりゃあね」ジアチンタはなおも服を眺めながら言う。「そりゃもちろん、仕事をしながらふっと思ったことはあったわよ、この服はきっとあたしにぴったりだって。あたしのウェストは十分細いし、着丈だって――」

「ジアチンタ」婆さんは目をかがやかせて叫んだ。「ジアチンタ、あたしの考えを言い当てたね、あたしもあんたの考えてることがわかるさ――この服をだれが着ようと、王女さまでも、女王さまでも、妖精でも同じことさ、かまやしない、でも最初に着てみるのは、あたしのジアチンタでなくっちゃね」

「とんでもない、そんなこと」と、ジアチンタ。

でもその手から婆さんは服をとって、安楽椅子にていねいに掛けておくと、ジアチンタの編んだ髪をほどきにかかり、そうしてから手際よく、とてもきれいに結いあげた。そしてベスカーピ親方の指示で衣裳に合うように花と羽根で飾った帽子を戸棚から出してきて、ジアチンタの栗色の巻き毛にピンでとめた。

「あんた、この帽子からしてもう最高にお似合いだよ！　さあ、上着をお脱ぎ！」

そう叫ぶなり婆さんは、ジアチンタの着ているものを脱がせはじめた。娘らしい羞《は》じらいから、ジアチンタはもう反対できない。

「ふむ」と婆さんがつぶやく。「この柔らかな肉づきのうなじ、この百合《ゆり》のような胸、この雪花石膏のような腕、メディチ家のヴィーナス[11]にだって負けない美しさだね、ジュリオ・ロマーノ[12]の絵にも負けちゃいないよ――どこの王女さまが、あたしのジアチンタの美しさを妬《ねた》まずにいられるものか、知りたいもんだね！」

しかしいま、あのきらびやかな服を着せにかかると、まるで目に見えない精霊たちがいっせいに手助けしてくれるかのようで、なにもかもしっくりと合い、どの縫い目

11　フィレンツェのウフィッツィ美術館にあるヴィーナス像。
12　ラファエロの高弟で官能的な女性像で有名なルネッサンス画家（一四九九―一五四六）。

もたちどころにぴたりとおさまり、どの襞《ひだ》もおのずと整って、この服がジアチンタ以外のだれかのためにつくられたとは、とても信じられないほどだ。

ジアチンタがこうして、きらびやかな装いで目のまえに立つと、婆さんは大声をあげた。

「たまげたねえ、あんたはあたしのジアチンタじゃないよ――ああ――ああ――なんとお美しい、わが王女さま！――でも、お待ち――お待ちよ！　明るくしなくちゃ、部屋をすっかり明るくしなくちゃだね！」

そう言って彼女は、聖母マリアの祝日[13]に清められた蠟燭《ろうそく》の残りを溜《た》めてあったのを、全部もち出してきて点火したので、そこに立つジアチンタは、かがやく栄光につつまれたようになった。

ジアチンタのすばらしい美しさばかりか、それ以上に、部屋をしずしずと歩む彼女の優美で気品のある風情に感嘆したあまり、婆さんは両手を打って叫んだ。

「ああ、だれかに、いやコルソじゅうの人に、この姿を見せてやれたらねえ！」

ちょうどそのとき、ドアがぱっと開いた。ジアチンタが悲鳴をあげて窓辺へ逃げた。二歩、部屋へ足を踏み入れたのは若い男、だがそのまま根が生えたのか、彫像のように棒立ちになってしまった。

親愛なる読者よ、この若者がこうやって声もたてず身じろぎもせずに突っ立っているあいだに、ごゆるりと彼を観察していただこう。歳《とし》のころはせいぜい二四、五、見たところいかにも礼儀ただしく、容姿のととのった男だとおわかりだろう。服装のほうは異様と言うしかなさそうだ。というのも、身につけているもの一つひとつは、色といい仕立てといい、どこといって難はないものの、全体としてはまったく調和がとれてなく、けばけばしく目立つ色と色の競《せ》り合いといった観を呈しているのだ。それに、すべて清潔にたもたれているにもかかわらず、どことなく貧乏くさいところが目につく。レース襞付きの襟を見れば、替え襟が一つしかないことがわかるし、頭に阿《あ》弥陀《みだ》にのせた帽子をごてごて飾っている羽根にしても、針金とピンで苦労して留めてある始末。好意ある読者よ、こういう身なりの若い男とくれば、たいして稼ぎもない、いささか見栄っぱりの三文役者以外ではありえないと、見当がおつきだろう。そう、

13 キリスト生誕から四〇日後の二月二日に、教会で蠟燭が祝別され、蠟燭行列がおこなわれる。「マリアの清めの祝日」、「蠟燭ミサの日」とも呼ばれる。

そのとおりなのだ。ひと言でいえば――かのジーリオ・ファーヴァ、ベアトリーチェ婆さんにレース襟の洗濯代二パオロをまだ払っていない男、その人なのである。

「ほう！　ぼくはなにを見ているのだ？」とジーリオ・ファーヴァは、アルジェンティーナ劇場[14]の舞台に立ってでもいるかのように、力みかえった調子で言いはじめた。「ほう！　ぼくが見ているのは――またしてもぼくをたぶらかす夢か？――いや、ちがう！　彼女そのひとだ、神々《こうごう》しいひと――大胆な愛の言葉をかけていいだろうか？――王女さま――ああ、王女さま！」

「ふざけないでよ」ジアチンタがふり返りざまに叫ぶ。「道化芝居なら、明日からのお祭りにとっておきなさいよ！」

「わかってるさ」ジーリオはひと息ついてから、むりに笑みを浮かべて応じた。「きみだってことはわかってるさ、かわいいジアチンタ、でもその豪華な衣裳は、いったいどういうことだ？――ほんとに、きみがこんなに魅力的に見えるなんて、これまで一度もなかったよ、いつもこんなでいてほしいな」

「そうなの？」ジアチンタは怒りをこめて言う。「それじゃ、あなたが愛してるのはこの繻子の服、この羽根の帽子なのね」

そう言うなり彼女は急いで隣の部屋に逃げこむと、やがて飾りをいっさい剝《は》ぎとって普段の服になって出てきた。婆さんはそのまに蠟燭を消して、無遠慮なジーリオにたっぷりお小言を浴びせていた。ジアチンタがどこかの貴婦人用のあの服を試着して味わった喜びを、あんたはすっかりぶちこわしたばかりか、ああいう豪華な衣裳のせいでジアチンタの魅力が増して、いつもよりずっとかわいらしく見えるなんて言うとは、女にたいしてあんまり失礼じゃないか、と。ジアチンタもこのお説教に満腔《まんこう》の賛意を示したものだから、あわれなジーリオは平身低頭、改悛の意をあらわしたあげく、自分がびっくりしたのは、じつにとくべつな事情が奇妙にも重なったからなのだと請け合って、少なくともおとなしく話を聞いてもらえるところまでようやくこぎつけたのだった。

「まあ、聞いてくれ！」ジーリオは話しはじめた。「ぼくのやさしい子、ぼくの甘いいのちよ、聞いてくれ。昨日の夜、ぼくはおとぎ話さながらの夢を見たんだよ。世間

---

14　アルジェンティーナ広場に面した劇場、一七三二年に建設され、多くの有名なオペラが初演された。

の人たちと同様、きみだって知ってのとおりのぼくのとびきりの当たり役、ターエル王子[15]を演《や》ったあと、くたびれ果てて、寝床に倒れこんじまったときのことだ。まだ舞台の上にいるかのような感じだったな、ぼくはほんの数ドゥカーテンの前貸しを頑固に拒んだ薄汚いけち野郎の座元と、ひどく喧嘩《けんか》しているみたいだった。奴はばかげた非難のありったけを浴びせてくる。そこでこっちはもっとましな防衛策として、格好よく大見得を切ろうとしたんだが、片手が思いもよらず座元の右頬に当たって、平手打ち並みの音が盛大に鳴りひびいちまった。座元はいきなり大きなナイフを振りかざしてくる。ぼくは後ずさりする、その拍子に、あのすてきな王子の帽子が床に落ちてしまった。ほら、きみが、ぼくの希望の星のきみが、いつか駝鳥《だちょう》からむしりとった一番きれいな羽根で、手ずからすてきに飾ってくれた帽子だよ。怒り狂ったあの野郎、あの野蛮人め、帽子に襲いかかってナイフをずぶりと突き刺した。かわいそうに帽子は断末魔の苦しみにひくひく震えながら、ぼくの足もとにまるまっていた。――不幸な帽子の復讐をしよう――復讐しなければ、と思ったよ。マントを左腕にぱっと掛け、王家の剣をかまえて、恥知らずな殺し屋めがけて突きすすむ。ところが奴はさっさと家に逃げこんで、バルコニーからぼくをめがけて、トルッファルディーノ[16]の猟銃を撃ってくる。不思議なことに、銃の発した閃光《せんこう》が消えずに宙に残ったまま、きらめくダイアモンドみたいにぼくを照らしている。だんだんと煙が薄れてゆくにつれて気がついたのだが、ぼくがトルッファルディーノの銃の閃光だと思ったものは、なんと、一人の貴婦人の帽子を飾っている宝石だった――おお、神々よ！――なんたる天福！――甘美な声が語りかけてきた――いや、ちがう！　歌ったのだ――それもちがう！　愛の匂いたつ息吹を音にのせて、そっと運んできたのだ――〈おお、ジーリオ――わたしのジーリオ！〉――そしてぼくがそこに見たのは、神々しいまでの魅惑と高貴な優美さをそなえたおひと、そのあまりのすばらしさに、灼《や》けつくような愛の熱風《シロッコ》が、ぼくの全血管と全神経のなかを吹きすさび、灼熱した血流は、燃えあがる心臓の火山から噴きだす溶岩と化した――〈わたしは〉と、女神はぼくに近づきながら言った。〈わたしは王女よ〉」

15　ゴッツィの喜劇『青い怪物』の登場人物。ゴッツィについては注4参照。

16　コメディア・デラルテの道化役の一つ。ゴッツィの喜劇『鴉』や『蛇女』では猟師として登場する。

「なんですって?」ジアチンタが、陶然としゃべりつづける相手を、怒りをこめてさえぎった。「よくもまあ、あたし以外の女の夢を見るなんてまねができるのね。トルッファルディーノの猟銃からとびだしてきたばかげた幻に、のぼせあがるなんて」

かくて批難と嘆き、叱責と呪詛《じゅそ》の言葉が雨あられと降りそそぎ、あわれなジーリオが、夢で見た王女はさっきジアチンタが着ていたのとまさに同じ衣裳を身につけていたんだと、いくら力説しようが誓おうが、まるで効き目がない。ふだんはジーリオをシニョール素寒貧《すかんぴん》と名づけて、およそ彼の肩を持とうなどとはしないベアトリーチェ婆さんですら、さすがに惻隠《そくいん》の情に駆られて、強情なジアチンタを宥《なだ》めすかしてようやくのこと、今後ひと言たりとも件《くだん》の夢の話をすべからずという条件で、ジアチンタは恋人を赦《ゆる》してやることにした。

婆さんがおいしいマカロニ料理をこしらえ、ジーリオは、夢とはちがって座元から数ドゥカーテンの前貸しをせしめていたから、砂糖菓子一袋と、たしかに結構いけるワインの入った細首壜一本を、外套《がいとう》のポケットからとりだした。

「あなたはやっぱり、わたしのことを思ってくれてるのね、やさしいジーリオ」と、ジアチンタは砂糖漬け果物を頬ばりながら言う。ジーリオは、あの意地悪な針が傷つけた指にキスまでさせてもらえて、ふたたび歓《よろこ》びと至福のありったけが舞いもどってきた。けれどもひとたび悪魔といっしょに踊ったら、どんなにお行儀よくステップを踏んでも助かりゃしない。つまりワインを二、三杯ひっかけたジーリオに長広舌をふるわせたのは、まさしく悪魔自身だったのだろう。

「思いもよらなかったよ、ぼくの甘いいのちのきみが、あんなに焼き餅を焼くとはねえ。でも、むりないさ。ぼくはじつに容姿端麗《ようしたんれい》だし、生来、人にいい感じを与えるいろいろな才能にめぐまれている。でもそれにとどまらない——ぼくは俳優なんだ。ぼくみたいに、恋する王子役をみごとに演じて、それにふさわしく〈おお〉とか〈ああ〉とか感嘆詞を言える若い俳優っていうのはね、歩くロマン、二本足の秘め事、キスのための唇と抱擁のための腕をそなえた恋唄、こよなき美女が本を閉じたとき絵表紙から人生へと跳びだしてきて目のまえに立つ恋の冒険なのさ。だからぼくらは、あわれな女たちに抗《あらが》いがたい魔力をおよぼすんだ。女たちはぼくらの中味にも持ち物にもすべて、ぼくたちの気性に、眼に、人造宝石、羽根飾り、帯に、すっかり夢中になっちまう。地位だの身分だのなんて関係ない。洗濯女だろうと王女だろうと——おんなじさ！　だからきみに言っとくよ、ぼくのいい子ちゃん、なにか神秘的な予感がぼくに勘違《かんちが》いをさせるとか、たちの悪いお化けがぼくをからかうとか、いうわけじゃなくて、こよなく美しい王女さまの心臓がぼくへの恋でほんとに燃え上がってしまうことはあるのさ。そういうことは、これまでにもあったし、今後もあるだろうけど、ねえ、きみはぼくのこよなく美しい希望の星だよ。かりにぼくが、目のまえに差し出された黄金の玉手箱に手をつけずにいられなかったとしても、きみはぼくを恨《うら》んだりしないよね。かりにぼくが、どうせたかが貧しいお針子だと少しばかりきみをないがしろにしても……」

しだいに緊張をつよめながら耳をかたむけていたジアチンタは、その間、昨夜の夢の人物像を思い浮かべて目をきらめかせているジーリオに、じりじりと近寄ってきていたのだが、このとき、ぱっと跳びあがりざま、こよなく美しい王女のいい気な恋人の頬に、かのトルッファルディーノの宿命的な猟銃の火花がありったけ目にちらつくたほどの、すさまじい平手打ちをくわして、さっと隣の部屋に駆けこんでしまった。

こうなってはもう、どんなに頼もうと許しを乞おうと、どうにもならない。

「さあ、おとなしく家へお帰り、あの娘《こ》はおかんむりさ《スモルフィア》、もうどうしようもないよ」

婆さんはそう言って、しょげかえっているジーリオのために狭い階段の足もとを照らしてやった。

スモルフィア、つまり若いイタリア娘の妙に気まぐれで、どこか物怖《ものお》じすることを知らない気性には、それなりの事情があるにちがいない。その道の通人たちが口をそろえて断言するところによると、まさにこの気性には不思議な魔力があって、なんとも抵抗しがたい愛らしさを発揮するので、それに捕《と》らえられた男は、いやになって絆《きずな》を断ちきるどころか、ますますがんじがらめになるし、冷たく撥《は》ねつけられた恋人は、永遠におさらばするどころか、いっそうせつない溜息《ためいき》と懇願を重ねるばかり。「こっちにおいで、うるわしのドリーナ、ふくれっ面《つら》なんかしてないで！」[17]と、あの民謡のいうとおりだ。

親愛なる読者よ、きみとこうしておしゃべりしている小生が推察するに、不機嫌がかえって欲望をそそるというこの現象は、陽気な南国にしか花開かないものであって、われわれの北国では、どういうことのない平穏な素材からこんな美しい花が咲くこ

17　フランチェスコ・ビアンキ（一七五二―一八一〇）作の歌の最初の三行、おおいに流行《はや》って民謡となった。

となんて、とてもありえないだろう。少なくとも小生の住んでいる土地では、子ども時代を脱けだしたばかりの若い娘たちによく見受けられる気分のありようは、あのイタリア娘のかわいらしい拗《す》ねたふくれっ面とはまるで比べものにならない。たとえ天与の好ましい容貌であっても、彼女たちはその顔を見苦しくゆがめてしまう。彼女たちにとってこの世のすべてが、あるときは窮屈すぎ、あるときは茫漠《ぼうばく》と広すぎるかで、自分の小さなからだにしっくり合う場所はどこにもない。愛想のいい言葉や、まして気の利いたお世辞なんぞを聞くよりは、小さすぎる靴をはく苦痛のほうがまだがまんできると思っていて、町の若衆や男たちがこぞって彼女たちに死ぬほど惚《ほ》れこむのを、とんでもなくわるいことのように受けとり、そのくせ、そうであればいいと思ったりもする自分に腹を立てるわけでもない。

このうえなく感じやすい女性のこういう心の状態は、なんとも表現のしようがない。そこにふくまれている躾《しつけ》のわるさのもとをなす実質は、その年ごろの少年たちに凹面鏡に映したように拡大されて見てとれる。口のわるい学校教師が、不作法者時代《リュンメルヤーレ》と呼ぶ時期の少年である。

それにしても、あわれなジーリオが妙に興奮して、王女だのすばらしい冒険だのと白昼夢にふけっているのを、てんからわるく取ることもなかったのだ。――というのも彼がちょうどその日、外見ではすでに半分ほど、内面ではまるごとそっくりターエル王子になりきって、コルソ通りをうろついていたとき、事実、まことに冒険譚《たん》めいた奇怪な出来事がいろいろと起きていたからだ。

ことの起こりは、聖カルロ教会のそば、ちょうどコンドッティ通りとコルソ通りが交わるあたり。ソーセージ売りやマカロニ料理の屋台が並ぶどまんなかに、その名をローマじゅうにとどろかすシニョール・チェリオナティという香具師《やし》が掛小屋をかけて、群がってくる庶民を相手に、翼《つばさ》のある猫だの、跳びはねる地の精だの、アルラウンの根[18]だの等々について、益体《やくたい》もないおとぎ話風の法螺《ほら》を吹きながら、失恋や歯痛、富籤《とみくじ》や足の痛風に効くというあれこれの秘薬を売っていた。するとずっと遠くのほうから、鉄琴や笛や太鼓のめずらしい音楽が聞こえてきた。人の群は一気にばらけて、コルソ通りをポポロ門のほうへと流れをなして突っ走りながら、口々に大声で叫んだ。

「見ろ、見ろよ！　カーニヴァルがもう始まっちまったのか？――見ろ――見ろ

18　ナス科の有毒植物の根で、まじないに用いられた。

よ！」

そう叫んだのも当然だった。なにしろポポロ門を通ってゆっくりとコルソ通りをのぼってくる行列は、およそ見たこともないほど奇妙きてれつな仮装行列としか思えなかったのだ。黄金の蹄《ひづめ》をした一二頭の小さな純白の一角獣に、赤い繻子のガウンにすっぽり身をつつんだ者たちがそれぞれ跨《また》がって、なんともお行儀よく銀の笛を吹くやら、鉄琴や小さな太鼓を打つやら。ほとんど懺悔僧《ざんげそう》の風体《ふうてい》を思わせるそのガウンは、目のところだけ刳《く》りぬかれて、金モールで縁どりされているのが、じつに風変わりに見えた。風でこの小柄な騎士たちの一人のガウンが少しまくれたとき、そこから突き出していたのは鳥の脚、その鉤爪《かぎづめ》にはダイアモンドのリングがはめてあった。これら一二人の優雅な楽士のあとを、二羽の堂々たる駝鳥が、山車《だし》にのせた金色にかがやく一輪の大きなチューリップを曳《ひ》いてゆく。その花のなかには長い白鬚の老人が、銀色のガウンをまとい、威厳ある頭には帽子がわりに銀の漏斗《じょうご》をのせて鎮座《ちんざ》ましまし、鼻にとほうもなく大きな眼鏡をかけて、目のまえにひろげた大きな本に注意を集中して読んでいた。それにつづくは、派手な装いの一二人のムーア人[19]、長い槍《やり》と短いサーベルで武装している。小柄な老人が本のページをめくっては、細くてよく透《とお》る声で

「クリ――ピレ――クシ――リ――イイイ」と唱えるたびに、このムーア人たちが雷のような大音声《だいおんじょう》をはりあげて、「ブラム――ブレ――ビル――バル――アラ・モンサ・キキブッラ――ソン――トン！」と歌う。彼らのあとには、純銀とおぼしき色をした一二頭の側対歩《ツェルター》[20]の馬にのった一二人の人影、楽士たちと同様、ガウンをすっぽりかぶっているが、ただそのガウンには真珠とダイアモンドがふんだんに縫いつけてあり、腕は肩まで露出している。すばらしい腕輪で飾られたこれらの腕の、みごとなふくよかさと美しさから察するに、ガウンの下にひそんでいるのは絶世の美女たちにちがいない。おまけに馬上の人はみなレース編みに余念がなく、馬の両耳のあいだに、そのための大きなビロードのクッションが据えつけてあった。つぎにつづくは大きな馬車、どこからどこまで黄金づくりと見え、やはり金色の鞍覆《くらおお》いをかけた八頭のみごとな騾馬《らば》に曳かれ、色とりどりの羽根の胴着をみめよく着こなした小さなお小姓たちが、ダイアモンドをちりばめた手綱《たづな》をにぎっている。騾馬たちは言うに言われぬ気品

19　「くるみ割り人形とねずみの王さま」の注30参照。
20　「くるみ割り人形とねずみの王さま」の注13参照。

をもって立派な両の耳を打ち振っては、ハーモニカに似た音を聞かせるすべを心得ていて、その音に合わせて騾馬たち自身もお小姓たちも、いっしょに声をあげるのだが、その調和したひびきたるや、このうえなく優美だった。

町の人びとがどっと押し寄せてきて、馬車の中を覗《のぞ》こうとしたが、見えたのはコルソ通りと自分の姿ばかり。窓には鏡がはめてあったからだ。こうやって覗いた者のなかには、見た瞬間、てっきり自分が豪華な馬車のなかにいると思いこんで、うれしさにのぼせてしまうのもいた。ほかの連中だっておなじこと、馬車の屋根に陣取った小さなとても感じのいいプルチネッラから、きわめて慇懃《いんぎん》に挨拶《あいさつ》されて有頂天《うちょうてん》になっていた。

だれもかれもが浮かれてしまったこの愉快な騒ぎのなかで、これにつづいたお供の行列のほうはほとんど注目されなかったが、そっちもやはり楽士とムーア人とお小姓から成っていて、衣裳も同じだった。ただしそこには数匹の、繊細な色を趣味よくつかった服を着た猿がいて、表現力ある仕草をしながら後脚で立って踊ったり、みごとなとんぼ返りを見せたりしていた。こうして奇妙な行列はコルソ通りをくだり、いくつかの道をとおってナヴォーナ広場までくると、そこのバスティアネッロ・ディ・ピストイア公子の宮殿のまえでとまった。[21]
宮殿の門の扉がさっと開き、突如、人びとの歓声がやんだ。深いおどろきに呆然《ぼうぜん》と静まりかえったまま、みんなは目のまえで起きた奇蹟を見つめた。狭い門から上へとつうじる大理石の階段が、一角獣も、馬も、騾馬も、馬車も、駝鳥も、貴婦人も、ムーア人も、小姓たちも、すべてを苦もなくあっさり吸いあげてしまったのだ。最後の二四人のムーア人が整然と列をなして入ってゆき、門が重い音をひびかせて閉じたとき、何千人もの「ああ!」という声が大気に満ちみちた。
群衆はずいぶんと長いあいだ口をぽかんと開けて見ていたが、宮殿は静まりかえったまま。そこでお伽話《とぎばなし》の巣窟《そうくつ》のようなこの宮殿にいっそ突入しようかとなったところを、警官たちがなんとか解散させたのだった。
人びとは流れをなして、ふたたびコルソ通りへとむかった。聖カルロ教会のまえには、置き去りにされたシニョール・チェリオナティがまだ掛小屋にがんばっていて、

21 この宮殿はローマに実在しないが、ピストイアはトスカーナ州北部にある古都の名。ここではその領主の公子、ピストイア侯爵の宮殿という設定。

ものすごい剣幕《けんまく》でわめいていた。

「ばか者ども——単純このうえない愚衆め！——おい、みんな、なんだって訳もわからず走りまわって、頼りがいのあるこのチェリオナティを見捨てるんだ？——ここに残って、賢者中の賢者、もっとも経験にとむ哲学者にして錬金術師の口から、話を聞くべきだったのだぞ。諸君が愚かなガキどもよろしく、ぽかんと目をむき大口あけて見ていたものすべてが、いったいどういう意味をもっているのかの話をな。——それでもこれから、なにもかも教えてしんぜよう——聴くがいい——聴くがいい、どなたがピストイア宮殿にお入りになったのか——聴け、聴け——どなたがピストイア宮殿で旅の塵《ちり》を袖からお払いになるのかを！」

この言葉が、人びとの渦まく流れを突然押しとどめ、みんなはどっとチェリオナティの掛小屋にあつまってきて、好奇心あふれるまなこで彼を見上げた。

「ローマの市民諸君！」チェリオナティは力をこめて始めた。「ローマの市民諸君！喜べ、歓呼せよ、帽子でもなんでも、頭にかぶっているものを投げあげよ！大きな幸運が諸君のもとに舞い込んだのだ。なんとなれば、諸君の都の城壁のなかに入られたのは、はるかなるエチオピアからご来駕《らいが》の、世にも名高いブランビラ王女、美の奇蹟たるにとどまらず、その無尽蔵の財宝はこのコルソ通り全体を、みごとなダイアモンドと宝石で難なく舗装できるほど――そのお方が諸君を喜ばせるために、なにをしてくださるのか！――諸君のなかには、阿呆《あほう》どころか、歴史に造詣《ぞうけい》のふかい方々も多いことは、わしとて心得ているが、そういうご仁《じん》ならご承知だろう。いとやんごとなきブランビラ王女は、かのトロイア建立《こんりゅう》の賢王コフェトゥア[22]の曽孫にして、また彼女の大伯父、セレンディッポ大王は、たいそう気さくな方であらせられ、ここ聖カルロ教会のまえで、しばしば諸君に立ちまじってマカロニを大食らいなさったものだ！――さらに付け加えるならば、ブランビラさまを洗礼盤から抱きあげられたのはだれあろう、タロックの女王[23]、タルタリオーナという名のお方にほかならぬ。しかもこの王女さまにプルチネッラが竪琴《たてごと》をお教えしたのだと知れば、諸君、うれしさに舞いあがるのに十分だろう――みんな、舞いあがるがいい！　わが秘教の学たる白、黒、

22　伝説のアフリカの王で、乞食娘と結婚したことが民衆歌謡でうたわれており、シェイクスピアの戯曲にもこの伝説への言及がある。

23　ゴッツィの童話劇『緑の鳥』（一七六五）に登場する残酷な女王の称号。

黄、青の魔術のおかげで、わしは王女がここへ来られたわけを知っている。彼女は、ご親友であり花婿でもあるアッシリアの王子コルネリオ・キアッペリが、コルソの仮装連中にまぎれこんでいると踏んで、見つけ出そうというおつもりなのだ。王子がエチオピアを離れたのは、ここローマで臼歯《きゅうし》を一本抜いてもらうためで、その抜歯をぶじにやりおおせたのが、このわしだ！　ほれ、これをとくとご覧《ろう》じろ！」

チェリオナティは小さな金色の箱を開け、白くて長い尖《とが》った歯を取りだして、高くかかげて見せた。群衆はどっと歓声をあげ、ここぞとばかりに香具師が売りつけにかかった王子の歯の模型を、われもわれもと買い求めた。

「いいか、みなの衆」チェリオナティはつづけた。「おわかりだろう、アッシリアの王子コルネリオ・キアッペリは、沈着かつ従順に抜歯手術を耐えぬかれたのち、ご自身でもわけがわからぬまま、姿をくらましておしまいになったのだ。――さあ、諸君、探しだせ、探しだせ、アッシリアの王子コルネリオ・キアッペリを探しだせ、諸君の居間や寝室、台所、地下室、戸棚や簞笥《たんす》の中を探すのだ！――見つけだして、ぶじにブランビラ王女のもとにお連れすれば、五〇万ドゥカーテンの賞金がもらえるぞ。王女さまはな、それほどの大金を彼のお頭《つむ》に賭《か》けておられるのだ、中味が分別と機知には乏しいことはさておくとしても、なかなか結構な頭じゃないか。――探しだせ、みなの衆、探しだせ！　しかし諸君は、かりにアッシリアの王子コルネリオ・キアッペリが諸君の鼻先にお立ちだとしても、それが彼だとわかるだろうか？――そう、そこが問題じゃ！――あのやんごとなき王女が諸君のすぐまえをお歩きになっていたとしても、ご当人だと見抜けるか？――いや、むりだ、これなる眼鏡をかけぬかぎりはな。これはインドの賢い魔術師ルッフィアモンテが、みずから磨いてこしらえたもの。だからそれを、わしは純粋な隣人愛と慈悲の心から提供しよう、諸君がパオロ銀貨をけちらないのであればな」

こう言いながら香具師は箱を開けて、大量のばかでかい眼鏡をみんなに見せてやった。

さっきは王子の臼歯を買い争ったばかりの見物人たちが、こんどはもっと喧嘩腰で眼鏡を奪いあう。口論が嵩《こう》じて、突きとばすやら殴《なぐ》るやら、果てはイタリア流にナイフが閃《ひらめ》くまでになったあげく、またしても警官が介入して、ピストイア宮殿まえと同様、人びとを追い散らさざるをえなかった。

こういう騒ぎが起きているあいだも、ジーリオ・ファーヴァはふかい夢にどっぷり浸ったまま、あいかわらずまだピストイア宮殿のまえに立ちつくして、世にも珍妙なあの仮装行列を、それもどうにも説明のつかぬ仕方で呑み込んでしまった宮殿の壁に、じっと目をこらしていた。ある種、不気味な、それでいて甘美な感情が彼の内面を完全に支配しているのだが、その感情を自分でどうすることもできないのが、どうにも不思議でならなかった。もっと不思議なのは、猟銃の火花からあらわれて彼の腕に身を投げかけてきたあの王女の夢を、冒険譚めいたさっきの行列と、自分がかってに結びつけてしまったことだ。そう、窓を鏡張りにしたあの馬車のなかに座っていた人こそ、彼の夢みた人物にちがいない、そんな予感にとらえられていたのだ。

そっと肩を叩かれて、彼は夢見心地から引きもどされた。あの香具師が目のまえにいた。

「やあ」チェリオナティが口をきった。「なんとまあ、ジーリオ、つれない奴だな、わしをほったらかしにして、王子の臼歯も魔法の眼鏡も買ってくれないとはね」

「ほっといてくれ」とジーリオ。「あっちに行っちまえ。一文の値打ちもないがらくたを売りつけようと、あんたがしゃべりまくる子ども騙《だま》しの冗談だの、べらぼうな道具立てといっしょにな」

「ほほう」と、ふたたびチェリオナティ。「そんなに偉そうな口を利いちゃいけませんぞ、お若いの。おまえさんが一文の値打ちもないという品物のなかからだって、効能あらたかな秘薬がいろいろと見つかるはず、とりわけ、おまえさんに抜群にいい演技力、まあそこまでいかずともせめて見苦しくないほどの演技力を、授けてくれる護符だってな。なにせ近ごろのおまえさんの悲劇の演じ方ときたら、見ちゃいられんほどのひどさだからねえ！」

「なんだと？」ジーリオが色をなした。「なんだと、シニョール・チェリオナティ、ぼくを大根役者あつかいする気か、ローマのアイドルたるこのおれさまを」

「木偶《でく》のぼうくん！」チェリオナティは落ち着きはらって応じた。「そりゃおまえさんの思い込みにすぎないよ。そんな言葉に中味なんぞないさ。これまではときに、とくべつな霊がおまえさんに取りついて、あれこれの役をうまく演じさせてくれたこともあったがね、しかし今日からは、そうやって得たわずかな喝采や評判なんぞ、取りもどしようもなく逃げていってしまうぞ。いいかい、なにしろおまえさんは自分の演じた王子たちのことはもうすっかり忘れてる、そうだろ？　かりに胸にその姿が残っているとしても、もはや色あせ、ものも言わず、硬直してしまっていて、いのちを呼びもどすことはもうできん。いまのおまえさんは、意識のすべてが奇妙な夢の像でいっぱいで、その夢のひとがさっき鏡窓の馬車にのってピストイア宮殿へ入っていったと思っている。――どうだ、わしはおまえさんの胸のうちをお見通しだろ？」

ジーリオは顔を赤らめて下をむき、口ごもりながら言った。

「シニョール・チェリオナティ、あんたはほんとに変わったひとだ。ぼくの秘めた考えをずばり言い当てるとは、なにか奇蹟的な力をおもちにちがいない――ところが群衆のまえでは、ばかげたまねばかりする――そのちぐはぐさが、どうも腑《ふ》に落ちないな――だがともかく――その大きな眼鏡をもらいましょう！」

チェリオナティはからからと笑った。

「ほら、そうきたね。だれでもみんなそうなのさ！　はっきりした頭と健康な胃袋で駆けずりまわってるあいだは、自分の手でしかと確かめられるものしか信じないが、いったん頭かからだが消化不良をおこすと、差し出されるものにはなんでもとびつきまう。ふん！　あの教授がそうだ、わしのものばかりか世界じゅうの秘薬に破門を宣告すると息まいたくせに、その翌日には、気むずかしい深刻な顔をしてテヴェレ川へ忍んでいって、乞食婆さんから教わったとおり、左足の室内履きを川に投げこんだよ。こうすれば、彼を苦しめるたちのわるい熱のやつを、溺死《できし》させせられると信じてね。それに賢者中の賢者といわれたご仁もそうだ、風船玉をうまく打てるようにと[24]、マントの裾にキオン菊の粉末を縫いこんで持っていたよ。――わしにはわかっとる、シニョール・ファーヴァ、おまえさんは夢のひと、ブランビラ王女を、わしの眼鏡をかけて見つけ出そうと思っとるな。だがいまのところ、それはかなうまいよ！――でもまあ、手にとって試してみるんだな！」

ジーリオは、チェリオナティが差しだしたぴかぴかの特大級眼鏡をぱっとつかむなり、宮殿のほうを見た。なんとも不思議なことに、宮殿の壁は透明な水晶と化したようだ。しかし彼の目に映じたのは、ありとあらゆる奇妙な姿が、色とりどりにごたごたと入り乱れた図でしかない。ほんのときおり、あのたおやかな夢の像の出現を知らせるかのように、電光が彼の身内をつらぬいたが、その像はこのめちゃくちゃな混沌から脱けだそうにも脱けだせないでいるようだった。

「地獄の悪魔をありったけ、おまえの首っ玉に食らいつかせてやる！」

---

24　一六世紀からヨーロッパの宮廷で流行った球技。

突然、おそろしい声がすぐそばでがなりたてたかと思うと、眼鏡のぞきに夢中になっていたジーリオは、ぐいと肩をつかまれるのを感じた。

「地獄の悪魔ありったけだ！――おまえ、おれを破滅させる気か。あと一〇分で幕が開くんだぞ。おまえは最初の幕から出番があるってのに、こんなところでいかれた阿呆づらして突っ立って、荒れはてた宮殿の古壁をぽかんと見てやがるとは！」

ジーリオの出演している劇場の座元だった。心配のあまり汗だくになって、行方《ゆくえ》のわからぬ花形役者《プリモ・アモローソ》をローマじゅう探しまわったあげく、思いもよらぬ場所でみつけたのだ。

「ちょっと待て！」チェリオナティが叫んで、哀れなジーリオの肩をやはりかなりの力でつかんだ。ジーリオは地面に打ちこまれた杭《くい》みたいに、動くに動けない。

「ちょっと待て！」それから少し声を落として、「シニョール・ジーリオ、明日ならコルソ通りでおまえさんの夢のひとに会えるかもしれないぞ。ただし、格好いい仮装でめかしこもうなんてするのは、大ばか野郎だね、そんなことをしたらあの美人にお目見えするチャンスをふいにしちまうぞ。できるだけ奇想天外で、見るもおぞましいほどいい！　でっかい鼻をつけて、そこにわしの眼鏡を、悠然と落ち着きはらって掛けるんだな！　いいか、眼鏡をぜったいに忘れるなよ！」

チェリオナティがジーリオから手を離すやいなや、座元は二枚目役者をひきつれて、疾風《はやて》のいきおいで走り去った。

つぎの日ただちにジーリオは、チェリオナティの助言どおり、十分に奇想天外でおぞましく見える仮装をこしらえるのに余念がなかった。二本の長い雄鶏の羽根をつけた珍妙な帽子、それに合わせて、どんな奇抜な鼻をもしのぐほどの、とてつもなく長くて尖った赤い鉤鼻をつけた仮面、ブリゲッラ[25]の着るものに似てなくもない大きなボタン付き胴着、幅広の木刀——この一式を身につけるのはどうも気がすすまなかったが、まずは最初に、だぶだぶで室内履きまでとどくほどのズボンをはいてみると、もうがまんならなくなった。こんなズボンでは、花形役者の体軀《たいく》をこれまで支え運んできたすらりとした両脚が、隠れてしまうじゃないか。

「だめだ」ジーリオは叫んだ。「こんなのはいやだ、お姫さまが均斉のとれた肢体なんぞに目もくれないとか、こんなみっともない変装を見ても尻込みしないとか、あり

25　コメディア・デラルテに登場する守銭奴でずる賢いザンニ（下僕）役の一つ。

えないじゃないか。よし、あの役者の真似をしてやろう！　あいつはゴッツィの芝居で恐ろしげな変装をして青い怪物の役をやったとき、色をまだらに塗りたくった虎猫の前足の下から、生まれつき華奢なつくりの自分の手を見えるように出す工夫をして、変身を遂げるまえからもうご婦人がたのハートをつかんじまったな。――あいつが手なら、こっちは足だ！」

かくてジーリオは、深紅の縞《しま》の入ったしゃれた空色の絹のズボンに、薔薇《ばら》色の靴下、深紅のひらひらしたリボン付きの白靴をはいた。これはたしかに見栄えはよかったが、上半身の衣裳とのちぐはぐさがかなり異様ではあった。

ジーリオは、ブランビラ王女が華美をつくしたいでたちで、りっぱな従者たちに護衛されてやってくるとばかり思っていた。ところがそれらしきものは全然見当たらない。そういえばチェリオナティが、魔法の眼鏡をかけていなければ王女の姿は見破れないと言ってたな、してみると、王女はなにか異様な変装をしているということか、と思い当たった。

さてジーリオはコルソ通りを往《い》ったり来たりして、なんとからかわれようと意に介さず、仮面の女性をかたっぱしから吟味しているうちに、さびれた地区に迷いこんでしまった。するとだみ声で呼びかけてきた奴がいる。

「もしもし、旦那、ごりっぱな旦那!」

目のまえに立っているのは、およそこれまでに見たどんなおどけた姿もかなわぬほど、おかしな格好の男だ。ぴんと先の尖った鬚《ひげ》と、眼鏡と、山羊《やぎ》の毛の鬘《かつら》を取り合わせた仮面といい、曲がった背中をさらにかがめて右足をまえに出した姿勢といい、パンタローネ[26]を思わせるが、それにしては、二本の雄鶏の羽根で飾って先端がまえに突き出しているとんがり帽子が、まるでそぐわない。胴着とズボン、腰につけた小さな木刀は、どう見てもりっぱなプルチネッラのものだ。

「旦那さん」と、パンタローネは(衣裳に違うところはあるが、こう呼んでおこう)ジーリオに話しかけた。「ごりっぱな旦那、あなたにお目にかかれる栄誉に恵まれるとは、なんとも幸運な日ですな! もしやわが一族のおひとでは?」

「なんとまあ」ジーリオは慇懃《いんぎん》に一礼して答えた。「シニョール、そうであればまことにうれしいかぎりですが、はて、どのようなご縁続きなのか存知あげませんが」

26 コメディア・デラルテの代表的老人役で、吝嗇《りんしょく》で好色な商人。

「なんとおっしゃる！」パンタローネが口をはさむ。「おどろきましたな！　あなたはアッシリアにおられたことがあるのでは？」

「そういえば、おぼろな記憶が目に浮かびますな」とジーリオ、「いつか旅でそちらへ向かおうとしていたときのことが。ところがフラスカティ[27]までしか行けなかった。市門のまえで辻馬車の馭者《ぎょしゃ》野郎に、馬車からおっぽりだされてしまいましてね。それでこの鼻が――」

「なんと！」パンタローネが叫んだ。「そりゃほんとうですか？――この鼻、この雄鶏の羽根――わが王子さま――おお、コルネリオさま！　だが、わたくしめに再会できた喜びで、お顔が青ざめておられますぞ――おお、わが王子さま！　ほんの一口、一口だけでもお飲みください！」

　そう言ってパンタローネは、自分のまえに置いてあった大きな籠《かご》入りの葡萄酒壜《ぶどうしゅびん》をもちあげて、ジーリオにさしだした。その瞬間、壜からうっすら赤みをおびた芳香が立ちのぼり、それがみるみる濃さを増して、ブランビラ王女のたおやかな顔となり、やがて上半身だけだが愛らしい小さな似姿となって、小さな腕をジーリオへ差しのべてきた。彼は恍惚《こうこつ》となって叫んだ。

「おお、もっとすっかり出てきてください、あなたの美しさを拝めますように！」

するとすると耳もとで破《わ》れ鐘のような声がとどろいた。

「この小心な浮かれ者め、空色と薔薇色なんかでしゃれこみやがって、よくもコルネリオ王子を詐称《さしょう》する気になれるもんだ！——とっとと家へ帰って寝ちまえ、うすのろ野郎め！」

「この不作法者めが！」

ジーリオは憤然と叫んだが、そのあいだに仮装の人びとがどんどん押し寄せてきて、パンタローネの姿は酒壜ともども、あとかたもなく消えうせていた。

27 ローマ市の南にある小さな町。

# 第二章

尖った石にけつまずいて足を痛めたり、貴人にきちんと挨拶しなかったり、閉まっているドアに頭をぶつけたりする奇妙な状態について。――ひと皿のマカロニ料理が恋と熱狂におよぼす影響。――役者稼業の地獄の苦しみとアルレッキーノ。――ジーリオが恋人の居所を見つけられず、仕立屋たちに取り押さえられて血を抜かれたこと。――お菓子入れの中の王子と行方不明の恋人。――背中に旗を生やしたせいで、ジーリオがブランビラ王女の騎士になろうとしたこと。

親愛なる読者よ！　ブランビラ王女の奇想天外な物語を、巨匠カロの大胆な筆致《ひっち》に示されているとおりにお伝えしようと企てている者として、小生は、読者が少なくともこのささやかな本の最後の言葉にいたるまで、驚異の世界にこころよく浸ってくださるだろう、それればかりか、その一部なりともお信じいただけるのではないか、と当てにしているのだが、そう期待されたからといって、よもやお怒りにはなりますまい。――しかしひょっとするとすでに、あのメールヘンめいた行列がピストイア宮殿を宿所《しゅくしょ》にしたり、あるいはブランビラ王女の姿が葡萄酒壜の青味がかった靄《もや》から立ちのぼったりした瞬間に、なんと腹だたしいばか話！　と叫んで、すてきな銅版画には目もくれずに、不機嫌に本を投げだしておしまいになっただろうか？――そうであれば、読者をカロ風のカプリッチョの不思議な魔法に引きいれるべく私が語ろうと目論んでいることはすべて、はや遅きに失してしまい、私にとっても、ブランビラ王女にとっても、じっさい残念至極と言うほかはない！　それでもひょっとしたら、読者はこう期待しておられるかもしれない。作者はまたしても忽然《こつぜん》と行く手にあらわれた、なにやらとほうもない形象に怯《おび》えて、脇道のふかい藪《やぶ》へ逃げこんでしまっただけのこと、やがて冷静さをとりもどして正道へとまた帰ってゆくだろうな、そうなればまた先を読みつづけられる、と！——そうでありますように！

そこで言わせていただきたいのだが、好意ある読者よ、私はすでにときおり（ひょっとしたら読者もご自身の経験からご存知かもしれないが）、メールヘンじみた冒険譚、つまり興奮した精神の見た幻像を、それらがまさに消失して無に帰そうとする瞬間に、つかまえて形象化するのに成功したことがある。そういうたぐいのものへの眼力をそなえている人ならだれでも、それらをじっさいに人生にまざまざと見てとり、だからこそ、それらを信じてくれたのだ。そこから私は勇気を得たのだろう。今後もさらにありとあらゆる冒険譚めいた形象や、あまたの突拍子もない像どもとの私の心地よいお付き合いをおおっぴらに繰りひろげて、謹厳《きんげん》このうえない方々をもこの異様に多彩な集《つど》いの場に、ご招待しようという気になったのだ。だから、親愛なる読者よ、この勇気をお調子者の慢心などとおとりにならず、読者をありきたりの日常のせまくるしい圏内から未知の領域へと誘いだして、まったく独特な愉しみを味わっていただこうという、許容できる努力だと認めていただけるだろう。その領域というのは、結局のところ、人間精神が真実なる生と存在を生きつつ自由気ままに統治している王国のうちに、だいじに守られているのである。

しかしそういう言い分はいっさい通らぬとあれば、私は不安に駆られて、ごく真面目な本を引き合いに出すしかない。似たような出来事をあつかっているが、その完全な信憑《しんぴょう》性についてはだれひとり、いささかの疑念もはさむ余地のない本だ。つまりブランビラ王女の行列が一角獣、馬、その他の乗物もろとも、ピストイア宮殿の狭い入口を苦もなく通ってしまったという点について言うなら、勇敢なる世界周航家アーダルベルト・フォン・シャミッソーが伝えてくれた、ペーター・シュレミールの不思議な物語[28]ではすでに、ブランビラ王女のあの魔法も恥じいるほどの芸当をやってのける、愛想のいい灰色の男のことが語られているではないか。彼は、よく知られているとおり、所望に応じて上着のポケットから、イギリス製膏薬だの、望遠鏡だの、絨《じゅう》毯《たん》だの、天幕だの、果ては馬車と馬まで、らくらくと取り出してみせる。――だがブランビラ王女については――ああ、もうたくさんだ！

しかし、もう一つだけ言っておくべきだろう。われわれはしばしば人生において、突然、すばらしい魔法の国の開けはなたれた門のまえに立つことがある。そして強大な霊の奥所《おくが》の営みをのぞき見ることが許され、その営みの息吹が秘めやかにまわりにただよってきて、われわれを不思議な予感で満たすのだ。しかし、親愛なる読者よ、そんな門から、私が見たというあんなとてつもないカプリッチョが出てくるところなんぞ、絶対に見たことがないと主張なさるのも、ごもっともではあろう。だからむしろ、こちらからお訊《き》きしたいのだが、あなたには、胃の不調だの、酒精だの、発熱だのに原因を帰すことのできないような奇妙な夢があらわれたことが、果たして生まれてこのかた一度もなかっただろうか？　そういう夢では、ふだんなら遥かな予感から語りかけてくるだけだったやさしい蠱惑《こわく》的な魔法の化身像が、あなたの精神と神秘的な契《ちぎ》りをかわし、あなたの内面をすっかり占領したかに思えてくる。あなたはおずおずとした恋の歓びにひたりつつも、想念の陰気くさい仕事場にきらめく装いで入ってきた甘美な花嫁を、かき抱く勇気は出ない――だがその仕事場は、魔法の姿の輝きを

28　ホフマンと同時代のドイツの作家シャミッソーのこの物語では、悪魔が灰色の男として登場し、人間の影と引き替えに、その人のどんな望みでもかなえてやる。

まえにして明るい微光に染まってゆき、そしてあらゆる憧憬《しょうけい》、あらゆる希望、名状しがたいものを捉《とら》えようとする熱烈な欲求が目覚め、うごめき、炎となって燃えあがるかのようで、あなたは、この名づけがたい痛苦に身は滅びようと、ただひたすら彼女に、やさしい魔法の化身に、会いたいと思う！

夢から覚めれば、それですんだだろうか？　外面的な生活のうちにも、あの名状しがたい恍惚感が、魂をかきみだす鋭い痛みとなって残りはしなかっただろうか？　そして周囲のすべてが、荒涼として悲しく色あせているように思え、あの夢だけがあなた本来の存在であって、ふだん自分の生活だとみなしていたものは、惑わされた感覚による誤解にすぎないのではあるまいかと、考えたのでは？　そしてあなたの想念の発する光のすべてが一つの焦点に集まって、そこが至高の情熱の燭台《しょくだい》となり、あなたの甘美な秘密を、日常世界のやみくもな、粗野な営みから守ってくれたのではないか？――ふむ！――こういう夢見心地でいるときには、尖った石にけつまずいて足を痛めたり、高貴なお方のまえで帽子をとるのを忘れたり、友人に夜中におはようと挨拶したり、行き当たりばったりに玄関ドアへ走って、開けるのを忘れて頭をぶつけたりしがちなものだ。要するに、精神が着込んでいる肉体という外衣が、どこもかしこも幅は広すぎ丈は長すぎて始末に負えない服のようになってしまうのである。

こういう状態に、かの若き俳優、ジーリオ・ファーヴァは、いまおちいっていた。幾日ものあいだ、ブランビラ王女の所在をどんなにわずかな痕跡であれ探しだそうと、むなしい努力をつづけていたときのことだ。コルソ通りで出会うすばらしいものはすべて、愛《いと》しいひとを彼のところへ連れてきたあの夢のつづきとしか思えず、その姿は憧憬の底しれぬ海からゆらゆらと立ちのぼり、その海に彼はわれとわが身を沈め、溶け込んでしまいたかった。夢だけが彼の人生で、そのほかはなにもかも、無意味で、空虚な無なのだ。これではだれにも想像のつくとおり、彼は役者稼業まですっかりないがしろにする始末。そればかりか、自分の役の科白《せりふ》を言うべきところで、夢に見たひと、ブランビラ王女のことを口走ったり、アッシリアの王子をつかまえてみせると誓ったり、そのうち頭が混乱して、自分が王子になるだろうと言ったり、ますます脱線つづきの話の迷路にはまりこんでしまう。おかしくなっちまったと、だれしも思わざるをえなかったが、その筆頭は座元で、結局ジーリオをあっさりお払い箱にしてしまったから、もともと雀の涙ほどだった収入もなくなった。座元が別れるとき、お情けで投げてよこしたわずか数枚のドゥカーテン金貨も、ほんの数日しかもたず、きびしい窮乏生活がもう目のまえに迫っていた。ふだんなら、あわれなジーリオは心配と不安にさいなまれただろうが、このときの彼は気にもしなかった。なにせ彼は地上のドゥカーテン金貨なんぞ不要な天国を、ふわふわと漂《ただよ》っていたのだから。

生きるための通常の必要事について言えば、とくに美味《おい》しいものでなくともなにか食べなくてはならないのだから、ジーリオは通りがかりの揚げもの屋《フリッテロリ》で空腹を満たすことにしていた。これは周知のように、街頭に屋台を張っている簡易食堂である。ある日のこと、彼は屋台から匂ってくるうまそうなマカロニ料理が食べたくなった。そこで屋台に近寄ったものの、わずかな昼飯代を払おうと財布をとりだしてみて、少なからずびっくりした。財布のなかには銅貨一枚、入っていない。そのとたん、肉体の原理が力づよく働きだした。精神の原理がいかに誇り高かろうと、ここ地上では肉体の原理のあわれむべき奴隷《どれい》にすぎない。これまでジーリオは、高尚な想念にひたったり、じっさいに大盛りのマカロニを食っていたりしたときには、いちどもそんな感覚を経験したことがないのに、いまは猛烈に腹がへってたまらないと感じたのだ。そこで屋台の主人に、いまはたまたま持ち合わせがないが、料理の代金はいつかきっと払うからともちかけると、相手は面と向かって嘲《あざけ》るように高笑いして、金がなくとも食欲は満たせるよ、あんたのそのきれいな手袋か帽子かマントを、かたに置いていきさえすりゃね、と言う。これではじめてジーリオは、自分の置かれた芳《かんば》しからぬ状況を、いやというほどはっきり悟らされた。すぐに彼の目に、襤褸《ぼろ》をまとった乞食姿の自分が、僧院のまえで施《ほどこ》しのスープを匙《さじ》ですくっている図が浮かんできた。だがそれよりさらに深く心臓にぐさりときたのは、この夢からさめて、ようやくチェリオナティの姿に目をとめたときのことだ。聖カルロ教会まえのいつもの場所に陣どって、町の衆をばか話で愉しませていたチェリオナティが、彼を見ているジーリオに気がついて、ちらっと視線を投げてきたのだが、その目つきにひどく悪意のある嘲弄《ちょうろう》が読みとれるように思ったのだ。

夢に見たやさしい姿は無と消えて、甘美な予感はどれも崩れ去った。あのいまいましいチェリオナティが、ありとあらゆる悪魔の手練手管《てれんてくだ》でおれを誘惑したことは確実だ、とジーリオには思えた。こっちの愚かな自惚《うぬぼ》れを意地わるく嘲弄するように手玉にとって、ブランビラ王女の話を餌に、恥ずべきやり口でいっぱいくわせやがったのだ、と。

彼はやみくもに走りだしてその場を離れた。もう空腹は感じず、念頭にあるのはただ、どうやってあの老いぼれ魔法使いに復讐できるかだけだった。
自分でも訳がわからなかったが、胸のうちのすべての怒り、すべての憤懣《ふんまん》を貫いて、なにか不思議な感情が湧きおこり、彼の足を止めさせた。突然、未知の魔法で呪縛《じゅばく》されたかのようだった。

「ジアチンタ！」

彼は思わず叫んでいた。気がつくとそこはあの娘《こ》が住んでいる家のまえだ。そこの急な階段を、秘めやかな夕闇のなか、いくたび登ったことか。そこで彼は考えた。ひとを欺《あざむ》くあの夢の像が、なによりもまずあのやさしい娘の不興を買ったこと、それで彼女をほったらかしにして一度も会わず、一度も思い起こしさえしなかったこと、チェリオナティのばかばかしい法螺《ほら》話にのせられて、恋人を失ったうえに、悲惨な苦境におちいってしまったこと。これらを思うと悲嘆と苦痛がどっと押し寄せてきて、なすところを知らず呆然としていたが、それでもついに、いますぐ階段を登っていこう、なにがなんでも彼女の愛を取りもどすのだ、と決心がついた。

善は急げ！――ところがジアチンタの住まいのドアを叩いても、中はしんとして音ひとつしない――ドアに耳を押し当てても、ひとの息する気配さえない。そこで何度もあわれっぽい声でジアチンタの名を呼んでみたが、やはり返事はないので、こんどは自分のばかさかげんを涙ながらに告白しはじめた。そして、悪魔自身が呪われたいかさま師チェリオナティの姿になって、ぼくを誘惑したのは確かなのだと断言し、つぎにはいちだんと声を張りあげて、深い悔恨と、このうえなく熱い愛を、神かけて誓った。

するとしたから大音声がとどろいた。

「どこのとんま野郎が、おれさまの家のまえで嘆き節《ぶし》なんぞを一席ぶっていやがるんだ？　灰の水曜日[29]までにはまだだいぶあるぞ！」

それはこの家のでっぷりした家主、シニョール・パスクヮーレだった。よっこらしょと階段を登ってくると、ジーリオを見て言った。

「ああ！——あんたか、シニョール・ジーリオ。——いったいどんな悪霊にとりつかれて、なにやらばかばかしい悲劇の愁嘆場《しゅうたんば》よろしく、〈ああ〉とか〈おお〉とか、空

29　復活祭まえの四旬節の第一日目で、謝肉祭最終日（火曜）の翌日。この日、カトリック信徒は懺悔《ざんげ》のしるしに額に聖灰をぬる。

き部屋にむかって泣き声をあげてるのかね?」

「空き部屋だって?」――ジーリオは叫んだ。「空き部屋だと? お願いだから教えてくれ、シニョール・パスクヮーレ、ジアチンタはどこに?――どこに行っちまったんだ、ぼくのいのち、ぼくのすべては?」

シニョール・パスクヮーレはジーリオの顔をまじまじとみてから、おだやかに言った。

「シニョール・ジーリオ、あんたがどうなっちまったかは知ってるよ。ローマじゅうにもう話は伝わっているんだ、あんたは頭がおかしくなって、舞台をおろされたってね――医者に行くんだな、医者に。血を二、三ポンドほど抜いてもらって、頭を冷たい水に突っ込むがいいよ!」

「ぼくは!」と、ジーリオはつよく言いかえした。「ぼくはまだ狂ってなんかいないぞ。だがいますぐジアチンタの居所を教えてくれないと、ほんとうに狂っちまいそうだ」

「ばかを言うな」シニョール・パスクヮーレは落ち着きはらってつづけた。「あんたが知らないなんて、だれが本気にするものか。ジアチンタはもう八日もまえにうちを出ていったし、ベアトリーチェ婆さんも後につづいたことを、あんたが知らないはずがない」

しかしジーリオは逆上してわめいた。

「ジアチンタはどこだ?」

そしてふとっちょの家主に、手荒くつかみかかった。

「助けてくれ! 助けて! 人殺しだ!」

家主のすさまじいわめき声に、家じゅうの者がさわぎたてる。いかつい下男がとびだしてきて、あわれなジーリオをひっつかむと、まるで赤ちゃん人形でもあしらうように、やすやすと階段を抱えおろして往来へおっぽりだした。

転倒の痛みにもかかわらず、ジーリオはすぐに立ち上がると、こんどこそほんとうに半狂乱の態《てい》で、ローマの街路を走りに走った。習慣から生まれた一種の本能からか、いつもなら劇場へ急がねばならない時刻の鐘が鳴ると、やはりそっちへ向かっていて、おのずと劇場の楽屋へ入っていった。そこではじめて自分がどこにいるかに気がついたのだが、いつもなら金銀織りなす衣裳で身を飾った悲劇の主人公たちが、重おもしく歩を進めながら、観客を驚嘆と熱狂の渦にまきこもうとばかりに、おおげさな韻文の科白を暗唱しているその場所に、おどろいたことになんと、パンタローネやアルレッキーノ、トルッファルディーノやコロンビーナ、要するにイタリアの喜劇[30]とパントマイムのあらゆる仮面と装束をつけた役者ばかりが、ひしめいているではないか。まるで眠りから突然目覚めて、見れば周囲は見知らぬ異様な連中だったかのように、彼は棒立ちになったまま、目を丸くしてあたりを見まわしていた。

混乱と傷心にひきつったジーリオの顔を見て、座元は内心、いくらか良心の疼《うず》きを感じたのだろう、急に心やさしい男になった。

「びっくりしただろうねえ」彼は若いジーリオに声をかけた。「シニョール・ファーヴァ、ここはおまえさんがいたころと、こんなにも変わっちまったからな。でも率直なところ、わが劇場ご自慢の荘重な演技に、お客さんたちが飽《あ》きあきしはじめてな、そのせいでわしの財布は底をつく惨《みじ》めなありさま、だからそのぶんよけいに、この飽きあき気分がわしにも襲いかかったんだ。いまじゃ悲劇にはきっぱりおさらばして、わしの芝居小屋を仮面劇の気ままなおふざけや、優美なくすぐりにお任せしてるのさ。なかなかの好調だよ」

「へえっ！」ジーリオは頬を紅潮させて言った。「座元さんよ、正直に言ったらどうだ、ぼくがいなくなったから、あんたの悲劇はだめになったんだろ――主役が倒れりゃ、彼の呼吸から生気を得ていた観客大衆も、死んじまうってわけだろ？」

「ま、その話は」座元は笑みを浮かべて応じた、「そう正確に吟味しないでおくことにしよう！　しかしどうもご機嫌よろしくないようだね、ひとつ下へ行って、パントマイムを見ていかないか！　たぶん気が晴れるだろうよ。あるいはおまえさん、ひょっとすると頭を切りかえて、以前とはまるっきりちがうやり方だが、またうちの劇場へ来る気になるかもしれん。ありうるよ、そういうことは――まあ、いいさ――行ってみろよ！　ほら、切符を一枚やるよ。気が向いたら何度でもまた見にきてくれ！」

ジーリオは言われたとおりにした。パントマイムをほんとうに見たかったというよりも、なにもかも、どうでもいいという無関心からだった。

ほど遠からぬところで、二人の仮面の人物が立ったまま熱心に話し込んでいた。

ジーリオの名がたびたび聞きとれる。俄然《がぜん》、ジーリオは無感覚状態から醒《さ》めて、そば

30　コメディア・デラルテのこと。

にそっと近寄ると、マントで目のところまで顔をかくして聞き耳をたてた。

「あんたの言うとおりだ」と、一人が言う。「あのファーヴァのせいで、この劇場で悲劇が見られなくなったというのは、ほんとうだよ。だがおれは、あんたが言うようにあいつが舞台からおりたせいだとは、ぜったいに思わんね。むしろ舞台にあがっていたせいだよ」

「そりゃどういう意味だ？」ともう一人が訊く。

「おれに言わせりゃね、このファーヴァって奴は、しばしば熱狂をひきおこしたとはいえ、およそ古今未曽有《みぞう》の大根役者だよ。きらきらする両眼、形のいい脚、飾りたてた衣裳、帽子に色あざやかな羽根、靴に結んだ派手なリボン、これで悲劇の若き主人公ができあがるってのか？　じっさい、ファーヴァが効果を計算ずくでダンス・ステップを踏みながら、舞台の奥からすすみ出て、共演者には目もくれず桟敷《さじき》に流し目を送って、美女たちの賞賛めあてに妙に気取ったポーズを長ながとっているのを見ると、まったくのところ、若くてばかみたいに派手な色の雄鶏が、日向《ひなた》で得意になって格好つけているようなものだと思えてくるよ。そのあとは、ぎろりと目ん玉をむいたり、両手を振りまわして空《くう》を切ったり、あるときはつま先立ちになり、あるときは折りたたみナイフみたいに二つ折りになって、うつろな声で科白をつっかえつっかえ言うんだからな、こんなことで、まともな人間がほんとに胸打たれるものかね?——ところが、おれたちイタリア人はそうなんだ。大袈裟《おおげさ》なのが好きなのさ、その一瞬は、つよく心をゆさぶられるからね。だがやがて、おれたちはそんなものを軽蔑するようになる。血肉をそなえた人間だと思っていたものが、じつは針金仕掛けで操られている生命のない人形にすぎなくて、こっちはその奇妙な動きにたぶらかされていたんだと、気がついたとたんにね。ファーヴァの場合もそうなるだろうよ。あいつが自分から死を早めるようなことをしなくたって、どっちみち、じわじわと惨めな最期《さいご》へ向かってゆくだろうさ」

「しかしねえ」相手が口をはさむ。「それじゃ、かわいそうなファーヴァにあんまり厳しすぎる判定だと思うね。きみが彼のことを自惚れ屋だ、気取り屋だと非難するのも、彼は役を演じちゃいない、自分を演じているだけで、感心できないやり方で喝采を得ていたと主張するのも、当たってはいるだろうよ。それでも彼は、りっぱな才能の持ち主と呼ばれていい人だったし、最後はひどい狂気にとりつかれたとなると、やっぱり同情を禁じえないな。しかも演技の苦労がその原因だというのでは、なおさらだ」

「とんでもない」最初の人物が笑いながら言う。「そんなこと、信じるなんて！　きみにだって想像がつくだろう、ファーヴァの頭がおかしくなったのは、まったくの恋の虚妄のせいなんだぞ。――あいつはある王女に惚れられていると信じちまって、いまじゃ彼女を探して大通りといわず裏路といわず、駆けずりまわってるさ。――しかも、のらくらしているだけの役立たずで、一文なしときてるから、今日なんぞ屋台でマカロニ一皿食おうにも、手袋と帽子をかたに置いていけって言われたほどだ」

「なんだって？」と、相手が叫ぶ。「そんなばかなことがあるか。あのあわれなジーリオが、おれたちを愉しませてくれた夜だってあったんだ、なんとかして彼にいくらか融通してやるべきだよ。座元のあの犬野郎め、ジーリオはあいつの懐に、ドゥカーテン金貨をけっこう集めさせてやったんだ、せめて野垂れ死にしないように面倒を見てやるべきだね」

「その必要はないさ」最初の男が言う。「というのもブランビラ王女は、彼が狂っちまったのも金がないのも、ちゃんと知っていてね、女のつねで、恋ゆえのどんな愚行も赦《ゆる》すばかりか、なんともかわいらしいと思って、いっそう同情心をつのらせる一方なのさ、だからいまさっきだって、あいつのポケットにドゥカーテン金貨の詰まった小さな財布を突っ込ませたところだよ」

見知らぬ男のその言葉に、ジーリオは思わず機械的にポケットに手を入れた。なんと事実、いい音のする金貨のつまった小さな財布、あの夢のブランビラ王女が彼にくれたという財布が、手に触れた。電光のような衝撃が全身をつらぬいた。救いのない状況から突如救いだしてくれたありがたい奇蹟だと、喜ぶ余裕などなかった。恐怖が氷の冷たさでおそってきたのだ。自分は未知の力の玩具《おもちゃ》になって翻弄されている、そう気づいた彼は、見知らぬ仮面の男たちにつかみかかろうとしたが、そのときはもう、あの不吉な会話の主の二人組は影もかたちもなかった。

財布をポケットから出して、これだけあれば十分暮らしていけると確かめる気には、どうしてもなれない。目くらましの魔法の贈りものが、手のなかでみるみる消えうせてしまいそうで、怖かった。だがあれこれ考えにふけっているうちに、しだいに落ち着いてきて、ふと思い当たった。これまではなにもかも、悪戯《いたずら》好きの魔法の力が仕掛けた、まやかしだと見なしがちだったけれど、じつはあの奇怪な気まぐれ男のチェリオナティが仕組んだ狂言なのかもしれない。結局のところ、あいつが背後のふかい闇にかくれて、こっちには見えない糸で操っているのではないか。さっきの見知らぬ奴が人混みにまぎれて、自分でうまいこと財布をおれのポケットに突っこんだのかもしれないし、あいつがブランビラ王女について喋々《ちょうちょう》していたことだって、チェリオナティが始めた悪戯のまさに続きとしか思えない。

しかしこうしてジーリオの胸中で、魔法のすべてがありきたりの悪戯におのずと変じて解けていくにつれて、さっきの男の鋭い批判がなさけ容赦もなく負わせた傷の痛みが、またありったけよみがえってきた。役者にとっての地獄といえば、おのれの自惚れをこっぴどく攻撃されたときの、心臓をえぐられるような恐ろしい苦痛に如《し》くものはない。しかもこの点は攻撃されても仕方がない、どうも自分の弱点のようだと思う感情自体が、不機嫌をいっそうつのらせ、打撃の痛みをつよめてしまって、当人がいくら歯をくいしばってがまんしようと、なにかうまい方法で和《やわ》らげる工夫をしようと、打撃を受けたという現実をかえって痛感させてしまうのだ。

だからジーリオは、あのいまいましいイメージ、若くてばかみたいに派手な色の雄鶏が日向でいい気になって格好をつけているという図が、どうしても頭にこびりついて離れず、憤懣《ふんまん》やるかたなかったのだが、それというのも内心では、ほんとうにあのカリカチュアは自分そのものを映していると、いやいやながらも認めざるをえなかったからだ。

こんなに興奮した気分でいては、ジーリオはほとんど芝居を見ず、パントマイムに注目もできなかったのだが、劇場の平土間には、観客の笑い声や拍手や喝采がたびたびどよめいていた。

このときパントマイム劇が演じていたのは、ほかでもない、すてきなアルレッキーノ[31]といたずら娘のかわいいコロンビーナ[32]との、これまで何百回となくさまざまな趣向で上演されてきた恋物語だった。金持の老人パンタローネの魅力的な娘コロンビーナは、ぴかぴかに着飾った騎士や、賢い学者《ドットーレ》の求婚をしりぞけて、わたしは意中の人以外のだれも愛さないし、結婚もしないと宣言する。つまりあの小柄で機敏な男、たくさんの端《はぎ》切れを縫い合わせた胴着を着た色黒のアルレッキーノのことだ。彼はこの

31　コメディア・デラルテのザンニ（下僕）役のもっとも有名な道化の一人で（フランス語ではアルルカン、英語ではハーレクウィン）、その特徴的な衣裳が、赤、緑、青の三角の端切れを縫い合わせたもの。

32　コメディア・デラルテの小間使い役の名の一つだが、恋人役や人妻役を演じることもある。

娘と駆け落ちするが、強力な魔法にまもられて、パンタローネ、トルッファルディーノ、学者、騎士の追跡を逃れる。しかしついにアルレッキーノは、恋人を愛撫《あいぶ》しているところを警官に取り押さえられ、いっしょに牢獄へ放りこまれそうになる。舞台はすでにここまですんでいて、いまはじっさいに牢獄送りとなったところ、だがそこへ、パンタローネが取り巻き連中を引きつれて、あわれな二人を嘲笑しにあらわれる。コロンビーナが痛々しく涙にくれてひざまずき、アルレッキーノの命乞いをしたその瞬間、アルレッキーノがバチッと打ち箆《べら》[33]を振ると、地から空から、四方八方から、とても粋で清らかな姿の人たちがあらわれて、アルレッキーノのまえで深ぶかと一礼すると、彼をコロンビーナともども、意気揚々と連れ去ってしまう。おどろきのあまり棒立ちになっていたパンタローネは、牢獄の中の石のベンチにへたりこみ、騎士と学者にも腰掛けるようにと誘う。三人は雁首《がんくび》そろえて、さてどうしたものかと相談。後ろに立ったトルッファルディーノが、好奇心にかられて首を突っ込み、そのたびに両側からしたたかな平手打ちを食うが、いっこうにめげない。やがて三人が立ち上がろうとすると、魔法の力でベンチに尻が張り付いて動けず、ベンチにはみるみる一対《つい》のがっしりした翼が生えてくる。巨大な禿鷹《はげたか》の背にのせられて、一同、助けてくれと悲鳴をあげながら空高く運ばれてゆく。

さて、場面はかわって、花輪で飾られた円柱の立ちならぶ大広間、その中央に美々しく装飾のほどこされた玉座がある。太鼓や笛やシンバルの奏でる優雅な音楽が聞こえる。そこに近づいてくる華やかな行列。アルレッキーノがムーア人たちのかつぐ輿《こし》に乗り、それにつづいて、豪華な凱旋車《がいせんしゃ》にのったコロンビーナが登場。二人は着飾った大臣たちに導かれて玉座につく。アルレッキーノが王錫に見立てた打ち箆を高くかかげると、並みいる一同、ひざまずいて忠誠を誓う。パンタローネとその一党の姿も、ぬかずく民衆のなかにまじって見える。権勢ある帝王となったアルレッキーノは、いまやコロンビーナとともに、美しくも栄光にかがやく帝国を支配するのだ!

行列が舞台にあらわれたとき、ジーリオはちらっと目を上げたのだが、びっくり仰天、そのまま舞台から目を離せなくなった。ブランビラ王女の行列の顔ぶれが、そこにすっかりそろっているではないか。一角獣、ムーア人たち、驢馬《ろば》の上でレース編みをしている貴婦人たち等々。金ぴかのチューリップに座す威厳ある学者兼政治家さえ

33 道化師の小道具で、細い薄板を重ね合わせた拍子木のようなもの。

欠けてなく、通りすがりに本から目を上げて、ジーリオに愛想よくうなずきかけてきたように思えた。ただ、王女が鏡窓を閉ざした馬車に乗ってくるかわりに、コロンビーナが屋根なしの凱旋車でやってきたのだ！

ジーリオの胸の奥から、ある漠とした予感が頭をもたげてきた。このパントマイムもまた、彼の身に起きている不思議な出来事すべてと、なにやら謎めいた関係があるのではないか、と。しかし夢見る者が自分自身の自我から立ちのぼってくるイメージを、いくらしっかりつかんでおこうとしても、うまくいかないのと同様、ジーリオもその関係がどのように成り立っているのか、明確な考えにはたどりつけなかった。

すぐ近くのカフェでジーリオは、ブランビラ王女のドゥカーテンが偽金どころか、いい音を立てるし刻印もまっとうな金貨だと確かめた。

「ふむ！」と彼は考えた。「してみると、チェリオナティが大いに親切心と慈悲心をおこして、財布をおれのポケットに入れてくれたんだな。アルジェンティーナ劇場で名をあげた暁には、ちゃんと借りを返そう。名声はまちがいないさ。おれを大根役者呼ばわりするなんて、最低のやっかみ、最悪の奸計《かんけい》からにきまってる！」

金がチェリオナティから出ているらしいと推測したのには、それなりの理由があった。事実、あの老人はこれまでも何度か、ジーリオを苦境から救いだしてくれたことがあったのだ。ところがそのうちに、小ぎれいな財布に刺繍《ししゅう》で「夢に見た像を心にとどめよ！」という言葉が記されているのに気がついて、ジーリオは妙な気分におそわれた。

あれこれ考えながらその文字をながめていると、だれかが耳元で叫んだ。

「やっと会えたね、この裏切り者、薄情者、嘘と恩知らずの化けものめ！」

不格好な姿のドットーレがジーリオをつかまえて、さっさと隣に席を占め、呪詛《じゅそ》のかぎりをわめきたてている。

「ぼくになんの用がある？　気はたしかか？」

ジーリオがどなると、相手は醜い仮面をとった。ベアトリーチェ婆さんだ。

「なんてこった」と、ジーリオはわれを忘れて叫んだ！「ベアトリーチェじゃないか！――ジアチンタはどこ？　やさしい、愛くるしいあの娘《こ》はどこにいる？――恋しくて、会いたくて、ぼくの心臓は張りさけそうだよ！　ジアチンタはどこ？」

「いくらでも訊くがいいさ」婆さんは不機嫌な声で応《こた》えた。「訊くがいいよ、のろわれた奴め！　かわいそうにジアチンタは牢獄にいて、あたら若いいのちを萎《しお》れさせてるよ。なにもかも、おまえさんのせいだ。なにしろあの娘《こ》の頭が、おまえさんのことでいっぱいじゃなかったら、夜の逢瀬《おうせ》を期待できていたら、ブランビラ王女の服に縁飾りを縫いつけているとき、指を突き刺したりはしなかっただろうし、だから汚い染みなんかできなかっただろうよ。そうすりゃ、ベスカーピ親方だって、あいつめ、地獄に落ちるがいい、彼女に損害賠償を要求できなかっただろうし、要求された金額を払えないからといって、彼女を牢獄にぶちこむなんてできなかっただろうよ。――おまえさんがいれば、ちっとは力になってもらえただろうに――ところが、のらくら者の役者どのは、鼻をひっこめちまって――」

「待った!」ジーリオが婆さんのおしゃべりをさえぎった。「そりゃ、あんたがわるいんだよ、すぐぼくのところへ駆けつけて、すっかり話してくれりゃよかったのに。あのやさしい娘《こ》のためなら、ぼくのいのちだって!――こんな真夜中じゃなければ、にくったらしいベスカーピのところへとんでいくんだがな――ここにあるドゥカーテン金貨をもって――そしたらあの娘はすぐ自由の身になる。でも、真夜中だからどうだっていうんだ? 急げ、彼女を助けに行こう!」

そう言うなりジーリオは駆けだした。老婆はあざけるような笑い声をその背に投げた。

しかし、なにかしようとして躍起になりすぎると、いちばん肝心なことを忘れてしまいがちだ。それと同じでジーリオも、ローマのいくつもの街路を息せききって走りぬけたあとになってはじめて、ベスカーピの住居を自分は知らない、婆さんに訊いておくべきだったと気がついた。ところが運命のいたずらか、偶然か、最後にスペイン広場に着いたとき、彼はまさにベスカーピの家のまえに立っていたのだ。彼は大声で呼ばわった。

「悪魔野郎のベスカーピは、どこに住んでいるんだあ!」

するとだれか見知らぬ男が、すぐにジーリオの腕をとって家のなかへ案内しながら、ベスカーピ親方はちょうどここに住んでいる、注文の仮装用衣裳ならちゃんとお渡しできるだろう、と言う。部屋に入るとその男が、ベスカーピ親方はいま留守なので、ご自分でどんな服を注文なすったのか教えてほしい、もしかすると簡単なタバルロ[34]か、あるいはなにかほかの――そこまで言ったとき、ジーリオは、ごくまっとうな仕立職

34 ゆったりした外套で、マントの一種。

人にほかならないこの男の首根っこをつかんで、血痕だの牢獄だの、借金を払うだの、即刻釈放させろだのと、前後の脈絡なくまくしたてるので、職人はあっけにとられて身をこわばらせたまま、ひと言も返せずにジーリオの目をじっと見ているばかり。

「こんちくしょう！　おれの言うことがわからんのなら、おまえの主人を出せ、悪魔の犬めをすぐ連れてこい！」

ジーリオはそう怒鳴るなり、相手に組みついた。だがこんども、シニョール・パスクヮーレの家での事態の展開と同じだった。職人のものすごい悲鳴に、人びとが四方からどっと押し寄せてきて、ベスカーピ自身も駆けこんできたが、ジーリオを見るなり叫んだ。

「なんてこった、こりゃいかれた役者、気の毒なシニョール・ファーヴァだ。取り押さえてくれ、みんな、取り押さえてくれ！」

みんなでとびかかって、あっさり押さえ込むと、手足を縛ってベッドのうえに転がした。ベスカーピが近寄ると、ジーリオはけちんぼ野郎とか、残酷だとか、ありとあらゆる罵詈《ばり》雑言《ぞうごん》を浴びせかけ、ブランビラ王女の服のこと、血痕のこと、支払いのこと等々をまくしたてる。

「まあ、落ち着きなさい」ベスカーピはおだやかに言った。「落ち着きなさい、シニョール・ジーリオ、あんたを苦しめている幽霊に出ていってもらうんだな！　そうすりゃじきに、なにもかもすっかりちがうふうに見えてくるよ」

ベスカーピの言葉がなにを意味しているかは、まもなく判然とした。外科医が入ってきて、あわれなジーリオがどんなにじたばた抵抗しようとおかまいなく、彼の静脈を切り開いたのだ。——その日一日のありったけの出来事と瀉血《しゃけつ》で精根尽き果てて、かわいそうにジーリオは、失神にも似たふかい昏睡に落ちていった。

目を覚ますと、あたりはふかい夜の闇だった。苦労のすえにようやく、わが身に結局なにが起きたのかを思い出し、手足のいましめも解かれているのを感じはしたが、からだがどうにもだるくて動けない。ドアにひび割れがあるのだろう、ようやくそこから一条の薄明かりが射《さ》しこんできた。すると深い吐息が聴きとれるように思え、それがひそやかな囁《ささや》き声に変わり、ついには意味のとれる言葉になった。

「ほんとうにあなたなの、あたしのだいじな王子さま？——こんなありさまで？　こんなに小さく、小さくなって、あたしのお菓子の小函《こばこ》に入っておしまいになりそうなほど！——でもだからといって、あなたを軽んじたり、敬意がうすれたりしたなんて、お思いにならないで。だってあたしは知ってますもの、あなたはりっぱな、愛すべきお方で、いまのあたしは、すべてを夢に見ているだけだと。――お願いですから、明日にはお姿を見せてくださいね、お声だけでもいい！――貧しい娘のあたしに目をかけてくださったからこそ、こうならざるをえなかったのです、さもなければ――」

ここで言葉はまたはっきりしない囁きになってしまった！――その声には、なんともいえず甘くてやさしいひびきがあって、ジーリオは身内にひそかな戦慄《せんりつ》が走るのを感じた。だがよく聴こうと耳をすましているうちに、すぐ近くの泉水の音に似たその囁き声にあやされるようにして、ふかい眠りにまたしても落ちていった。

陽《ひ》の光が明るく部屋に射し込んでくるころ、そっとからだを揺すられてジーリオは眠りから覚めた。ベスカーピ親方が目のまえに立って、彼の手を取りながら、温厚なほほえみを浮かべて話しかけてきた。

「どうです、気分がよくなったでしょう、シニョール。――ありがたいことだ！　まだ少し顔色はよくないが、脈は落ち着いている。天のお導きですな、あんたがひどい発作を起こして、わたしの家にとびこんできたのは。おかげでわたしは、ローマきっての名優だと思っているあんたに、ささやかなご奉仕ができたわけだ。あんたが舞台からいなくなって、われわれみんな、ひどく悲しんでいますからな」

ベスカーピの終わりのほうの言葉は、痛めつけられた傷にとって、むろん効き目のある膏薬ではあったが、やがてジーリオはまじめな、ひどく沈鬱《ちんうつ》な面持《おもも》ちで話しはじめた。

「シニョール・ベスカーピ、ぼくはあんたの家に踏み込んだとき、病気でも、狂ってもいなかった。あんたは冷酷にも、ぼくのやさしい花嫁、かわいそうなジアチンタ・ソアルディを牢獄にぶちこんじまった。彼女がだいなしにしたきれいな服の弁償が、できなかったからね。いや、だいなしにしたんじゃない、聖別したんだ、彼女の華奢《きゃしゃ》な指の針の刺し傷から滴《したた》ったのは、薔薇《ばら》色の聖なる血なんだぞ。あの服の弁償に、あんたはいくら欲しいのか、いますぐ言ってくれないか。ぼくが全額払うよ。そしたらすぐいっしょに行って、やさしい、かわいいあの娘《こ》を、あんたの強欲《ごうよく》のせいで囚《とら》われている牢獄から出してやろうよ」

こう言ってジーリオは、力のおよぶかぎりの素早さでベッドから身を起こすと、ドゥカーテン金貨の詰まった財布をポケットから取りだした。必要とあらば財布がからっぽになってもいいと、覚悟を決めていた。ところがベスカーピは目を丸くしてジーリオをじっと見ながら言った。

「どうしてまた、そんなとほうもない話を考えついたのかね、シニョール・ジーリオ。ジアチンタがだいなしにした服とか、血の染みとか、牢獄に放りこんだとか、わたしのまるっきり知らないことばかりだ！」

そこでジーリオはもういちど、ベアトリーチェから聞いたことをすっかり話して、彼自身がジアチンタのところで見た服についても、とくべつ詳しく説明すると、ベスカーピ親方が言うには、そりゃあの婆さんがあんたをからかったにきまってる、そんなひどい話は、神かけて誓ってもいい、わたしはまるっきり知らないのだ、あんたが見たという服だって、そんなものをジアチンタのところへ仕事に出した覚えはない。ジーリオはベスカーピの言葉を信じないわけにいかなかった。さもないと、差し出された金をベスカーピがなぜ受けとろうとしないのか、納得いかないからだ。そこでジーリオは、ここでもやはりあのとんでもない妖怪が動きまわっている、おれはその罠にまたもやひっかかったんだと、思いさだめた。こうなればあとは、ベスカーピ親方のもとを立ち去って、ひょっとするとやさしいジアチンタの腕のなかへと導いてくれる幸運を当てにするしかない。いまや彼の胸は彼女への愛にふたたび燃えたっていたのである。

ベスカーピの家の戸口のまえには、できることなら千マイルの遠くに離れていてほしい人物が立っていた。老チェリオナティだ。笑いながら声をかけてくる。

「おやおや！　おまえさんはやっぱりなかなかいい奴なんだねえ、運命が恵んでくれたドゥカーテン金貨を恋人のためにささげる気だったとはね、でもな、彼女はもうおまえさんの恋人じゃないぞ」

「あんたは恐ろしい人間だな！」ジーリオは応じた。「なんでぼくの生活に闖入《ちんにゅう》してくる？　なんでぼくという存在を、わがもの顔にあつかうんだ？――なんでも知っているって面《つら》をしてるが、その知識を仕入れるのに苦労なんていらないだろうさ――ぼくのまわりに密偵どもを放って、一挙手一投足を見張らせているからな――万事ぼくの意に反するように策動する――ぼくがジアチンタを失ったのも、職を失ったのも、あんたのせいだぞ――手練手管《てれんてくだ》のかぎりを弄《ろう》したあんたの」

「そりゃ骨折りがいがあったというものだな」チェリオナティは高笑いして言った。「元俳優ジーリオ・ファーヴァ氏ほどの重要人物を、そこまで手中に収めたとはねえ！――しかし、わが息子ジーリオよ、おまえさんにはじっさい後見人が必要だ、目的地へちゃんと着けるように、正しい道を先導してくれる人がね」

「ぼくはもう大人だよ」とジーリオ、「どうか、大法螺吹《おおぼらふ》きどの、ぼくのことはぼくに任せておいてくれ」

「ほほう、そんなに反抗的になっちゃいけないよ！　どうかね、もしもわしがおまえさんに、いいこと、最善のことをしてやるつもりだとしたら？　俗世でのあんたの最高の幸せをかなえてやろう、あんたとブランビラ王女のあいだを取り持ってやろうと、思ってるとしたら？」

「おお、ジアチンタ、ジアチンタ、おお、ぼくは不幸な男、彼女を失ってしまったんだ！　昨日ほど漆黒《しっこく》の災厄をもたらした日があったろうか」

　ジーリオはわれを忘れてこう叫んだ。

「まあ、まあ」と、チェリオナティが宥《なだ》めるように言う。「それほど災厄ばかりの一日じゃなかったぞ。まずいマカロニひと皿のために手袋や帽子やマントを質に取られたりせずにすんで、ほっとしたあと、劇場で得たけっこうな教訓だって、ずいぶんいい薬になっただろうよ。それにすばらしい演技も見たじゃないか。あれは言葉を使わずにもっとも深いものを表現しているという点からしてすでに、世界一と呼べるね。

おまけにポケットに見つかったのは、おまえさんに不足していたドゥカーテン金貨だときてる」

「あんたのだ、あんたの金貨だ、わかってるぞ」ジーリオが口をはさむ。

「たとえそうだとしても」チェリオナティはつづける、「ことの次第はちっとも変わらないさ。おまえさんは金をもらって、胃袋も元気をとりもどし、運よくベスカーピの家にたどりついて、おまえさんにはぜひ必要で役にも立つ瀉血までしてもらい、しまいには恋人と一つ屋根の下で眠ったんだ！」

「なんだって？」とジーリオ。「なんだって？　ぼくの恋人と？　一つ屋根の下で？」

「そのとおりさ。上を見てみろよ！」

言われたとおりに目を上げて、バルコニーに愛しいジアチンタの姿を見たとき、ジーリオの胸を無数の稲妻がつらぬいた。彼女はこれまで見たこともないほどきれいにおめかしして、美しく、魅力的で、そのうしろにはベアトリーチェがいる。彼は思いのたけをこめて呼びかけた。

「ジアチンタ、ぼくのジアチンタ、ぼくの甘いいのち！」

ところがジアチンタは蔑《さげす》むような一瞥《いちべつ》を彼に投げかけたきり、バルコニーを離れてしまい、ベアトリーチェもすぐそれにつづいた。

「彼女はまだ、あのいまいましいおかんむり気分でいるんだな」ジーリオはむっつり顔で言った。「でもそのうちに治まるさ」

「そりゃ、むずかしかろうね！」と、チェリオナティ。「というのも、ジーリオ、おまえさんは知るまいが、おまえさんが向こう見ずなやり方でブランビラ王女を追いかけまわしていたのと同じころ、さる美男のりっぱな王子が、おまえさんの恋人《ドンナ》に言い寄って、どうやら……」

「こんちくしょう！」ジーリオが悲鳴をあげた。「老いぼれサタンのベアトリーチェが取り持ったな。あの救いようのない女に、猫いらずを一服盛ってやるぞ。呪《のろ》われた王子には、短刀で胸をぐさり」

「やめときなさい！」チェリオナティがさえぎった。「そんなことは、やめといたほうがいいね、ジーリオ。おとなしく家へ帰って、よからぬ考えが浮かんだら、また少し血を抜いてもらうといい！　神のお導きを祈るよ。コルソ通りでまた会えるだろうね」

そう言ってチェリオナティは通りを渡ってさっさと立ち去った。

ジーリオは根が生えたように立ちつくしたまま、怒りに燃える目でバルコニーを見上げて歯ぎしりしながら、にくにくしい呪詛《じゅそ》の言葉をつぶやいていた。だがそのうちに、ベスカーピ親方が窓から顔を出して、どうぞ中へおはいりなさい、どうやら新しい発作が近づいてきているようだから、そいつをやり過ごしてはどうですかと、丁寧《ていねい》に申し出た。だがジーリオは、こいつもあの婆さんとぐるになって陰謀を企《たくら》んでいると思いこんでいたから、「この取り持ち野郎！」とひと声投げつけるなり、怒り狂って走りだした。

コルソ通りで数人のもとの役者仲間と出くわした彼は、もよりの酒場へいっしょにくりこんだ。火のようなシラクサ酒[35]の炎で、むしゃくしゃする気分も、恋の傷も、惨めさも、すべて消しとばしてしまおうと思ったのだ。

ふつうなら、こんな決心はとても最上策とはいえない。なにしろこういう炎は、むしゃくしゃ気分を呑みこんではくれるが、いつもは火がつかないように護《まも》っておこうとしている胸中のすべてを、手のほどこしようがないほど燃えあがらせてしまうのが

---

35　シチリアのシラクサ産のとくべつ強い葡萄酒。

常だから。でもこのときのジーリオには、じつにうまく効いた。役者たちと陽気に気持よく話がはずみ、劇場でのいろいろな想い出や愉快な冒険談に打ち興じているうちに、自分を見舞った災厄をほんとうにすっかり忘れてしまったのだ。別れぎわには、一同、晩になったら思いつくかぎりの素っ頓狂な仮装をしてコルソ通りで会おうと約束した。

まえにいちど着たあの衣裳なら十分にグロテスクだと、ジーリオには思えた。あの長い異様なズボンも今回はそういやではなかったし、おまけにマントは、後ろの裾のほうをステッキの先で突き立てて、ほとんど背中から旗が生えたように見えるようにした。このいでたちで彼は通りから通りへと浮かれあるき、夢に見た姿も、失った恋人のことも忘れて、はしゃぎまわる愉快さに身をゆだねた。

だがそんな彼が地面に根が生えたように立ちつくしたのは、ピストイア宮殿からほど遠からぬところで突然、背のすらりとした高貴なひとが、いつかジアチンタが身につけて彼をおどろかしたあの華やかな衣裳を着て、彼のほうへやってきたとき、いやもっと正確には、彼が夢に見た像がはっきりと生きた姿となって眼前にいるのを見たときだった。稲妻が彼の全身をつらぬいた。しかし愛するひとのやさしい姿が突然目

のまえにあらわれれば、いつもなら恋の胸苦しさ、憧憬の狂おしさに、感覚が麻痺《まひ》してしまうのがふつうなのに、どうしてなのかそういう不安を押しのけて、いまだかつて感じたことがないほどの歓びに勇みたつ気分がわきあがった。すぐさま彼は右足をまえに、胸を張り、両肩を引いて、かつて悲劇でさわりの科白を言うときの得意だったポーズをとり、硬い鬘《かつら》のうえにかぶった長くて尖った雄鶏の羽根付きの帽子をぬぐと、仮装に釣りあうようにだみ声をたもちつつ、ブランビラ王女を（彼女であることは疑う余地がなかった）大きな眼鏡ごしにひたと見つめて、弁じはじめた。

「妖精のうちもっとも麗《うるわ》しきお方、女神のうちもっとも気高きお方が、地上に歩みをおすすめとは。妬みぶかき蠟《ろう》の仮面が、御顔《おんかんばせ》の誇らかな美しさを隠してはいても、そこから溢《あふ》れいずるきらめきは幾千もの閃光を放って、老若すべての者の胸を射ぬき、だれもが愛と恍惚に燃えて、天上のお方のまえに額《ぬかず》きまする」

「なんとまあ」と、王女が応えた。「どんなもったいぶった芝居から、そんなごたいそうな言い回しを借りておいでかしら、パンタローネ・カピターノ殿[36]、それともほかのどの役のおつもり？――それにしても背中に誇らしげに背負っておいでのトロフィーは、どういう戦勝のしるしか、おしえていただけます？」

「トロフィーではござりませぬ」ジーリオは声を張りあげた。「それがし、いまなお勝利をめざして闘っておりますゆえ！──背に負いたるは希望の旗、わが身をささげ憧憬にもえたつ希求の旗じるし、無条件の帰依《きえ》をねがってやまない緊急信号、〈われを憐《あわ》れみたまえ〉でございます。それはあなたさまに、この旗の襞《ひだ》から風にのって伝わるはず。どうか王女さま、わたくしめをあなたの騎士にお取り立てくだされ！　さればそれがし、闘い、勝利を得て、あなたさまのご好意と美しさを称《たた》えるトロフィーをかちえましょうぞ」

「わたしの騎士になりたいのなら」王女が言う、「それにふさわしい武具をおつけなさい！　頭にはいかめしい鉄兜《てつかぶと》を、手には幅広のりっぱな剣を！　そうすればあなたを信じることにいたしましょう」

「それがしの仕える貴婦人におなりくださるのならば」とジーリオ、「まさにリナルドのアルミーダ[37]そのもの！　目もあやなその装身具をおはずしください、危険な魔法

36　コメディア・デラルテの役柄の二つを組み合わせている。パンタローネについては注26参照。カピターノは臆病なくせに勇壮ぶる隊長役。

のように、それがしを幻惑し、虜《とりこ》にいたしまする。そのぎらつく血痕」——

「狂っていらっしゃるのですね！」

王女はきっぱりと言い捨てて、ジーリオをそのままにして足ばやに遠ざかっていった。

ジーリオは、王女と話していたのはまるっきり自分ではなかったような気がした。自分でもわけのわからないことを、言う意思なしにしゃべっていたかのようだ。シニョール・パスクヮーレとベスカーピ親方が、おれを半狂人あつかいしたのも当然だと、ほとんど信じかけたところへ、一団の仮装行列が近づいてきた。どいつもこいつも、グロテスクのきわみのご面相で、およそ空想力の産みおとした最高に突拍子のない姿ぞろい。すぐに仲間たちだと気づいて、ジーリオにまた浮かれはしゃぐ気分がもどってきた。跳ねまわり踊りくるう群にとびこんでいきながら、彼は大声で叫んでいた。

「働け、動け、とんでもないお化け！　がんばれ、どえらい、いたずら精霊、傍若《ぼうじゃく》無人《ぶじん》に愚弄のかぎりを！　おれもいっしょだ、どうか仲間にしておくれ！」

ジーリオは役者仲間のなかに、酒壜からブランビラ王女の姿を立ちのぼらせたあの老人も見かけたように思った。するとあっという間に彼にとっつかまって、ぐるぐる引きまわされ、おまけに老人の叫ぶしわがれ声が耳にとびこんできた。

「兄弟よ、つかまえたぞ、兄弟、つかまえたぞ！」

37 この二人は、一六世紀のイタリア詩人タッソーの叙事詩『解放されたイェルサレム』に登場する恋人たち。十字軍の勇士リナルドに恋したサラセンの女王アルミーダは、魔力で誘惑して彼の愛をかちとる。いろいろな作曲家によってオペラ化されてきたが、グルック作品はホフマンのとくべつなお気に入りだった。

# 第三章

プルチネッラなど退屈で没趣味だと、大胆にものたまう金髪頭たちについて。——ドイツ的冗談とイタリア的冗談。——チェリオナティがカフェ・グレコにいながら、自分はカフェ・グレコではなくガンジス河畔にいて、フランス風嗅《か》ぎ煙草を製造中なのだと主張したこと。——ウルダルの園を治めるオフィオッホ王とリリス王妃の不思議な物語。——コフェトゥア王が乞食娘と結婚し、やんごとない王女が大根喜劇役者を追いかけまわし、ジーリオが木刀を腰にさし、やがてコルソ通りに何百もの仮装の者たちが入り乱れ、ついにジーリオは彼の自我が踊りはじめたせいで、立ちつくしてしまった顚末《てんまつ》。

「金髪頭たち！——碧眼《へきがん》の諸君！　若くて誇り高いきみらが、どすの利いた低音《バス》で〈こんばんは、かわいい子！〉なんて言うと、どんなに厚かましい娼婦だってちぢみあがっちまうがね、長いながい冬で凍りついたきみらの血は、いったいアルプスおろしの烈《はげ》しい北風《トラモンターナ》で解かせるものか、それとも熱き恋の歌でか？　きみらは旺盛な生の享楽や、みずみずしい生への意欲をいくら誇ろうと、われわれのめでたいカーニヴァルがふんだんに提供するおよそ奇想天外、抱腹絶倒《ほうふくぜっとう》の冗談、おふざけ中のおふざけを、愉しめるだけのセンスはまるっきりもちあわせていないからね。——きみらときたら大胆にも、われわれの健気《けなげ》なプルチネッラを退屈だの没趣味だののたもうたり、陽気な嘲笑が生む滑稽《こっけい》きわまりない異形《いぎょう》のものたちを、狂った精神の産物呼ばわりさえする始末だからな！」

こう語ったのはチェリオナティ、場所はカフェ・グレコ。[38]彼は晩になるとここにやってきて、ドイツ人芸術家たちのまんなかに席をとるのが習慣だった。彼らはその同じ時間帯に、コンドッティ通りにあるこの店にいつも集まっていて、いまはちょうどカーニヴァルのグロテスクなばか騒ぎに辛辣《しんらつ》な批評を呈していたのだ。

「なんでまた」と、ドイツの画家フランツ・ラインホルトが口をはさんだ、「そんな言いようをなさるんです、チェリオナティ親方！ 日ごろあなたがドイツ的な感覚と本質について好意的に主張しておられることと、どうも食いちがうじゃありませんか。たしかにあなたはいつもわれわれを批難して、ドイツ人はどんな冗談であれ、その冗談自体とは別の意味も加味されていることを要求する、と言っておられた。それは当たっていると思いますよ、ただしあなたが考えておいでのとは、まったくべつの意味でね。もしも、われわれがイロニーを寓意的なものとしてしか認めない愚物だと信じておいでなら、とんでもない！ たいへんなまちがいです。われわれの場合と比べて、あなたがたイタリア人には、純粋な冗談が冗談として、はるかにすんなり受けとられているようだと、われわれだってよくわかっていますよ。しかし、あなたがたの冗談

38 ローマに現存する最古のカフェで、一八世紀から一九世紀はじめにかけて、ドイツ人芸術家たちの溜まり場として有名だった。

とわれわれの冗談のあいだ、もっと正確には、あなたがたのイロニーとわれわれのイロニーのあいだには、どういう違いがあるのか、あなたにしっかり説明できるといいんですがね。――ところでいましがた話題にしていたのは、コルソ通りをうろついている途方もないグロテスクな仮装をした連中のことでしたね。そこをいとぐちにして、少なくともおおまかに、一つの比喩《ひゆ》に結びつけられそうです。――ああいうとんでもない格好をした男が、おそろしい顰《しか》め面で民衆を笑わせているのを見ていると、わたしにはこんなふうに思えるんです。彼には一つの原型《ウアビルト》が見えていて、そいつが彼に話しかけてくるのだが、彼にはその言葉がちっともわからないんだな。そこでふだんの生活でも、外国人の言うことを、なんとかつかもうとしている人がよくやるように、彼は話している原型の身振りを思わず真似してしまう、でもそうするのは骨が折れるから、力みかえって、もの真似がおおげさになる、とね。われわれの冗談というのは、かの原型自身の言葉なんですよ、それはわれわれの内面からひびきでてくるけれど、そのときの身振りは、内面にひそむイロニーの原則に必然的に条件づけられている。たとえて言えば、深みに沈んでいる岩が、そのうえを流れる小川の表面にさざ波を立たせるのと同じです。――チェリオナティ親方、だからといってわたしが、まさに外面にあらわれた現象にだけ見てとれる道化じみたもの、モチーフを外からばかり得ている茶番的なものにたいして、まるっきり感受性がないなどと思わないでくださいよ。貴国の人びとが、まさにこの茶番的なものに命を吹き込む抜群の力をおもちのことを、わたしは認めています。しかし失礼ながら、チェリオナティ、道化じみたものが受けいれられるには、心情を満足させるものが加味されていることが不可欠で、それがあなたがたの喜劇的人物には残念ながら欠けている。われわれの冗談を純にたもってくれているこの心情的な心地よさは、あなたがたのプルチネッラや、その手の数知れぬ仮面道化師を動かす、卑猥さの原理のせいで消えてしまって、そうなるとあらゆる道化や茶番のただなかから、あなたがたを狂気や殺人へと駆りたてる憤怒、憎悪、絶望の、あの恐るべき復讐の女神の視線が浮かびあがってくる。カーニヴァルの最後に、だれもが蠟燭《ろうそく》を手にして、ほかの人の火を吹き消そうとするあの日、やがて狂ったような野放図《のほうず》な歓声と、とどろきわたる哄笑《こうしょう》のなか、〈蠟燭の燃えさしを持ってない奴はぶっ殺されるぞ〉[39]の凄《すさ》まじい叫びが、コルソ通り全体にどよもすとき、信じてくださいよ、チェリオナティ、わたしも民衆の狂気じみた歓びにすっかりひきずりこまれて、ほかのだれにも負けじと、まわりの火を吹き消しては〈ぶっ殺されるぞ！〉とわめいているのに、その同じ瞬間、なにやら不気味な戦慄におそわれるのです。この恐怖をまえにしては、われわれドイツ人特有の感覚のはずのあの心情的心地よさは、まるっきり出る幕がない」

「心情的心地よさねえ」チェリオナティがにやっと笑って言った。「心情！――ひとつ聞かせてもらえませんか、わが心情豊かなドイツ人殿、われわれの仮面劇役者たちをどうお思いかな？――われわれのパンタローネ、ブリゲッラ、タルタリアを[40]」

「おやおや」と、ラインホルトが応ずる。「そういう仮面役者たちは豊かな鉱脈を切りひらいてくれるというのが、わたしの意見です。最高におもしろおかしい嘲弄、ぴしっと的を射たイロニー、この上なく自由な、いや、この上なく大胆不敵なと言いたいほどの、思い付きの鉱脈をね。もっともわたしの思うに、彼らがその鉱脈に求めているものは、人間の本性それ自体というより、人間の本性が外面にあらわれるさまざまな現象、もっと簡潔・的確に言えば、人間一般というより、いろいろな人間たちなのです。――ところでお願いしておきますがね、チェリオナティ、わたしのことを、あなたのお国には深甚《しんじん》きわまるフモールの才の持ち主はいないのじゃないか、などと疑っているばか者だとは、思わないでくださいよ。見えざる教会[41]はどの国の国民かの区別などしない。その手足となる成員はいたるところにいるのです。――それにチェリオナティ親方、ぜひ言わせてもらいたいのですが、あなたのお人柄と行動のすべてが、われわれにはもう以前から久しく、じつに奇異に思えるんですよ。民衆のまえで海千山千の香具師《やし》よろしくふるまうかと思うと、つぎにはまたイタリア的なものすべてを忘れて、われわれとの交友を楽しみ、われわれの心情にふかく迫りくるすばらしい物語に打ち興じるかと思うと、こんどはまたしても荒唐無稽《こうとうむけい》の話をでっちあげて、不思議な魔法の綱でわれわれを呪縛するすべも心得ておいでだ。じっさい、民衆があなたを老練の魔法使いだと囃《はや》したてるのも、当然ですね。わたしとしては、あなたは

39　ゲーテの『ローマの謝肉祭』に、最終日の蠟燭遊戯でこれが合言葉となっていることが記されている。

40　タルタリアもコメディア・デラルテのザンニ役の一人で、この名はイタリア語の「吃音」からくる。

41　宗教改革以来の理念で、制度と形式に依拠する目に見える教会にたいして、信仰のみにもとづく共同体を指す。これを比喩的に使って、何かを信ずる者たちの共同体をあらわすことも多く、ここではフモールを信ずる者たちの「見えざる教会」という意味。

見えざる教会の一員だと思っていますよ。あの教会にはじつにおかしな会員がいろいろいましてねえ、みんな同じ一つの体躯から生え出た手足だというのに」

「いったいあんたが」チェリオナティが激しい口調で言った、「いったいあんたが、わしについてなにを考えられるっていうんだ、画家さんよ、なにを考え、推測し、予感できる？――いったい諸君はみんなわかっているのかね？　わしはここで諸君にまじって座り、益体《やくたい》もないおしゃべりに興じているが、その肝心なところは、諸君がウルダルの泉[42]の澄んだ水鏡をのぞいたことがなく、リリスに微笑みかけられたこともないのなら、まるっきり理解できないはずだがね」

「ほほう！」一同がつぎつぎに叫んだ。「ほら、いつもの飛躍がはじまったぞ、お得意のダンスが――もっとつづけてくださいよ、魔法使い先生！　もっと飛んで」

「民衆に理解力などあるだろうか？」

　みんなの声の交錯するなか、チェリオナティが拳《こぶし》でテーブルをどんと叩いて言ったので、一座はにわかにしんとなった。

「民衆に理解力などあるだろうか？」こんどはやや平静になってつづけた。「なにが飛躍です？　なにが踊りです？　お訊《たず》ねしますがね、どうしてあんたがたは、わしがほんとうにここに座ってあれこれしゃべりちらしていると、信じきっていなさる？ あんたがたはわしの話を自分の耳でちゃんと聴いたと思っているが、ひょっとすると、いたずら好きの空気の精にたぶらかされているだけなのでは？ あんたがたは、イタリア人はイロニーのあつかい方を理解していないと、このチェリオナティに教えを垂《た》れようとしているが、その当人がいまはちょうどガンジス河畔を散歩しながら、さる秘教の偶像の鼻にささげるパリ風の嗅《か》ぎ煙草をつくろうと、香りたつ花々を摘んでいるさいちゅうではないと、だれが保証してくれる？――あるいはまたチェリオナティはいま、メンフィスの暗い恐ろしげな墓地[43]をさまよい歩き、アルジェンティーナ劇場でのこのうえなく驕慢《きょうまん》な王女役の薬に使うために、王のうちでも最古の王に、左足の小指をいただけまいかとお願いしているところでは？――あるいは、親友の魔術師ルッフィアモンテとともに、ウルダルの泉のほとりに座って、深く話し合っているの

42 北欧神話に登場する運命の女神の一人であるウルドの名を冠した神聖な泉で、その水を彼女は世界樹ユグトラシルが枯れないようにつねに注いでいる。この泉のあるウルダルの園の国王がオフィオッホで、その妃となるのがリリス。

43 エジプト古代王朝の墓地遺跡であるピラミッドが、多く残っている地域。

ではないか?――まあ、これくらいでやめておいて、ともかくじっさいにチェリオナティがここカフェ・グレコに座っているかのように、わしはふるまうとしよう。そしてオフィオッホ王と、リリス王妃と、ウルダルの泉の水鏡のことを、話してしんぜよう、もしもあんたがたがそういう話を聴きたいというのであればな」

「話してくださいよ」若い芸術家の一人が言った。「ぜひ聴かせてくださいよ、チェリオナティ。あなたの話はいつも十分に奇抜で波瀾万丈《はらんばんじょう》ですけどね、でも聴いていてじつに心地よい。きっとそういう話の一つでしょうね」

「ただし」とチェリオナティ、「わしがくだらんメールヘンを座興《ざきょう》にもちだすつもりだなどとは、だれひとり思わんでくださいよ。すべて、これから話すとおりのことが起きたのだ、この点を疑っちゃいけませんぞ! 疑いの余地がのこらんように言っておきますがね、わしはすべてを、わが友ルッフィアモンテの口からじかに聞いた。彼自身、ある意味ではこの物語の主役ですからな。あれからまだほんの数百年しかたっていないが、わしらがちょうどアイスランドの火を噴く山々を縫い歩き、洪水と劫火から生まれた護符を探しもとめながら、ウルダルの泉のことをたっぷり話しあったときのことだ。ではご傾聴のほどを!」

――好意ある読者よ！ ここで一つの物語を聴いていただかなければならないのだが、それはこれまでお話ししようとしてきた出来事の領域からは、まったく外れているように見えるし、したがって、よけいな挿話と思われるかもしれない。しかし、どうも道をまちがえたらしいと思えても、どんどん進んでゆくうちに突然、見失っていた目的地に着いてしまうというのはよくあることだから、ひょっとするとこの挿話もやはり、見かけだけは本筋から外れていても、おおもとの物語の核心へと導いてくれるかもしれない。だから聴いていただきたい、読者よ、世にも不思議な物語を！

## オフィオッホ王とリリス王妃の物語

遠いとおい昔、いまの聖灰水曜日が告解火曜日[44]の直後に来るのと同じように、太古の時代にきびすを接して訪れた時代と言えるころのこと――ウルダルの園の国土を治めていたのは若き王、オフィオッホ。――ドイツのビュッシング[45]がウルダルの園の国土について、なにがしかの地理的正確さをもって記述しているかどうか、わしは知りませんがね。しかし魔術師ルッフィアモンテが千回も請け合ってくれたとおり、かつて存在し今後も存在するだろう最高に祝福された国々の一つであること、これだけは確かだ。繁茂する牧草地やクローバー畑がふんだんにあって、どんな食道楽の家畜でも、愛する祖国を捨ててよそへ行こうとは思わなかったし、みごとな森は樹々や草花や堂々たる獣に恵まれ、甘やかな香気がたちこめていたので、朝な夕なの風たちも森のなかを吹きめぐるのに飽きることがなかった。葡萄酒も油も、あらゆる種類の果物も、たっぷりあった。銀色にきらめく水流が全土をうるおし、山々は、ほんとうの金持がするように、みずからは冴えない暗灰色の質素ななりをしていながらも、惜しみなく銀と金を与えてくれたし、少しばかりの労力を惜しまない人なら、砂地からこのうえなく美しい宝石を掻《か》き出して、その気があればしゃれたシャツやチョッキのボタンにすることもできた。

44 復活祭まえの四旬節は聖灰水曜日に始まり、その前日、つまり謝肉祭の最終日が告解火曜日で、禁欲・節制の四旬節にそなえて告解をおこなう習わしだった。
45 ドイツの神学者・地理学者アントン・フリードリヒ・ビュッシング（一七二四―九三）は地誌学の事典『新地誌学』（一七五四―九二）を公刊している。

王の居城は大理石とアラバスターで造られていたものの、それにふさわしい煉瓦《れんが》造りの町がなかったのは、まだ文化がとぼしかったせいで、当時の人びとは、がっしりした城壁に護られて安楽椅子に座っているほうが、小川のせせらぎを聞き、ざわめく木々の茂みにかこまれて、粗末な小屋に住んで危険に身をさらしているよりもいいという考えには、まだ達していなかったのだ。だからあれやこれやの厚かましい木が、窓の中まで枝葉を伸ばしてきて、招かれざる客よろしく、なにかにつけ、ひとこと口をはさむし、ブドウやツタの蔓《つる》にいたっては、経師屋《きょうじゃ》のまねして壁にいたずら描きをしたものだ。

さらにもう一つ付け加えておくと、ウルダルの園の住人たちは、じつにすばらしい愛国者で、たとえ国王がじかに顔をお見せにならなくとも、国王を熱愛し、彼の誕生日ではない日でも誕生日とおなじように「国王ばんざい！」の声をよくあげていた。だからきっとオフィオッホ王は、およそこの世でいちばん幸せな君主だったにちがいない。――ところが、じつはそうでなかった。彼ばかりか、国でもっとも賢い者にかぞえられていい多くの人たちまで、なにやら奇妙な悲しみにとらわれていて、どんなにすばらしいものに囲まれていても、なんの歓びも感じなかったのだ。オフィオッホ王は分別のある若者で、洞察力に富み、理解力にすぐれ、詩的感覚にさえ恵まれていた。そんなことは信じがたい、ありえない、と思えるにちがいないが、彼が生きていた時代のゆえだと考えて、ご容赦いただくしかありませんな。

おそらくオフィオッホ王の魂には、あの驚嘆すべき古代、自然が人間をおのが最愛のみどり児としていつくしみ育てつつ、あらゆる存在を直接に観照するのと同時に、至高なる理想と純粋な調和を理解することを許してくれた時代の、最高の歓びの残響がこだましていたのだろう。というのも彼にはよく、森の神秘的なざわめき、茂みや泉のささやきに、自分に語りかけてくるやさしい声が聞こえるような気がしたし、金色の雲からきらめく腕が差しのべられて、彼をつかまえようとしているかに思われて、燃える憧憬に胸ふくらませることがあったからだ。しかしながらやがて、すべてが千々《ちぢ》に砕け散り、不吉な恐ろしい悪霊が氷のような翼で彼に風を吹きつけて、彼を母なる自然から引き裂いてしまい、かくて王は、自分は怒れる母親からよるべなく見捨てられたのだと思うようになった。森や遥かな山々の声は、いつもなら憧れを呼びさまし、太古の時代の歓びの甘美さをほのかに偲《しの》ばせてくれたのに、いまではあの不吉な悪霊の嘲笑にかき消されてしまう。ところがこの嘲笑の炎のような息は、オフィオッホ王の胸に狂気の火を点じて、こう妄想させた。悪霊の声は怒れる母親の声なのだ、彼女はいまや、おのれの堕落した子どもを憎んで、殺そうとしている、と。

さっきも言ったように、この国にはオフィオッホ王の憂鬱《メランコリー》をちゃんと理解している人は少なからずいて、理解しているせいで自分もそれにとりつかれてしまった。でもおおかたの人には、そんなメランコリーなど理解のほかで、とりわけ元老院では全員がほとんど無理解だった。元老院は王国にとって幸せなことに、健全さを維持していたのだ。

こういう健康な状態にあった元老院は、オフィオッホ王を憂鬱から救い出すには、美しくて、しんそこ明るく楽しい奥方をめとらせる以外に方法がないと信じて、隣国の王の娘、リリス王女に目をつけた。——リリス王女はじっさい、王家の娘ならではの美しさとしてだれもが思い描くような美女だった。彼女の精神には、身のまわりのすべて、見るもの聞くものすべてが、なんの痕跡も残さずに過ぎさってしまうにもかかわらず、彼女はいつでも笑ってばかりいて、ヒルダルの園（彼女の父の統治する国はそういう名だった）の国では、この陽気さの理由をほとんどだれも挙げることができず、その点ではウルダルの園の国王オフィオッホの悲しみの原因がわからなかったのと同様で、この類似点だけからしてもすでに、王家の血筋のこの二人は、おたがいのために創られたのだと思われた。ちなみに、王女がほんとうにやる気があって愉しんでいた唯一のことは、宮廷女官たちにかこまれてレースを編むことで、その女官たちにもやはりレース編みをさせていた。そしてオフィオッホ王も同様に、深い孤独のなかで森の動物を待ち伏せることにしか、喜びをみいだせなかった。

オフィオッホ王は妻にとすすめられた花嫁に、反対する気は少しもなかった。彼にはそもそも結婚なんてもの全体がどうでもいい国事に思えたので、その処理は、それに熱意を燃やしている大臣たちに任せきりにしたのだった。

婚礼の儀はまもなく、考えられるかぎりの華やかさでとりおこなわれた。万事は申し分なくめでたくすすんだのだが、一つだけ、ちょっとした不慮の事故があった。宮廷詩人が王に祝婚歌を手渡そうとしたところ、それをオフィオッホ王にいきなり頭に投げつけられて、おどろきと怒りのあまり、不幸にもその場で発狂してしまい、自分は詩的心情そのものの化身のような人間なのに、それがかえって禍《わざわ》いして以後は詩作がもうできず、宮廷詩人としての務めを果たせなくなったと、思いこんだのだ。

何週間かがたち、何か月かが過ぎた。それでもオフィオッホ王の精神状態にはいささかの変化のきざしも見られない。それでも大臣たちは、いつも笑っている王妃がひどく気に入ったので、民草をも自分たち自身をも、いまによくなるさ！　と慰めていた。

しかしいっこうによくなる気配はなかった。オフィオッホ王は日ましにいっそう深刻に、いっそう悲しげになっていく。最悪なのは、笑ってばかりいる王妃へのふかい反感が、彼の内心に芽生えてきたことだ。王妃のほうはまるっきりそれに気がついていないらしかった。なにしろ彼女がレースの編み目以外のものに注意を払うことがあったかどうか、そもそも見きわめようがなかったですからな。

ある日のこと、狩りに出たオフィオッホ王は、荒れはてた森の一画に迷いこんでしまった。見ると、天地創造の日以来のような古色蒼然《こしょくそうぜん》たる黒い石造りの塔が、まるで岩壁から高だかと生え出たかのように聳《そび》え立っている。鈍いざわめきが木々の梢のあいだを吹きわたり、それに答えるように、石のふかい割れ目から、胸も張り裂けんばかりの嗚咽《おえつ》の声。オフィオッホ王はこの恐ろしい場所に、不思議にも感動をおぼえた。ふかい悲しみのあの恐ろしい慟哭《どうこく》のなかに、和解への一縷《いちる》の希望の光がほの見えたような気がしたのだ。あれはもはや嘲笑する怒りの声ではない！　彼はそこに、道に迷い堕落した子を思う母親の感動的な嘆きだけを聴きとり、この声が、母はいつまでも怒っているわけではないという慰めを運んできたのだった。

　こうしてオフィオッホ王がもの思いにしずんで立ちつくしていると、一羽の鷲《わし》が羽音もたかく舞いあがって、塔の頂きのぎざぎざ壁の上空を、漂うように飛びはじめた。思わずオフィオッホ王は弓をつかむと、鷲めがけて矢を放った。ところが矢は鷲には当たらず、一人の威厳ある老人の胸に突き刺さってしまった。その老人が塔のてっぺんにいることに、オフィオッホ王はいまはじめて気がついたのだ。王はこの塔が天文台だと思いたって愕然《がくぜん》とした。伝説によると、この国の昔の王たちは、神秘につつまれた夜ごとにここに登り、全存在の支配者たる女神と民衆のあいだの聖別された仲介者となって、その権力者の意思と託宣を民衆に伝えていたという。オフィオッホ王は自分がいまいるところは、だれもが注意ぶかく避けてきた場所だとさとった。というのも伝承によれば、老いた大魔術師ヘルモート[46]が、塔の頂きで千年の眠りに沈んでいて、もしも彼が眠りから覚めたなら、四大[47]の怒りがたぎりたち、たがいに相争い、

46　ヘルモートは北欧神話に登場する神々の使者。

この闘いで万物は滅びるしかないからだ。

　暗然たる思いにくずおれそうになったとき、オフィオッホ王はふと、だれかの手がそっとからだに触れたように感じた。見ると目のまえに、大魔術師ヘルモートが胸に命中した矢を手にして立ち、話しかけてきた。おだやかな微笑が、その威厳ある顔のきびしさをなごませている。

「オフィオッホ王よ！　長きにわたる予見者の眠りからよくぞわしを目覚めさせてくれた。お礼を申しますぞ！　まさに潮時だった。いまこそわしはアトランティス[48]へおもむき、尊き権力者たる女王の手から、和解のしるしとしてお約束いただいた贈りものを頂戴《ちょうだい》するときなのだ。その贈りものが、オフィオッホ王よ、あなたの胸を引きさく苦しみから、すべてを滅ぼしつくす棘《とげ》を取り去ってくれるだろう。――思考が直観を破壊したのだ。しかし火の奔流が、敵なる毒物との結婚の闘いをつづけるうちに結晶が生じ、その水晶のプリズムから輝きでるのは、新たに生まれくる直観にして、思考の胎児そのもの！――ごきげんよう、オフィオッホ王！　一三掛ける一三度目の月がめぐってきたら、また会うことだろう。そのときには怒りを鎮《しず》めた母上からの、こよなく美しい贈りものをもってきてしんぜよう。それはあなたの苦しみを溶かして至高の愉悦をもたらし、その歓びをまえにしては、悪霊中の最悪の敵なる悪霊があなたの奥方のリリス王妃を、かくも久しく閉じ込めてきた氷の牢獄も、溶け去るだろう。――ごきげんよう、オフィオッホ王！」

この謎めいた言葉をのこして、老いた大魔術師は若き王のまえから立ち去り、森のおくへと消えていった。

オフィオッホ王はまえまえから悲しみと憂いに沈んでいたものの、いまやその度合いがいっそう深くなった。老ヘルモートの言葉は彼の魂にしっかりと刻みこまれていたが、自分には不可解だから意味を解読してもらおうと、その言葉を宮廷占星術師にそのまま伝えた。ところが宮廷占星術師は、意味などまったくないと言う。なぜなら、そんなプリズムも水晶もありえない、少なくともそのような結晶体は、どんな薬剤師でも知っているように、火の奔流と敵なる毒物との結合によってできるものではない。

47 物質界を構成する四元素、地水火風、つまり自然力。
48 大昔に大西洋に存在したとされる伝説の巨大な島で、そこに繁栄していた強大な王国についての伝承を、古代ギリシャの哲学者プラトンが著書で語っていることで知られている。

さらにヘルモートのわけのわからぬ話に出てくる思考だの、新たに生まれくる直観だのにしても、いくらかまともな教育を受けた占星術師であれ、哲学者であれ、大魔術師ヘルモートの属しているような未開時代の無意味な言葉なんぞに、かかわりあうわけにはいかないという理由からだけでも、不可解のままに放っておくしかあるまい、という説明だった。オフィオッホ王はこんな逃げ口上に満足できなかったばかりか、怒り心頭に発して占星術師を叱りとばしたのだが、以前のあの祝婚歌事件で詩人にしたように、不運な占星術師の頭に投げつけるものが、ちょうど手もとになかったのは不幸中の幸い。ルッフィアモンテに言わせると、この件について年代記にはなんの記述もないものの、ウルダルの園の民間伝説によれば、このときオフィオッホ王が占星術師を、間抜け者呼ばわりしたのは確かだとのこと——驢馬め、と呼んだのだ。

さて、憂いにしずむ若き王は、大魔術師ヘルモートの言葉がどうしても心から離れないので、その意味するところを自分でなんとしても解きあかそうと、ついに意を決した。そこで黒い大理石板に、「思考が直観を破壊した」にはじまる大魔術師ヘルモートの言葉を、金の文字で書きしるさせ、その銘板を、宮殿のおくふかくにある陰気な広間の壁に嵌《は》めこませて、そのまえに置いたふかふかの寝椅子に横たわり、片肘《かたひじ》ついて頭を支えて、じっと銘板をながめながら沈思黙考に身をゆだねた。

するとたまたまリリス王妃が、オフィオッホ王が銘板と向きあっているその広間に入ってきた。いつものように彼女の笑い声は、壁にこだまするほど大きかったのに、王は陽気な奥方にちっとも気がつかないようすで、黒い大理石板を凝視《ぎょうし》したままだった。とうとうリリス妃もそちらに目を向けた。ところがその謎めいた言葉を読むやいなや、彼女の笑いはぴたりとやみ、彼女は黙ったまま王のかたわらに座りこんだ。オフィオッホ王とリリス妃はそのまま長いこと銘板の文字をまじまじと見ていたが、やがて欠伸《あくび》が出はじめ、それがどんどんひどくなって、瞼《まぶた》がふさがり、ついには人間わざではとても目覚めさせられないほどの死んだような眠りに落ちていった。かすかな呼吸、脈拍、顔色など、まだ生きている紛《まぎ》れもないしるしがなかったなら、死んだものと思われて、ウルダルの園のしきたりどおりの儀式をもって、王廟に葬《ほうむ》られたことだろう。それにこのときはまだ世継ぎが生まれていなかったため、元老院が眠るオフィオッホ王に代わって国を治めることに決まり、元老たちはこれをじつに巧みにおこなったので、国じゅうのだれひとり、国王の嗜眠《しみん》に露《つゆ》ほども気がつかなかった。

こうして、オフィオッホ王が魔術師ヘルモートとあの対話をかわしたときから一三掛ける一三の月が過ぎ去ったその日、ウルダルの園の住民たちの眼前で、およそこれまで見たことのないような光景が、じつに壮麗に繰りひろげられたのだった。

大魔術師ヘルモートが、炎を発する雲にのり、四大それぞれの精霊たちにかこまれてやってきて、全自然界のこころよい音という音が、神秘にみちた和音を空中にひびかせているなかを、美しく香《かぐわ》しい草地の色とりどりの絨毯のうえに降りたったのだ。彼の頭上には、かがやく星辰が一つ浮かんでいるようだが、その光は、人間の目には耐えられぬほどのまばゆさ。だがそれはきらめく水晶のプリズムだった。それをいま大魔術師が空たかくかかげると、水晶は光るしずくと化して大地にしみこんでいったかと思うと、たちまち華麗《かれい》このうえない噴水となって、喜ばしげな音をたてて高く噴きあげた。

すると大魔術師をかこんでいたすべての精霊たちが、活動をはじめた。地の精たちが地中ふかくもぐって、きらめく金属の花を投げあげる一方では、火の精と水の精たちは、みずからの元素の強大な光を放ちながら大波のごとくうねり動き、風の精たちは楽しい武芸競技をしているかのように、組んずほぐれつ吹きまわる。大魔術師がふたたび舞いあがって、大きなマントをひろげると、あたり一面が下から立ちのぼる濃い靄につつまれ、それが晴れたときには、精霊たちの競技場だったところに、大空のように澄んだすばらしい水鏡ができていた。そこにはきらめく岩や、すばらしい薬草や花々がとじこめられていて、水鏡のまんなかからは、泉が楽しげに噴きあげて、いたずらっぽくあたりにさざ波を立てていた。

大魔術師ヘルモートの神秘にみちたプリズムが、溶けて泉となったその同じ瞬間、国王夫妻は長い魔法の眠りから目を覚ました。オフィオッホ王とリリス王妃はふたりとも、抗《あらが》いがたい欲求にうながされ、急いでそこへ駆けつけた。この水をのぞきこんだのは、このふたりが最初だった。こうして果てしない水の深みに、青くきらめく空、灌木《かんぼく》の茂み、樹木や花々、自然のすべて、自分たち自身の姿が、さかさまに映っているのを見たとき、まるで暗いヴェールがさっと巻きあげられたかのように、生命と歓びにみちた一つの新しい壮麗な世界が眼前にはっきりと開けてきて、この世界を認識したことで、これまで知りもせず予感すらしなかった恍惚感が燃えあがった。長いこと、ふたりはじっと見入っていたが、やがて立ちあがると、おたがいを見かわし、そして——笑った。つまり笑いというのは、心のそこからの気持よさの肉体的表現というよりはむしろ、内面の精神の力が勝利したことへの喜びの表現と言うべきものなのだ。

リリス王妃の顔は変容をとげ、その美しい目鼻立ちに、はじめて真のいのち、まこと天使のごとき魅力が匂いたつようになって、彼女の気質がすっかり変わったことをすでに物語ってはいたのだが、かりにそうでなかったとしても、彼女の笑い方からだけでも、だれもがそのような変化を感じとれたにちがいない。というのも、これまでいつも王を悩ませていた彼女の笑い、ものわかった多くの人が、あれは彼女が笑っているのではない、彼女の内にひそむなにやら不可思議なものが笑っているのだと主張していたような高笑いとは、こんどの笑いは雲泥《うんでい》の差があったからだ。オフィオッホ王の笑いも同じようだった。いま、そのような独特な笑い方で笑ったふたりは、ほとんど同時に叫んだ。

「おお！――わたしたちは荒れた不毛の見知らぬ国で、おもくるしい夢を見ていたのに、目覚めてみたら故郷にいる――わたしたちはいまや、自分自身の内なる自分を認識した。わたしたちはもう、見捨てられた子ではない！」

そう言ってふたりは心からの愛情をこめて、たがいを胸にかき抱いたのだった。

ふたりがこうして抱擁《ほうよう》しているあいだに、水ぎわに駆けつけられるかぎりの人たちが、われもわれもと泉をのぞきこんだ。国王の憂鬱病に感染していた者は、国王夫妻と同じ効果を得たけれど、もともとすでに陽気だった連中はもとのままだった。多くの医者は水を調べて、鉱物質をふくんでいないありきたりの水だと言った。また哲学者のなかには、人間は自分や世界があべこべに映っているのを見ると眩暈《めまい》をおこしやすいから、水鏡をのぞいてはいけないと忠告する者もいた。それどころか王国の教養階級には何人も、ウルダルの泉なんぞ存在しないと主張する者さえいた——ウルダルの泉というのは、国王と民衆がヘルモートの不思議なプリズムから生じたすばらしい泉に、ただちにつけた名前である。

オフィオッホ王とリリス妃は、幸福と救済をもたらしてくれた偉大なる魔術師ヘルモートの足もとにひざまずいて、思いつくかぎりの美しい言葉と表現で感謝を述べた。大魔術師ヘルモートは、礼儀ただしくふたりの手をとって立たせると、まずは王妃を、ついで王を胸に抱きよせて、自分はウルダルの園のしあわせが気にかかってならないから、なにか危険な事態が起きたときには、きっと天文台に姿をあらわすと約束した。オフィオッホ王は、ぜひともその尊い手に接吻を、と乞うたけれど、ヘルモートはそれを受けつけず、たちまち空へのぼっていった。そして高いところからいまいちど、破《わ》れ鐘のようにとどろく声で、つぎの言葉を叫んだのだった。

「思考は直観を破壊し、そして人間は母の胸から引き離されて、盲《めし》いた無感覚な故郷喪失者となり、妄想の迷路をさまようが、最後には、思考そのものの鏡像が、思考自体に認識をもたらしてくれる。すなわち、思考は存在するのだという認識、そして思考は、母なる女王が切りひらく、こよなく深く豊かな竪穴《たてあな》の支配者となるのだが、それでもなお思考は母なる女王の臣下でいなければならぬ、という認識を」

　これにてオフィオッホ王とリリス王妃の物語はおしまい。

チェリオナティが沈黙し、若者たちも黙ったまま、予想していたのとはまったくちがう老チェリオナティのメールヘンに、気持を昂《たか》ぶらせて考えこんでいた。

「チェリオナティ親方」と、ようやくフランツ・ラインホルトが沈黙を破った。

「チェリオナティ親方、あなたのお話はどこかエッダを、ヴォルスパ[49]を思わせる味わい、インドのサンスクリットだの、よくは知らないが、なにかほかの古代神話の本と似た味わいがありますね。でもぼくがあなたの話をきちんと理解したとすれば、ウルダルの園の住民に幸せをもたらしたウルダルの泉というのは、われわれドイツ人がフモールと呼んでいるものにほかなりませんよ。それは自然をこのうえなく深く見る直観から生まれる思考の、不思議な力であって、自分自身のイローニッシュな分身をつくりだし、その異様にふざけた顰《しか》めっ面に、自分自身とこの世の全存在の——この無遠慮な言葉を、かさねて使わせてもらうと——顰めっ面を認識して、おもしろがるのです。それにしてもチェリオナティ親方、事実、あなたはさっきの神話によって、あなたがたのカーニヴァルとはまたべつの愉しみも、理解していることをお示しになった。これからはあなたを見えざる教会の一員とみなして、オフィオッホ王が大魔術師ヘルモートにしたように、あなたのまえにひざまずきましょう。なにしろあなたもたいへんな魔術師ですからね」

「なんですと?!」チェリオナティが叫んだ。「メールヘンだの神話だのと、いったいなんのことです? わしが話したのは、話そうと思ったのは、友人のルッフィアモン

---

49 エッダは古代アイスランド歌謡集で、ヴォルスパは『古エッダ』の冒頭に置かれた「巫女《みこ》の予言」。

テの人生譚からのおもしろい一話ではない、べつのなにかだとでも？——いいですか、このわが親友こそは、オフィオッホ王を悲しみから立ち直らせた大魔術師ヘルモートなのですぞ。そうとは信じられんというのなら、自分で本人に訊いてみなさるがいい、彼はいまこの地にいて、ピストイア宮殿に滞在中ですからな」

　チェリオナティの口からピストイア宮殿の名が出たとたんに、みんなは数日まえにあの宮殿に吸いこまれていった奇想天外な仮装行列のことを思い出して、あれはいったいどういうことなのかと、この風変わりな香具師をどっと質問責めにした。なにしろ彼自身が奇想天外な人物だから、あの行列に具象化された奇想天外なものについて、だれよりもよく知っているにちがいないと思ったのだ。

「まちがいないな」と、ラインホルトが笑いながら叫んだ、「チューリップのなかで学問に没頭していたあのすてきなご老人が、あなたの親友、大魔術師ヘルモート、またの名、黒魔術師ルッフィアモンテでは？」

「そうだ」チェリオナティは落ち着きはらって答えた。「そのとおりだ、わが息子！　だがいまはまだ、ピストイア宮殿にいる者たちについて、あんまりおしゃべりするときではない——さて！——コフェトゥア王[50]が乞食娘と結婚したとあらば、権勢大なるブランビラ王女が、大根役者の尻を追いかけることだってあるだろうて」

こう言うなりチェリオナティはコーヒー店から出ていってしまって、彼が最後の言葉でなにを言おうとしたのか、だれもわからずじまいだった。でもこういうことはチェリオナティの話を聞いているとよくあるので、それ以上考えてみようとした者はいなかった。

カフェ・グレコでこういうことが起きているあいだ、ジーリオは例の奇抜な仮装で、コルソ通りを往ったり来たり、浮かれ歩いていた。ブランビラ王女のお望みどおり、へんてこな中世の鉄兜そっくりの、鐔《つば》が高だかと庇《ひさし》のように突き出ている帽子と、幅広の木の剣も、ぬかりなく身につけている。胸の内は隅から隅まで、憧れの貴婦人のことでいっぱいだった。ところが自分でもどうしてそんな考えが起こりえたのかわからないものの、いまの彼は、王女の愛を得るなんて夢のまた夢の幸運、それこそあり得ないような特別なことだとはまったく思えず、王女はおれのものになるにきまっている、そうなるほかはないのだと、厚かましくも図にのって信じていた。この考え

50　注22参照。

が、羽目をはずした浮かれ気分に火を点じ、その勢いでとんでもなく誇張したおどけ面《づら》や顰め面をさせたのだが、彼自身、心のおくでは自分のこの浮かれように、ぞっとしてもいたのだった。

ブランビラ王女はどこにも姿を見せなかった。でもジーリオはわれを忘れて叫んでいた。

「お姫さまやーい——小鳩ちゃん——いとしい子よ——きっと見つけるぞ、見つけてみせるぞ！」

そして気が狂ったように、何百もの仮面をかきわけながら走りまわっていたが、そのうちに踊っている一対の男女が目にとまり、すっかり注意をうばわれた。

男のほうは、細かな点までジーリオとそっくりの衣裳を着たお調子者で、背丈、姿勢、その他から見ても、まさしくジーリオの第二の自我。そいつがギターを弾きながら、きれいに着飾ってカスタネットを打ち鳴らしている女性と踊っているではないか。踊る自分を見て石になったように動けなくなったジーリオは、相手の娘をよく見ると、こんどは胸がかっと熱くなった。これほどの優雅さと美しさは、いまだかつて見たことがない。彼女の身のこなしの一つひとつが、じつにとくべつな愉悦《ゆえつ》にひたっているときの感激をうかがわせていて、まさにこの感激が、踊りの荒あらしい奔放さにすら、名づけようのない魅力を与えていた。

ある可笑《おか》しみが、踊る二人のこの桁《けた》はずれなコントラストから生まれてくるのは否定できなくて、だれしもその優美な娘にほれぼれと感嘆しながらも、思わず笑い出さずにはいられなかった。しかしまさにこの矛盾しあう要素の混じりあった感情こそ、踊る娘とお調子者の両方をとらえているあの見慣れぬ名状しがたい恍惚感を、内側からいっそう活気づけているのである。踊る娘がだれなのか、ある予感がジーリオのうちに頭をもたげかけたそのとき、かたわらの仮面の男が言った。

「あれがブランビラ王女だぞ、恋人のアッシリアの王子、コルネリオ・キアッペリと踊ってるのさ！」

# 第四章

眠りと夢という有用な発明、およびそれについてサンチョ・パンサが考えたこと。――ヴュルテンベルクの役人が階段から転落したことと、ジーリオが自分の自我の内面を見透せなかったこと。――修辞上の断熱スクリーンと、倍加された駄弁と、白いムーア人。――老侯爵バスティアネッロ・ディ・ピストイアがコルソ通りにオレンジの種をまき、仮面劇を贔屓《ひいき》にしたこと。――醜い娘の美しき日《ボー・ジュール》。――リボンをいじくる名高い黒魔女キルケーと、花咲くアルカディアに生えるかわいらしい蛇草についての報告。――ジーリオが絶望のあまり短剣で胸を刺し、そのあと食卓について遠慮なく飲み食いし、やがて王女におやすみを言ったこと。

親愛なる読者よ、カプリッチョを自称しているくせに、メールヘンとの違いは紙一重、まるでメールヘンそのもののような物語に、亡霊じみたものやら、人間精神がはぐくむ夢のごとき妄想やらが、ごまんと登場してきたり、あるいはむしろ、舞台がときに登場人物自身の内面へ移ってしまったりしても、どうか不審に思わないでいただきたい。――しかしそういう内面こそ、いちばんの舞台なのではあるまいか？――おお、読者よ、もしかするとあなたも私と同様、人間精神それ自体が、およそ存在しうる最高に不思議なメールヘンだと思っておられるだろう。――われわれの胸のなかには、なんとすばらしい世界が秘められていることか！　それは太陽圏のうちに限定されないほど広大で、その財宝は、目に見える創造物全体の見きわめがたい富をすら凌《しの》ぐほどなのだ！――もしも世界精神が、自然の傭兵たるわれわれの内面に、あの無尽蔵なダイアモンドの鉱脈を備えつけてくれなかったとしたら、われわれの人生はどんなに生気がなく、乞食のように貧しく、モグラのように目の見えないものであっただろうか。あの鉱脈からこそ、われわれの財産となった不思議な世界が、燦然《さんぜん》たる輝きをはなつのだ！　しっかとこの財産を知っている者こそ、天分豊かなる人！　それよりさらに天賦の才と幸せを誉《ほ》めたたえらるべきは、おのれの内面のペルーの宝石[51]を眺めているだけでなく、それを掘りだし磨きあげて、いっそう華やかな火の輝きを誘いだすすべを心得ている者。

さて！——サンチョ・パンサ[52]曰《いわ》く。誉むべきかな、眠りを発明した者、そいつはきっと利口者にちがいない、と。しかしもっと顕彰《けんしょう》さるべきは、夢を発明した者ではなかろうか。夢といっても、眠りという柔らかな毛布にくるまれて寝ているときにだけ、われわれの内面から浮かびあがってくる夢ではない——だんじて違う！　われわれが生涯ずっと夢見つづける夢、その翼に、しばしば浮世の重荷を引きとってくれる夢なのだ。この夢のまえでは、どんなつらい苦しみも、潰《つい》えた希望を身も世もなく嘆く声も、沈黙する。なぜならこの夢は、われわれの胸の内で火を点じられた天上の

51　ホフマンの時代、ペルーは金と宝石の宝庫として諺《ことわざ》になるほど有名だった。
52　セルバンテス作『ドン・キホーテ』の遍歴の旅をする主人公の従者。

光であって、それ自身が果てしない憧憬をかきたてるとともに、それが満たされることも約束してくれるのだから。

　こういう考えが、親愛なる読者よ！　あなたのためにブランビラ王女の奇妙なカプリッチョを書こうと企てた私の頭に浮かんだのは、仮装したジーリオが、「あれがブランビラ王女だぞ、恋人のアッシリアの王子、コルネリオ・キアッペリと踊っているのさ！」と耳もとでささやかれたときにおちいった奇妙な気分を、ちょうど説明しようとしていたときだった。

　作者というのは、主人公が踏み入ったあれこれの段階で、そのとき作者はなにを思ったのかを読者に言わずにおくなんてことは、めったにできるものではない。そこでいそいそと自分の本のコロス[53]をこしらえて、物語には必要がなくとも、しゃれた渦巻き模様の飾りにはなるものをすべて、省察と名づけて入れてしまう。だからして、この章をはじめるにあたって述べた考えもまた、しゃれた渦巻き模様として見ていただきたい。というのも事実それらは、物語にとってと同様に、ジーリオの気分の説明にとっても、ほとんど必要ないからだ。どだいジーリオのあのときの気分にしても、作者の助走部分での口ぶりから推して人が思うほどには、奇妙でも異常でもないのだ。

要するに、こういうことだ！――ジーリオ・ファーヴァはあの言葉を聞いたとき、自分自身がいまブランビラ王女と踊っているアッシリアの王子、コルネリオ・キアッペリその人なのだと、一瞬にして思いこんでしまったのである。いくらか手堅い経験をつんだ有能な哲学者なら、こういうことはいともかんたんに説明できて、ギムナージウム二年生[54]でも、この内面精神の実験を理解するにちがいない。つまりそういう心理研究者であれば、さしずめマウヒャルト[55]の『経験的心理学便覧』から、ヴュルテンベルクのさる役人の例を引くのがいちばんだろう。この役人は酔っぱらって階段から転げ落ちるなり、自分のお供をしていた書記にむかって、なんとまあ気の毒に、きみはひどい落ち方をしたものだなあ、と大いなる同情を示したという。これにつづけて、心理学者はこう述べればいいのだ。

53　古代ギリシャ劇の合唱隊で、観客にたいしてドラマの注釈を語る役目をする。
54　九年制ギムナージウムの第二学年は日本の小学六年生と同年齢。
55　イマヌエル・ダーフィット・マウヒャルト（一七六四―一八二六）。

「これまでジーリオ・ファーヴァについて聞いたことすべてから判断するに、同人は酩酊《めいてい》に完全に酷似した状態、言うなれば精神的酩酊状態にあって、これは彼の自我についてのある種の常軌を逸した観念の神経刺戟力によって生ずるものであり、とくに俳優はこの種の陶酔にきわめておちいりやすい傾向があるからして――」云々《うんぬん》。

こうしてジーリオは、自分がアッシリアの王子、コルネリオ・キアッペリだと思いこんだわけだが、やはりとくべつなことではないにしても、そのとき燃える炎となって彼の内面全体をつらぬいた奇妙な、これまで感じたことのないほどの喜悦は、いったいどこから来たのか、これを説明するのはもっとむずかしそうだ。彼はますます激しくギターの弦をかきならし、顔ひんまげての百面相も、荒あらしい踊りの跳躍も、ますますとほうもなく奔放になっていった。ところが目のまえにいる彼の自我のほうも、同じように踊り跳ね、同じように顔をひんまげながら、幅広の木剣で空を切って彼めがけて突いてくる。――ブランビラは消えてしまっていた！

「ほほう」とジーリオは思った、「ぼくの自我のせいだ、ぼくの許嫁《いいなずけ》の王女が見えないのは。ぼくは自分の自我の内面は見透せないし、ぼくのいまいましい自我はぶっそうな武器でぼくの躰《からだ》にむかってくるが、よし、死ぬまでギターを弾いて踊ってやる

ぞ、そうしてはじめて、ぼくはぼくになり、王女はぼくのものになるんだ！」

このいささか混乱した考えが浮かんできたあいだも、ジーリオの飛んだり跳ねたりはますます前代未聞のものとなってきて、つぎの瞬間、彼の自我の木剣がギターにばしっと当たって、ギターはこっぱ微塵《みじん》、ジーリオはのけぞりざまに地面にひっくりかえってしまった。踊り手をとりまいていた群衆の大笑いが、ジーリオを夢見心地から目覚めさせた。倒れたひょうしに眼鏡と仮面が落ちたので、それがジーリオだとわかった何百もの人たちが、声をそろえて囃《はや》したてた。

「ブラヴォー、最高にブラヴォー、シニョール・ジーリオ！」

ジーリオは立ち上がると、急いでそこを離れた。悲劇役者としてはなんともぶざまなことに、みんなにグロテスクな芝居を見せてしまったと、突然、気がついたのだ。住まいに帰って、あの突飛な仮装を脱ぎすてると、マントで身をつつんで、またコルソ通りへもどっていった。

通りをぶらぶら歩いて、とうとうピストイア宮殿のまえまで来てしまったとき、突然、後ろから抱きすくめられるのを感じた。耳もとでささやく声がする。

「その歩き方や姿勢からすると、あんたはシニョール・ジーリオ・ファーヴァですな？」

教区司祭《アバーテ》のアントーニオ・キアーリだった。彼を見たとたんに、ジーリオの脳裡《のうり》に、以前まだ悲劇の主人公を演じていた、じつに楽しかった時期のことがよみがえってきた。舞台が終わってコトゥルン[56]を脱ぎすてたあと、いとしいジアチンタに会いに、足音をしのばせてあの狭い階段をのぼっていったころのことだ。キアーリ師は（ひょっとすると彼は、ゴッツィ伯爵と争ったあげくに降参せざるをえなかった有名なキアーリ[57]の先祖かもしれない）、若いころから悲劇を書きあげるべく、少なからぬ努力を

56　背を高くみせるように底あげした役者用の深めの編み上げ靴で、もともとはギリシャ悲劇で使われていた。

57　ピエトロ・キアーリ（一七一一―八五）、ヴェネツィアの劇作家。ゴルドーニによるコメディア・デラルテの改革に端を発した争いで、キアーリは伝統派のゴッツィと対立したが、ゴッツィがゴルドーニとキアーリへの皮肉をこめた『三つのオレンジの恋』（一七六一）が爆発的な成功をおさめたことで、二人は敗退した。ピエトロ・キアーリをモデルにしたらしいアントーニオ・キアーリ師が、ピエトロの先祖ということはあり得ず、これも読者を煙《けむ》にまく冗談だろう。

もって精神と指を鍛えてきた人で、その作品は、着想に関しては壮大なのだが、仕上がって上演となると、きわめて耳にこころよい甘口なものになっていた。彼は恐ろしい出来事をそのまま舞台にのせることは入念に避けて、おだやかに和らげられた状況が観客の目のまえで展開するように工夫し、おぞましい行為についても、その恐ろしさを美辞麗句のこってりしたお粥《かゆ》でくるんでおくので、聴き手は戦慄をおぼえることなしに美味しいお粥をご馳走《ちそう》になるだけで、その芯にある苦い真相を味わわずにすむ。彼は地獄の炎でさえ、そのまえに、修辞の油をたっぷり染みこませた断熱スクリーンを立てて、親しみのある透かし絵にしてしまうし、苦悩の河《アケローン》の煙《けぶ》る波には、マルテリ[58]風の韻文の薔薇《ばら》香水を注ぎこんで、地獄の川をなごやかに優美に流れる詩人の川に変えてしまう。

こういうのは多くの人のお気に召す。だからアントーニオ・キアーリ師が、人気詩人と称されたのも不思議はない。そのうえ彼はいわゆる儲《もう》け役を描くのがとくにうまかったから、詩人司祭であるうえに、役者たちの偶像となったのも当然だった。才気に富む某フランス詩人[59]に言わせると、駄弁には二種類あって、一つは読者や聴き手にはわけのわからぬもの、第二のもっと高級な駄弁は、その創作者（詩人もしくは作家）自身にもわけのわかっていないもの。この後者の高尚な種類に入るのが、劇的な見せ場での駄弁で、悲劇のいわゆる儲け役の科白は、大部分がこれで成り立っている――聴衆にも役者にもちんぷんかんぷんで、書いた詩人本人も理解してない朗々たるひびきの言葉の羅列《られつ》が、いちばん大向こうの喝采をあびるのだ。この手の駄弁をこしらえあげることにかけては、キアーリ師は格段の心得があったし、またジーリオ・ファーヴァのほうは、そういう科白を語りつつ、顔をひんまげ、おそろしくおおげさなポーズをとるのが得意中の得意だったから、それだけで観客は悲劇的陶酔のあまり、声をあげて泣きだすほどだった。だからしてこの二人、ジーリオとキアーリは、きわめて好都合な互恵関係に立っていて、おたがいにこのうえない敬意をはらっていた――どうしてそうせずにいられようか。

「よかった、よかった」と、司祭は言った。「やっとあんたに会えましたよ、シ

58 ピエール・ジャコーポ・マルテリ（一六六五―一七二七）、詩人・劇作家、一四音綴の重くもたつく韻文で知られた。ゴッツィもゴルドーニとキアーリを戯画化するのによくこの韻律を用いたという。

59 詩人で批評家のニコラ・ボワロー＝デプレオー（一六三六―一七一一）を指す。

ニョール・ジーリオ！　これまであんたの行状についちゃ、あれこればかげた噂を耳にしてきましたがね、これでなにもかもあんた自身の口から聞ける。――ねえ、みんなが寄ってたかって、あんたをいじめたんじゃないのかね？　座元のとんま野郎があんたを追っ払ったのは、あんたがわたしの悲劇に感激したのを、狂ったと思ったからじゃないのか？　あんたが、わたしの書いた芝居でなきゃもう出る気がなくなったからでは？――ひどい話だ！――あんたも知ってのとおり、あのばか者は悲劇をすっかりやめちまって、舞台にのせているのは、わたしが死ぬほどきらっている愚劣な仮面パントマイム劇ばかり。――だからあいつは、もうわたしの悲劇はなにひとつ取りあげようとはすまいね、座元連中のうちでもいちばん単純なあいつは。でもなあ、シニョール・ジーリオ、わたしは正直な男としてあんたに断言していいと思うがね、わたしはほとんどの仕事で、そもそも悲劇とはなんたるかを、イタリア人に示すのに成功してきたんだ。昔の悲劇作家、アイスキュロスやソポクレスその他、あんたも聞いたことがおありだろう人たちについて言うなら、彼らの荒っぽくて生硬な作品は、完全に非審美的で、当時の芸術がまだ幼年期にあったせいだとして、かろうじて大目に見られてきたがね、われわれの胃袋にとっちゃ、とても食えたものじゃないことは自明だよ。トリッシーノの『ソフォニスバ』やスペローニの『カナケー』[60]にしたって、無理解のせいで、われわれのかつての詩人時代の生んだ達意の産物だと見なされているけれど、表現の生み出す真に悲劇的なものの力強さと心奪う力について、わたしの作品が民衆をしっかり教育してやった暁《あかつき》には、もはや話にもなるまいよ。――ただ目下のところは、ひどくこまっているんだ。あんたの以前の座元、あの悪人が鞍替《くらが》えしちまってからというもの、どの劇場もわたしの作品を上演しようとしないからね。――しかし、いまに見てろ、〈ロバの速歩は長くは続かぬ〉[61]というじゃないか。もうすぐあんたの座元は、アルレッキーノだのパンタローネだのブリゲッラだの、低俗な茶番のくだらぬ申し子どももろとも、すっころんで鼻っ柱を折られるだろうさ。そのときは――まったくなあ、シニョール・ジーリオ、あんたが劇場からいなくなっ

60 ジァン・ジォルジョ・トリッシーノ（一四七八―一五五〇）のこの作品（一五二四）は、アリストテレスの『詩学』にもとづく本格イタリア悲劇の基礎を築いた。その後継者、スペローネ・スペローニ（一五〇〇―八八）は、ギリシャ神話のカナケーを描いたこの悲劇で有名。

61 トスカーナの諺。

たのは、わたしには心臓をぐさりとやられたのも同然だよ、この世の役者であんたほど、わたしのじつに独創的で類のない思想を、みごとに把握した者はいないからねえ。――でもともかく、こんなひどい雑踏から出ようじゃないか、話も聞こえやしない！　わたしの住まいにおいでなさい！　最新作の悲劇を朗読してさしあげよう、きっとこれまでになかったほど驚嘆なさるでしょうな。外題は『白いムーア人《イル・モーロ・ビアンコ》』[62]。命名の奇妙さに驚いちゃいけませんよ！　この作品の尋常ならぬところ、前代未聞なところに、じつにぴったりした題名ですからな」

多弁な司祭のひと言ごとに、ジーリオは自分の緊張しきった気持がだんだんほぐれていくのを感じた。自分がふたたび悲劇の主人公として、教区司祭アントーニオ・キアーリ氏の比類ない詩句を朗々と誦《しょう》している姿を思い浮かべると、胸いっぱいに喜びがひろがった。その『白いムーア人』に自分が演《や》れるような、すてきな見せ場のある役があるかと、熱をこめて訊いてみると、司祭は憤然として答えた。

「わたしがどんな悲劇にであれ、儲け役以外のものを書いたことが一度でもありますか？――わたしの作品はほんの端役《はやく》にいたるまで、名優ばかりで演じられてしかるべきなのに、そうできないのは不運のきわみ。『白いムーア人』には奴隷《どれい》が一人登場する。それも破局の冒頭ではじめて出てきて、こういう詩句を朗誦するんです。

ああ！　苦しみの日よ！　むごい幻滅よ！
ああ、不幸なご主人さま、あなたの死は
わたしに涙させ、そしてすぐ立ち去れとうながすのです！

そのあと、じっさいにすぐ退場して、それっきりもう出てこない。この役がたいしたものじゃないことは、認めますよ。しかし信じてくださっていい、シニョール・ジーリオ、最高の名優にとっても、ほとんど三〇年はかかりますよ、この科白をわたしが感じたとおり、わたしが詩作したとおりの精神で朗誦して、人びとを魅了し、狂気じみた恍惚へと拉《ら》し去るように演じるにはね」

こういう会話をかわしながら司祭とジーリオのふたりは、司祭の住むデル・バブ

62　キアーリにはないが、ゴッツィには同じような題名の作品『躰《からだ》の白いムーア人』（一七九九）がある。

イーノ通りにたどりついた。住居への階段は、鶏舎の梯子さながらに狭くて急で、ジーリオはまたしてもジアチンタのことをまざまざと思い出し、内心ひそかに、司祭の白いムーア人なんかよりあのやさしい娘《こ》に会いたいものだとねがっていた。

司祭は二本の蠟燭に火をともし、安楽椅子をテーブルのまえに寄せてジーリオにすすめてから、かなり分厚い原稿の束をもってきてジーリオに向かいあって座ると、たいそうおごそかな調子で読みあげはじめた。「白いムーア人、悲劇……」最初の場面は、なんとかいう重要な劇中人物の長い独白ではじまった。まずは天候の話、そして間近に迫った葡萄《ぶどう》摘みの豊かな成果への期待を語り、しかしつぎには、ある許すべからざる兄弟殺し事件についての考察。

ジーリオは、自分では理由がわからないながらも、平素はじつにすばらしいと思っていた司祭の韻文が、今日はどうにも締まりのない、ばかばかしい、退屈なものに感じられてしかたなかった。そうなのだ！——司祭が四面の壁を揺るがすほどの大音声で、このうえなくおおげさな情感をこめて朗読しているというのに、ジーリオはぼうっと夢見心地になってしまって、ピストイア宮殿があの奇妙きてれつな仮装行列を迎えいれた日以来、彼の身に起きたことのすべてを、なんとも不思議なことだと思いうかべていた。それをうつらうつら考えながら、椅子の背もたれに身をしずめ、両腕を組んでいると、頭が胸のほうへだんだん深くたれていった。

肩をしたたかに叩かれて、ジーリオは夢見心地を破られた。

「なんだ？」と、椅子から跳びあがってさっきの一撃をくわえた司祭が、怒声を浴びせた。「なんだ、このざまは？――眠ってるのか？――わたしの『白いムーア人』を聴く気はないんだな？――ははあ、これでわかったぞ。座元があんたを追ん出したのも当然だ。最高のポエジーにたいする感覚も理解もまるでない、みじめな野郎になりはてたからな。――わかってるか、あんたの運命は決まってしまったんだ、落ちこんだ泥沼から、もう二度と這《は》いあがれないぞ。――わたしの『白いムーア人』を聴きながら眠りこむなんぞ、償《つぐな》いがたい犯罪、聖霊を冒瀆《ぼうとく》する罪だ。とっとと失《う》せろ！」

ジーリオは司祭のとほうもない怒りに肝をつぶして、平身低頭、あわれっぽく訴えた。司祭の悲劇を理解するには気持がしっかりしていなければいけないのに、自分としたことが、ここ数日来、ある面では奇妙に幽霊じみていて、ある面では不運でもある出来事に巻き込まれてしまって、心がすっかり押しひしがれているのだ、と。

「信じてください」ジーリオは言った。「信じてください、司祭さま、不可思議な宿命がぼくをとっつかまえてしまったんです。ぼくは壊れたツィターさながら、どんな妙音をわが身にとりこむことも、外にひびかせることもできなくなっている。あなたのすばらしい韻文を聴きながらぼくが眠ってしまったと、おっしゃいましたね。そうだとしても、これだけは確かです、なにか病的な抑《おさ》えがたい睡魔《すいま》がぼくに襲いかかって、あなたの卓絶した白いムーア人の力づよい語りをさえ、気の抜けた退屈なものに感じさせてしまったのです」

「血迷ったか？」と司祭がわめいた。

「そんなに怒らないでくださいよ！」ジーリオがつづける。「ぼくはあなたを最高の師として尊敬している。ぼくの芸はすべてあなたのおかげで身についたのです。いまはあなたの助言と助けがほしい。ぼくになにが起きたのか、どうかすっかり話させてください、そして苦境の極にあるぼくを助けてください！　あなたの白いムーア人が名声を得てかがやきわたるとき、その光のなかにぼくが立てるようにして、最悪の熱病から癒《い》やしてください！」

司祭はジーリオのこの訴えで態度をやわらげて、奇矯《ききょう》なチェリオナティのこと、ブランビラ王女のこと、等々、話をぜんぶ聴いてやったのだった。

ジーリオが話し終わると、司祭はしばし深い考えに沈んでいたが、やがて真剣な改まった声で言った。

「いまの話で、わが息子ジーリオ、あんたに罪がないことはよくわかったよ。赦してあげよう。そしてわたしの寛大さと善意が限りないことがわかってもらえるように、あんたがこの世でめぐり会える最高の幸運を、われとわが手で授けてあげることにしよう！——白いムーア人の役を受けるがいい。それを演じれば、あんたの胸に燃える至高なるものへの憧憬が満たされるだろう！

だがな、おお、わが息子ジーリオよ、あんたは悪魔の罠にかかっているんですぞ。ある恐るべき陰謀が、最高の文学にたいして、わたしの悲劇にたいして、わたしにたいして企まれていて、あんたを殺しの道具に利用しようとしている。——バスティアネッロ・ディ・ピストイア老侯爵のことを聞いたことがないかね？ 彼はあの仮装した道化どもが入っていったという宮殿に住んでいたんだが、ローマから跡かたもなく姿を消してしまってから、もう何年にもなる。

さて、このバスティアネッロ老侯爵だが、じつにたわけた変人で、言うこと、なすこと、すべてがばかばかしいほど奇妙だった。彼に言わせると、どこか、遠い知られざる国の王族の出で、歳《とし》のほどは三百ないし四百歳にもなるそうだが、わたしは彼にここローマで洗礼を授けた司祭その人を、知っているがねえ。彼はよく、一族の者たちが謎めいた仕方で訪ねてくるという話をしていて、事実、彼の屋敷に突然このうえなく破天荒なかっこうをした連中がいるのが見受けられたかと思うと、来たときと同じく、また忽然といなくなることがよくあったよ。

だがな、召使いや女中たちに妙な変装をさせるほど、簡単なことがあるかね？――なにしろほかならぬその連中に、愚かな民衆は仰天して口をあんぐり、侯爵がなにかとくべつな人、魔法使いですらあるように思いこんだものだ。ばかげたことを彼はたんとやったが、確かなのは、いつかのカーニヴァルの時期、コルソ通りのどまんなかにオレンジの種をまきちらしたことだよ。するとたちまちそこから、かわいらしいプルチネッラのこびとたちが跳びだしてきて、民衆はやんやの喝采、そして侯爵は、これぞローマでいちばんおいしい果実だとのたもうたよ。

しかしなんだってわたしは、侯爵のこんな常軌を逸したばか話であんたを退屈させているのかねえ、それよりずばり、彼が危険人物であることを示す、具体的な話をすべきじゃないか？　あんたは想像できるかな、あのいまいましい老人は、文学と芸術における良き趣味をすべて、葬《ほうむ》り去りたいと願っていたんだ。

考えられるかね、とくに演劇に関しては、彼は仮面劇をひいきにして、悲劇となると古典劇しか認めようとしなかったが、そのうちに悲劇の一ジャンル、過熱しておかしくなった脳味噌だけが産み出せるたぐいの悲劇なら、おおいにけっこうだと言いだした。そもそもわたしには、彼がなにを言わんとしているか、わかったためしはないんだがね、しかしどうやら、最高の悲劇というのは、あるとくべつな種類の冗談をつうじて立ちあらわれるものでなくてはならぬ、という主張らしい。そして――いや、信じられんよ、そんなことを言うなんて不可能だ――わたしの悲劇が――おわかりか？――わたしの悲劇が、えらく冗談じみていると言うんだ。ただし、そこでの冗談はまたべつの種類のもので、そういう意図はないのに、悲劇的情念がおのずとみずからをパロディ化してしまうのだ、とね。

ばかばかしい考えや意見になにができる？　それだけで侯爵が満足していりゃよかったんだが、じっさいには――残酷なことにじっさいには――彼の敵意はわたしに、わたしの悲劇に向かってきた！――あんたがローマへ来るまえのことだ、わたしはおそろしい目にあわされた。

わたしの悲劇のうちで（『白いムーア人』は別としてだがね）いちばんすばらしい『復讐された兄弟の亡霊』が上演されたときのことだ。役者たちは、ふだんを上まわる力量を発揮してね、彼らがあれほどわたしの言葉の内的意味をつかみ、動作も構えの姿勢も、あれほど真に悲劇的だったことは、かつてなかったねえ。——この機会にあんたに言わせてもらうと、シニョール・ジーリオ、あんたの身振り、とりわけ構えの姿勢については、いささか物足りないところがまだありますな。あのときの悲劇役者、シニョール・ツェキエッツリは、両脚を大きく開いて、床にしっかと踏ん張って立ち、両腕を高だかと差しあげたまま、上体をそろりそろりと回していって、顔は背中越しにこっちを見ているという構えになり、この身振りと表情の演技で、観客には双面のヤーヌス神のように見えたものだ。——こういう効果絶大な身振りはいろいろあるが、わたしのト書に〈ここから絶望が始まる！〉と書いてあるときは、かならずこういうのをやってもらわなくてはいかん。——これを肝に銘じておくんだな、わが息子よ、そしてシニョール・ツェキエッツリのように絶望できるよう努力したまえ！さて！　わたしの『兄弟の亡霊』の話にもどるとしよう。

上演はわたしがこれまで見たうちでも最高のものだった。ところが、わが主人公が科白を言うたびに、観客がどっと笑う。桟敷にいるピストイア侯爵を見ると、彼がいつも最初に笑いだして、この爆笑の音頭取りをやっているじゃないか。だから疑う余地などまるっきりなかったね、どんな地獄の奸計か悪ふざけか知らないが、わたしにこんなひどい嫌がらせを仕掛けたのは彼だったのだ。侯爵がローマからいなくなったときは、じつにうれしかったねえ！　だが彼の精神は、あのいまいましい老いぼれ香具師、いかれたチェリオナティのなかに生きつづけていて、あいつはいつぞや、まあ、うまくはいかなかったものの、人形芝居小屋でわたしの悲劇を笑いものにしようとしたことがある。バスティアネッロ侯爵もまた、ローマに幽霊よろしく姿をちらつかせていることは確かだね。その証拠に、彼の宮殿におかしな仮装行列が入っていったじゃないか。

チェリオナティがあんたにつきまとっているのはな、わたしをやっつけたいからだ。すでにあんたを舞台から追いはらい、あんたの座元に悲劇を上演させなくすることに成功している。こんどは、あんたが芸術にすっかり背をむけるようにと、王女の幻だの、グロテスクな幽霊だの、ありったけの奇っ怪なものを、あんたの頭につめこもうという算段だ。いいですか、わたしの忠告に従いなさい、シニョール・ジーリオ、おとなしく家にいて、葡萄酒より水をたっぷり飲み、わたしの『白いムーア人』をしっかり勉強するがいい、この原稿を持ってかえりなさい！ あんたの慰めと平穏、それに幸福と栄誉と名声が見つかるのは、『白いムーア人』のなかだけですぞ！――では、ごきげんよう！」

翌朝、ジーリオは司祭に言われたとおりのことをしようとした。つまり、あの傑作悲劇『白いムーア人』の勉強である。しかしどうしてもうまくいかない。どのページを読もうとしても、文字という文字がぜんぶ、目のまえで溶けてぼやけていって、やさしく愛らしいジアチンタ・ソアルディの姿に化けてしまうのだ。

「だめだ」かんしゃくを起こしてジーリオはついに叫んだ。「だめだ、もうがまんできない、彼女のところへ、あの娘《こ》のところへ行かなきゃだめだ。わかってるさ、彼女はぼくをまだ愛しているし、愛さずにはいられないんだ。どんなに拗《す》ねていたって、ぼくをまた見たら、そのことを隠しきれるものじゃないさ。そしたらぼくは、あの呪わしいチェリオナティの奴が魔法でかけた熱病から解放され、奇怪至極にもつれあった夢と空想におさらばして、白いムーア人として新たに生まれかわるんだ、灰からよみがえる不死鳥のように！――キアーリ師よ、あなたのお導きのおかげで、ぼくは正道にもどれました」

すぐさまジーリオはできるだけめかしこんで、ベスカーピ親方の住まいに出かけようとした。いまそこへ行けば恋人に会えると信じていたのだ。さてドアから一歩出ようとしたその瞬間、彼は読むつもりだがまだ読んでいない『白いムーア人』の影響を、突然に感じた。はげしい発熱による悪寒《おかん》のように、悲劇的パトスがおそいかかってきたのだ！

「いかにすべきか？」と彼は叫んで、右足を大きく前に踏み出し、上体をのけぞらせ、両腕を前に突きだし、十本の指をひろげて、亡霊を防ぐようなポーズをとった。「いかに？――もしも彼女が、ぼくをもう愛していないとあらば？　上流社会という冥府の魔力ある幻影にたぶらかされ、忘却の川の水に酔うて、ぼくのことなどほんとうに忘れ果てたとあらば？――もしも恋仇《こいがたき》があらわれて――なんとおそろしい考え、暗黒の冥府が死を孕《はら》む淵から生みだした想念！――ああ、絶望よ――殺害と死よ！――おまえこそ、わがいとしき友、いざここへ――おまえは血の薔薇色の輝きのなかで、すべての汚名をそそぎ、安らぎと慰めを――そして復讐を、さずけてくれるのだ」

最後の数語を、ジーリオは家全体にひびきわたるほどの声でわめくと、机の上にあった抜き身の短刀を取って腰につけた。ただし芝居の小道具の短刀にすぎない。

ベスカーピ親方は、ジーリオがジアチンタのことを訊ねると、少なからずおどろいたようだった。彼女が彼の家に住んでいたことなど一度もないと言いはり、ジーリオが、ほんの数日まえに彼女がバルコニーにいるのを見て話しかけたのだといくら断言しても、むだだった。むしろベスカーピはあっさりその話を打ち切って、このあいだの刺絡《しらく》は効いたかと、にこにこして問いかけてくる。

ジーリオは刺絡と聞いたとたんに、一目散に逃げだした。スペイン広場をよこぎったあたりで、蓋《ふた》をした籠を重そうにかついでこっちへやってくる老婆が目にとまった。よく見るとベアトリーチェ婆さんだ。

「しめた」と、ジーリオはつぶやいた。「道案内をしてもらおう、あとをついてゆくからな！」

少なからずおどろいたことに、婆さんが歩くというより這うにちかい足どりで向かったのは、このまえまでジアチンタが住んでいた街路だった。そしてシニョール・パスクワーレの家の扉のまえで立ち止まって、重い籠を下におろしたのだ。その瞬間、あとをつけてきたジーリオの姿が彼女の目にとまった。

「ほう！」彼女は大声をあげた。「おやまあ、あたしのかわいい役立たずさん、ようやくまた姿をお見せかね？――はてさて、あんたはごりっぱで誠実な恋人だよ、お門《かど》違いのところをあっちこっちうろつきまわって、自分のいいひとをお忘れだとはね、カーニヴァルのすてきに楽しい時期だというのに！――さあ、この重たい籠をかつぎあげるのを手伝っておくれよ。そのあとでわかるよ、ジアチンタがあんたのぐらぐら頭をしっかり据え直そうと、平手打ちを何発か用意しているかどうかがね」

ジーリオは、ジアチンタが牢屋にいるなんていうばかげた嘘で、よくもおれをかついだなと、婆さんをひどく責めたてたが、相手は知らぬ存ぜぬの一点張り。ぜんぶジーリオの空想にすぎない、ジアチンタはシニョール・パスクワーレの家のあの小部屋を、いちども離れたことなんかなくて、今年のカーニヴァルにはこれまで以上にせっせと働いてきた、と言いはる。ジーリオは眠気を醒まそうとでもするように、額をこすったり鼻をつまんだり。

「これだけは確かだな、おれはいま夢を見ているさいちゅうか、それともこのところずっと支離滅裂な夢を夢見ていたのか、どちらかだ」

「さあ」と老婆が口をはさんだ。「この籠をかついでおくれよ！　背中にかかるその重みで、夢を見ているのかどうか、はっきりするよ」

ジーリオはつべこべ言わずに籠をかつぐと、どうにも不審でならない気持をかかえたまま、狭い階段をのぼっていった。

「いったい籠の中味はなんだい？」

ジーリオはまえをのぼってゆく老婆に訊いた。

「つまらんことを訊くねえ！　ジアチンタのために市場へ買い物に行ったたって、話さなかったかい？　それに今日はお客さんもくることだし」

「お客さん？」

ジーリオは母音をやたらと引き延ばして不快そうに反問したが、そのときにはもう階段の上に着いていて、婆さんは彼に籠をおろさせ、ジアチンタに会えるはずの部屋へ入るよう指示した。

ジーリオの胸は、心配まじりの期待と甘い不安で高鳴った。そっとノックして、ドアを開けた。いつものようにジアチンタが、花やリボンや裁縫道具など満載のテーブルのまえに座って、せっせと仕事をしている。

「まあ、シニョール・ジーリオ」ジアチンタはきらきらした目でジーリオを見ると叫んだ。「いったい、どこからまた突然におでましですの？　とっくにローマから出ていっておしまいだと思ってましたけど？」

ジーリオは、恋人がまぶしいほどに美しく見えることにすっかり度肝を抜かれて、言葉もなく部屋の入口に立ちつくしていた。ほんとうに彼女の存在全体に、優美さのじつに格別な魔力までも注ぎこまれているかのようで、頬にはつねより高貴な肌の色が燃えたち、目は、そうなのだ、さっきも言ったように目はまさしくきらきらと輝いて、ジーリオの心臓を射抜くのだ。

これはジアチンタがこのとき、彼女の〈美しき日 beau jour〉を迎えていたというだけのことだろう。だがこのフランス語は、いまではもうこういう使い方はされないので、ほんのちょっと説明しておくと、文字どおりの意味のほかに、独特の事情を含意することがある。あまり美しくはないか、あるいは醜さもまあほどほどであっても、年ごろのお嬢さんならだれでも、外からの刺戟によるのであれ、内面の興奮によるのであれ、いつになくのぼせあがって、「わたしはやっぱりすてきにきれいな女の子！」と思い、それを確信してしまうことがあるだろう。そうすると、このうっとりする考えと、胸中の天にも昇るほどのうれしさとともに、beau jour もまたおのずと出現してくるのである。

とうとうジーリオは、われを忘れて恋人のそばに駆けよってひざまずき、悲劇の科白口調で「ぼくのジアチンタ、ぼくの甘いいのちよ！」と言いながら、彼女の両手をとった。そのとたん、指に針がぶすりと深く刺さったのを感じて、痛さのあまりとびあがり、「こんちくしょう！」と叫びながら、跳ねまわらずにはいられなかった。ジアチンタは明るく高笑いしてから、しずかに落ち着きはらって言った。

「おわかりでしょ、シニョール・ジーリオ、お行儀わるくて乱暴なあなたの態度へのお返しよ。それ以外の点では、お訪ねくださってよかったわ。おそらくもうすぐ、儀式抜きでわたしに会うなんてことは、できなくなるでしょうからね。今日は長居を許しましょう。向かい側の椅子に座って、話を聞かせてくださいな、こんなに長いあいだどうしていたのか、こんどの新しいすてきな役はなにか、そんな話を！　ご存知のように、わたしはそういう話を聞くのは好きですもの。あなたがシニョール・キアーリ師にまんまと仕込まれた、あのいまいましい泣き落としの熱弁に――神さま、だからといって師に永遠の祝福を拒んだりなさいませんように！――はまりこみさえしなければ、あなたの話はそうわるくありませんからね」

「ぼくのジアチンタ」ジーリオは、恋と針傷の両方の痛みに耐えながら言った。「ぼくのジアチンタ、別離の苦悩のすべてを忘れようじゃないか！　幸福の刻《とき》、愛の刻、甘美な至福の刻が、またやってきたのだ」

「さっぱりわかりませんねえ」ジアチンタがさえぎった。「そのばかばかしいおしゃべりは、なんのことかしら。別離の苦悩とおっしゃるけれど、わたしとしては請け合ってもいい、あなたがわたしから離れていったという行為なんて、まったくどうでもいいこと、苦悩なんてこれっぽっちも感じませんでしたよ。あなたが至福の刻と呼ぶのは、あなたがわたしを退屈でたまらなくさせる時間のこと、だからそんな刻がまたやってくるとは思えません。でもあなたを信頼して正直に言うと、シニョール・ジーリオ、あなたにはいろいろ好もしい点があるし、ときには憎からず思ったこともありましたよ、だから今後も、許される範囲でなら、わたしに会いに来てくださってかまいません。ただし今後のおたがいの境遇からして、馴れなれしい態度はいっさい抑えて、おたがいに距離を置かなくてはなりませんから、あなたには多少の自制が必要になるでしょうね」

「ジアチンタ！」と、ジーリオが叫ぶ。「なんて変な言い方をするんだ？」

「ちっとも変ではありませんよ」とジアチンタ。「落ち着いてお座りなさいな、ジーリオ！　こうやって親しくお目にかかれるのは、これが最後かもしれません――でもわたしの親切心をいつでも当てになさっていいですよ。さっきも言ったとおり、これまであなたに抱いてきた好意をけっして捨てたりしませんからね」

ベアトリーチェが部屋に入ってきた。両の手にそれぞれとびきり美味しそうな果物をのせた皿をもち、これまたじつに上等そうな酒壜を小脇にはさんでいる。あの籠のなかに入っていたものらしい。開いたままのドアの向こうには、竈《かまど》で陽気にはぜる火が見え、台所のテーブルには、ありとあらゆるご馳走がびっしり並んでいる。

「ジアチンタや」ベアトリーチェがにやにやしながら言う。「あたしたちのささやかな食事がお客さんに失礼にならないようにするには、もうちっとお金が要るんだがねえ」

「要るだけお取り、お婆さん」

ジアチンタはそう言って、婆さんに小さな財布を渡した。財布の粗い織り目から、りっぱなドゥカーテン金貨の光がきらめき出ている。ジーリオはぎょっとした。その財布が、チェリオナティがポケットに突っ込んでくれたとしか思えないあの財布、中味のドゥカーテンはもはや尽きかけている財布と、瓜二つなのだ。

「地獄の手品か？」

彼はそう叫ぶなり、老婆の手から財布をひったくって、目のまえに近ぢかとかざした。だが財布に刺繍してある「汝《なんじ》の夢の像を想え！」という銘を読んだとたん、がっくりと椅子にへたりこんだ。

「ほほう」と、老婆はひくい唸り声をあげて、ジーリオが腕をいっぱいに伸ばして、彼女に突き返そうとした財布を受けとりながら言った。「ほほう、一文なしさんよ、こんな結構なものを拝んで、すっかりたまげたようだねえ。――このすてきな音を聴いて、せいぜい愉しむがいいさ！」

こう言うと婆さんは財布をじゃらじゃら振り鳴らしながら、部屋を出ていった。

「ジアチンタ！」ジーリオは絶望と苦痛に打ちひしがれて言った。「ジアチンタ、なんとおぞましくも恐ろしい秘密――すっかり話してくれ！――ぼくの死の宣告となろうとも！」

ジアチンタは細い縫い針を指先につまんで窓側にかざして、その針孔《めど》に銀糸を器用にとおしながら答えた。

「あなたって、いつまでも昔のままなのね。なんにでもすぐ無我夢中になって右往左往するのが、すっかり板についてしまったし、いつも変わらず退屈な悲劇を、それ以上に退屈な〈おお〉だの〈ああ〉だのと、嘆き節で演じてばかり！――ここには、お話しするようなおぞましくも恐ろしいことなんぞ、なんにもありませんよ。でもお行儀よくして、狂人じみた振る舞いをしないでくださるなら、いろいろお話ししてあげますよ」

「話してくれ、ぼくに死の宣告を！」

ジーリオは喉をつまらせながら、ようやくのことでつぶやいた。

ジアチンタが話しはじめた。

「憶えておいでかしら、シニョール・ジーリオ、それほど以前のことではないけれど、ある若い役者の奇蹟的な才能について、話してくださったことがあったでしょ？　そういうすばらしい花形役者を、あなたは恋の冒険の権化だの、二本脚で歩く生ける小説だの、その他いろいろの名で呼びましたね。そこでこんどはわたしが、ある若いお針子についてお話ししますね。彼女は恵みぶかい天から、みめよい姿と、かわいらしい顔ばかりか、とりわけ少女をはじめてほんとうの若い娘に仕上げてくれる、あの内面の魔法の力を授かっている。このお針子こそ、ずっとずっと大きな奇蹟だと、わたしは主張したいのです。慈悲ぶかい自然の懐《ふところ》にいるこのような巣鳥は、まさしく天空にうかぶ恋の冒険。その巣へのぼる細い段々は、子どもっぽく無鉄砲な恋の夢の王国へとみちびく天の梯子。彼女は、女のおめかしの微妙な秘密そのもので、あるときは絢爛《けんらん》たる色のきらめきにつつまれ、あるときは白い月光、薔薇色の霞《かすみ》、青くかおる夕靄のやわらかな光をあびて、あなたたち殿方に愛すべき魔力をふるうのです。憧憬と欲求にさそわれて、あなたたちがこの不思議な秘密に近づくと、そのまんなかに、強大な妖精が魔法の道具にかこまれているのが見えますよ。彼女の小さな指が触れると、どのレースも恋の網となり、彼女がいじると、どのリボンもあなたたちを捕らえる罠に変じるでしょう。そして彼女の目には、あらゆる蠱惑《こわく》的な恋の戯れが映っていて、殿方はそこに自分の姿を認めては、心のそこから喜びを感じるのです。あなたたちには自分の溜息が、愛しいひとの胸奥から谺《こだま》となって返ってくるのが聞こえる。でもそれは、憧れに身を焦がすエコー[63]が、はるかな魔の山から恋人に呼びかける声のように、しずかな、愛らしい谺。ここでは身分も地位も問題ではありません。金持の王子さまにとっても、貧乏な役者にとっても、優雅なキルケー[64]のこの小部屋は、人生のわびしい荒れ地のなかの花咲くアルカディア、[65]そこに入れば救われるのです。それにこのアルカディアのきれいな花々のあいだにも、蛇草がいくらか生えていますけど、なにをするのかしら？　あれは誘惑種の植物で、みごとな花をつけるばかりか、それ以上にすてきに匂う――」

「そうだとも」ジーリオが口をはさんだ。「そうだとも、その花自体から蛇が這いだしてくるんだ、花も香りも美しいその草の名になっている小動物がね、そして縫い針みたいに尖った舌でいきなり刺すんだ」

「そうよ」とジアチンタ、「アルカディアの住人ではないよそ者が、不作法に鼻を突っこんでくれば、そのたびにね」

「ごりっぱだよ」ジーリオは怒りと忿懣《ふんまん》をおさえきれなくなった。「ごりっぱな口のききようだな、いとしのジアチンタよ！　ともかく認めざるをえないよ、しばらく会わなかったあいだに、きみが摩訶《まか》不思議なほど利口になったってことはね。きみ自身についての哲学談義なんぞ、びっくりさせられるねえ。おそらくきみはこの屋根裏部屋のすばらしいアルカディアで、魔力あるキルケーを気取ってしごくご満悦なんだろうさ。必要な魔法の道具立ては、ベスカーピ親方がぬかりなくととのえてくれるからな」

ジアチンタは落ち着きはらって話をつづけた。

「わたしにも、あなたと同じようなことが起こるかもしれないのよ。わたしだってすてきな夢をいろいろ見ましたもの。――でもね、ジーリオ、わたしがすてきなお針子のありようについて話したことはみんな、少なくとも半分は冗談、半分はふざけた揶《や》揄《ゆ》だと取ってくださいな、あんまりわたし自身に関連づけないでね、まして、いまやっているのはわたしの最後の針仕事になるかもしれませんから。――おどろかないでね、ジーリオ！　でもとても簡単に起こりうることなのよ、わたしがカーニヴァルの最終日に、この粗末な服を紫のマントに着替え、この小さな椅子を玉座ととりかえるのは！」

63　ギリシャ神話のニンフ、エコーは、美しい若者ナルキッソスに恋したが、谺を返すことしかできないのを悲しんで山奥に姿を消したという。
64　ギリシャ神話に登場する魔女、男を誘惑し、飽きると魔法で獣に変えてしまう。
65　ギリシャのペロポネソス半島の山岳地帯の地名だが、牧人の理想郷としての伝承が生まれ、楽園、理想郷の代名詞となった。

「ちくしょう!」ジーリオはいきおいよく立ちあがりざま、握り拳《こぶし》を額にあてて叫んだ。「天国と地獄! 死と滅亡! さてはあのいかさま師の悪党が耳打ちしたことは、ほんとうだったのか?——いざ! 開け、火を噴く冥府の深淵よ! 出てこい、苦悩の河《アケローン》の黒い翼の亡霊どもよ!——もうたくさんだ!」

ジーリオは、キアーリ師作のなんとかいう悲劇のすさまじい絶望の独白に、はまりこんでいた。ジアチンタはこの独白をこれまで何百回となく聞かされて、些細《ささい》な言葉にいたるまですっかり憶えてしまっていたから、絶望した恋人が科白をつっかえそうになるたびに、針仕事から目もあげずに、プロンプター役をしてやった。最後に彼は短剣を抜き、胸に突き立てると、部屋を揺るがさんばかりにどうと倒れ、また立ちあがって服の埃をはらうと、額の汗を拭って、にっこりして訊いた。

「どうだい、ジアチンタ、名人の名に恥じないできだろう?」

「もちろんよ」彼女はいささかも動じずに答えた。「たしかに、みごとに悲劇を演じましたよ、ジーリオ。でも、そろそろ食卓につきましょうよ」

ベアトリーチェ婆さんはそのあいだにすでに食卓をととのえていた。美味しそうに匂いたつ料理が幾皿もならび、きらきらするクリスタルの盃《さかずき》のそばに、いわくありげな頸長《くびなが》の酒壜がおいてある。ジーリオはそれを見たとたんに、かっと逆上してわめいた。

「あれっ、客というのは――王子か――するとぼくは？　なんてこった！――ぼくは喜劇を演じたわけじゃないぞ、これじゃほんとに絶望だ――そうさ、まぎれもない絶望にぼくを突き落としやがったな、不実な裏切り女め、蛇、バジリクス、鰐《わに》め！　だが復讐するぞ、復讐だ！」

彼はこう言うなり、床にころがっていた芝居小道具の短剣をひっつかんで振りまわした。ところがジアチンタは、縫いものを仕事台にほうりだして立ちあがると、彼の腕をつかんで言った。

「ふざけるのはやめて、ジーリオ！　その人殺し道具はベアトリーチェに渡して、細く割って爪楊枝《つまようじ》をこしらえてもらうといいわ。さあ、わたしといっしょに食卓へ。結局のところ、わたしが待っていたお客はあなただけですもの」

ジーリオはにわかにおとなしくなって、がまんの化身のように、導かれるままに食卓についたが、いざ食べる段になると自制心とはまるで無縁だった。

ジアチンタはとても落ち着いて、くつろいだようすで、もうすぐ彼女を訪れる幸運について語った。そしてジーリオに何度もくりかえしてこう確約したのだ。自分は慢心してジーリオの顔を忘れ果てたりはけっしてしない、それどころか、遠くから姿を見かけでもしたら、きっと彼のことを思い出して、ローズマリー色の靴下や香水をしみこませた手袋に不自由しないように、金貨をとどけさせよう、と。ジーリオはと言えば、何杯か葡萄酒をきこしめして、またあのブランビラ王女の不思議きわまる話が頭に浮かんできていたものだから、ジアチンタの親切な心根はたかく評価しているよと、愛想よく請け合ったうえで、しかし慢心と金貨に関してはどちらもご心配にはおよばない、彼、ジーリオも、やはり一足跳びに王子の位につくはずだから、と答えた。そして世界一高貴で金持の王女さまから、すでに彼女の騎士に選ばれていること、カーニヴァルの最終日にはその王女の夫となって、これまでの貧乏暮らしに永久におさらばできると期待していることを、語ったのだった。ジアチンタはジーリオの幸運をたいへん喜び、ふたりはいまやすっかり愉快な気分になって、喜びと富に満ちあふれる将来について、おしゃべりがはずんだ。

「ただね」ジーリオが最後に言った。「ぼくたちが将来治めることになる国が、うまく隣り合っていたらいいんだがなあ。そしたら隣国同士、仲よくやっていけるだろうに。でもぼくの思いちがいでないとしたら、わが愛する王女さまの国は、インドの向こう側、ペルシャに向かって地球を左手に回ってすぐのところにあるそうだ」

「それは残念」と、ジアチンタ。「わたしも遠くへ行かなければならないらしいの。わたしの夫になる王子さまの国は、ベルガモ[66]のすぐ近くなんですって。でもわたしたち、将来は隣人になって、ずっと仲よくできるようになるでしょうよ」

ジアチンタとジーリオのふたりは、将来のそれぞれの国はフラスカティ[67]のあたりに移されるべきだという、一致した結論にたっした。

「おやすみ、だいじな王女さま！」とジーリオが言えば、

「ゆっくりおやすみあそばせ、だいじな王子さま！」とジアチンタが応じた。

こうしてふたりは、夜の訪れるころ、平和的・友好的に別れたのだった。

66　北イタリア、アルプス山麓の町。コメディア・デラルテの重要な仮面道化役の出身地であることから、この王子の王国はコメディア・デラルテだと匂わせている。
67　ローマ近郊の町。

# 第五章

人間精神が完全な乾燥状態を呈する時刻に、ジーリオが賢明な決心をして、幸運の女神の財布を懐に、仕立屋のうちでもいちばん謙虚な男に傲慢な視線を投げかけたこと。――ピストイア宮殿とその不思議。――賢者がチューリップの中からおこなった講義。――精霊の王者たるソロモン王とミュスティリス王女。――ある老魔術師が黒い部屋着をまとい、黒貂《くろてん》の帽子をかぶり、ぼうぼうの鬚には櫛《くし》をとおさぬまま、下手くそな韻文で予言を語り聞かせたこと。――黄色い嘴の雛鳥の不幸な運命。――ジーリオが見知らぬ美女と踊ったあとの顚末《てんまつ》については、読者はこの章では聞かされないこと。

処世の知恵がこれでもかというほどびっしりと詰め込まれている、なんとかいう本に書いてあるのだが、多少とも空想を逞《たくま》しゅうする才能に恵まれている者はだれでも、潮の満ち干と同じように高まったり引いたりをたえず繰りかえす狂気をかかえているという。潮が満ちてきて、したがって波がしだいに高くなるときが、夜の訪れどきであるように、朝目が覚めたすぐあと、一杯のコーヒーを手にしている時間は、引き潮が最高にたっしたときに相当する。だからしてその本は、この時間をこのうえなく冷静な分別の働くときとして、人生のもっとも重要な用件を果たすために使えと、筋のとおった助言もしている。たとえば結婚するとか、こっちのあら探しばかりしている書評を読むとか、遺言状を書くとか、下男をぶん殴るとかなどは、朝のこの時間にすべきだというのだ。

ジーリオ・ファーヴァが自分の愚かさかげんに愕然としたのは、人間精神がからりと乾燥した状態を享受できる、このありがたい干潮のときのことだった。やろうと思えばとっくにできたはずのことを、言うなれば督促状が鼻先に突きつけられているというのに、どうしてやらなかったのか、われながらわからなかった。

「これだけは確かだな」と、うれしいことに完全に思考力が冴えているのを意識しながら彼は思った。「あのチェリオナティ爺さんは、なかば狂っていると言える。しかもこの狂気がおおいにお気に召しているばかりか、そもそも彼の魂胆は、完全にまともなほかの連中までこの狂気に巻きこむことなのだ。だがこれにおとらず確実なのは、王女のうちでも最高の美女で、金持ちの、天上の人のようなブランビラ王女が、ピストイア宮殿に入って滞在していることじゃないか。——おお、天よ地よ！　予感によって、夢によって、そうとも、あらゆる仮面のうちでも最高に蠱惑《こわく》的な仮面の薔薇《ばら》色の唇によって、裏付けされた希望が——彼女がその天上の瞳《ひとみ》の甘美な愛の光を、果報者のぼくに投げかけてくれたのだというこの希望が、思いちがいだなんてことがありえようか？——彼女は人知れず、ヴェールで顔をかくして、桟敷《さじき》の閉ざされた格子のかげから、どこかの王子の役を演じているぼくを見ていた、そして彼女の心はぼくのものになったんだ！——ぼくにまっすぐ近づいてくるなんて、彼女にできるわけがあるか？　あのやさしいひとには、仲介者が必要じゃないか？　最後にはこよなく甘美な絆となる結びの糸を、つむいでくれる腹心の者が。——これまでどうであったにせよ、チェリオナティがぼくを王女の腕のなかへ連れていくはずの人だということは疑いない——だがなあ、奴はちゃんとまっすぐの道を行くどころか、ぼくを愚行と悪ふざけの海にまっさかさまに突き落として、ひどい変装をしてコルソ通りに王女のうちの最高の美女を見つけに行けと言ったり、アッシリアの王子だの魔法だのの話をしたりだったぞ——やめよう——ばか話はもうたくさん、いかれたチェリオナティとは、おさらばだ！——なにをためらうことがある？ きれいにおめかしして、ピストイア宮殿にまっすぐ入っていって、あのやんごとないお方の足もとに身を投げればいいじゃないか。おお、神さま、なんだってぼくは昨日そうしなかったのか、一昨日しなかったのか？」

そこでジーリオは、いちばんいい手持ち衣裳を急いで調べたのだが、いまいましいことに、羽根飾り付きベレー帽は毛をむしられた雄鶏そっくりだと、自分でも認めざるをえなかった。それに、三度染めなおした胴着は、光の当たりぐあいで虹さながら七色に変幻するし、マントときたら、万物をむしばむ時間にたいして大胆な針目で抵抗した仕立屋の腕前を、むざんに裏切っているし、おなじみの青い絹のズボンも、薔薔薇色の靴下も、わびしく色あせている。なさけない気分で、彼はほとんどからっぽになっているはずの財布に手をやった――なんと、ずっしりとした中味がすてきに詰まっているではないか。

「神々しいブランビラ」彼は陶然となって叫んだ。「ぼくはあなたのことを、夢に見たやさしいお姿を、だんじて忘れるものですか！」

だれにも想像のつくとおり、ジーリオは幸運の女神の財布かと思えるうれしい財布を懐に入れると、いつか舞台の王子役で着たようなりっぱなひと揃《そろ》いの服を調達すべく、すぐさま古着屋や仕立屋の店をつぎつぎと駆けめぐった。だが見せてもらった服はどれもこれも、豪勢さの点でも華麗さの点でももの足りない。思案のあげく、ベスカーピ親方の名人技による以外の服では満足できまいと思いいたって、さっそく、そっちへ向かった。

ベスカーピ親方はジーリオの願いを聞くと、相好《そうごう》をくずして叫んだ。

「おお、シニョール・ジーリオ、そういうことならわたしにお任せを」

そして購買欲さかんなこの顧客を別室へ案内した。だがジーリオが少なからずおどろいたことに、そこにあるのは完全なイタリア喜劇用の衣裳ばかりで、あとはとんでもなく道化た仮面のみ。てっきりベスカーピ親方に誤解されたと思ったジーリオは、かなりきつい口調で、自分の着たい貴族風の豪華な衣裳の説明をした。

「おやまあ!」と、ベスカーピは情けなさそうな声をあげた。「なんと! またですか? シニョール、まさかまた発作が」

ジーリオはいらいらして話をさえぎり、金貨の入った財布を振りながら言った。

「売ってくれる気があるのかね、親方、ぼくの望みの服を。その気があればよし、なければ、それまでだ」

「まあ、まあ」ベスカーピ親方は気弱な声になった。「そう怒らないでくださいよ、シニョール・ジーリオ!――ああ、あんたはご存知ない、どんなにわたしが、あんたによかれと思っていることか。ああ、あんたにもう少し、ほんの少しでも、分別があればねえ!」

「なんて失礼なことを、仕立屋の親方の分際で!」ジーリオが憤然と叫ぶ。

「おや」と、ベスカーピはつづける。「確かにわたしは仕立屋の親方ですよ、だからあんたにぴったり合って着やすいように服の寸法を正しくとってあげられたら、とは思いますよ。ところがあんたは破滅へ向かって走っている、シニョール・ジーリオ。

残念なのは、賢人チェリオナティがあんたについて、そしてあんたの目前に迫っている運命について話してくれたことを、すっかり話してあげられないことですよ」

「ほほう?」とジーリオ、「賢人シニョール・チェリオナティか。あのごりっぱな香具師《やし》どのはねえ、あらゆる手でぼくを迫害して、ぼくの最良の幸運を騙《だま》しとろうとしているんだ。ぼくの才能を、ぼくそのものを憎んでいるからだ、生来高尚な人たちの真面目さに反抗心を燃やしているからだ、あらゆることを茶化して、脳なしどものを楽しむばかばかしい仮装行列に仕立ててしまいたいからだ!——おお、ベスカーピ親方、ぼくはなにもかも知ってますよ、キアーリ師が陰険な企みを解き明かしてくれたんです。司祭はおよそ最高の詩的才能にめぐまれたすばらしいお方、なにしろぼくのために白いムーア人の役をこしらえてくれたんですぞ。世界広しといえども、ぼくのほかに白いムーア人を演《や》れる役者はいませんよ」

「なんですって?」ベスカーピ親方は大笑いして言った。「あのごりっぱな司祭がねえ、天がさっさとあの方をお召しになって、天性高尚な者たちの集《つど》いに加えてくださるといいですがね。彼はあれほどたっぷり流させた涙の水で、ムーア人を白く洗いあげたとでも?」

ジーリオは怒りをなんとか抑えながら言った。

「もう一度、訊きますがね、ベスカーピ親方、ぼくの望みの服をこのほんものの金貨で売ってくれるのか、くれないのか」

「喜んでお売りしますよ、シニョール・ジーリオ！」

ベスカーピ親方はうれしそうに答えて、最高に豪華な服ばかりを吊してある衣裳部屋の扉を開けた。ジーリオの目にすぐにとまったのは、完璧なひと揃いの服、異様に多彩な色のせいで少々奇抜に見えはするものの、確かにじつに豪華だ。ベスカーピ親方が、この服はとても高価すぎてジーリオには払えまいと言う。しかしジーリオは、だんこ買いたいと言い張って、財布を取りだし、いくらでも望みの値段を言ってくれと要求したところ、ベスカーピは、どうしても売るわけにはいかない、この服は外国のさる王子のためにあつらえたものなのだ、と説明した。しかもその王子はコルネリオ・キアッペリ殿下だという。

「え？　なんだって？」ジーリオは躍りあがって叫んだ。「それならこれは、ほかならぬぼくのためにあつらえた服だ。あんたは果報者だな、ベスカーピ！——あんたの目のまえにいるのが、まさしくコルネリオ・キアッペリだよ、あんたのところで、自分のもっとも内なる本質、自分の自我に出会ったのさ！」

ジーリオのこの言葉を聞くと、ベスカーピ親方はその服を壁からさっと外して、徒弟の一人を呼び、服を手早くたたんで籠に入れ、これをささげもって殿下のお供をするようにと命じた。ジーリオが金を払おうとすると、親方は言う。

「いやいや、いまは結構でございます、殿下！――お急ぎでいらっしゃいましょう。あなたさまの臣下たる僕《しもべ》が、いずれ代金をちょうだいにあがります。おそらく白いムーア人が、わずかな立替金など弁済してくれるでしょうからな！――殿下に神のご加護を！」

何度もばか丁寧に腰をかがめている親方をちらっと誇らしげに一瞥すると、ジーリオは幸運の女神の財布を懐にしまって、美しい王子用衣裳とともに立ち去った。

服はからだにぴったりと合ったので、すっかりうれしくなったジーリオは、脱ぐのを手伝ってもらった仕立屋の小僧の手のひらに、ぴかぴかのドゥカーテン金貨を一枚握らせた。すると小僧はこの金貨はいらない、かわりに二、三枚のパオーリ銀貨がほしい、聞くところでは、芝居の王子のくれる金貨は一文の値打ちもない、ただのボタンか模造コイン[68]だそうだから、と言う。ジーリオはこのひどく抜け目のない小僧を、ドアから叩き出してしまった。

ジーリオは鏡のまえで、こよなく美しく優雅なポーズをあれこれと心ゆくまで試したあと、こんどは恋わずらいの主人公たちの心とろかす科白を思い浮かべ、これならおれの魅力は天下無敵と確信してから、すでに夕闇の訪れかけたころ、安心してピストイア宮殿へ出かけていった。

扉には鍵がかかってなく手で押すと開いて、中に入るとそこは広やかな柱廊だった。墓場のように静まりかえっている。不審に思ってあたりを見まわしていると、彼の内面のいちばん奥底から、過去の場面のさだかならぬ像がぼんやり浮かびあがってくる。どうもここへはいつか来たことがあるような気がするのだが、心中ではなにひとつはっきりした形をとろうとせず、それらの像を目にとらえようといくら努力しても徒労に終わり、彼はなにやら不安な息苦しい気持におそわれて、冒険をつづける元気がなくなってしまった。

宮殿から出ていこうとしたときだ。ジーリオはおどろきのあまり床にへたりこみそうになった。突然、彼のもう一人の自分が、ぼうっと霧につつまれたような姿で近づいてくるではないか。しかしやがて、分身かと思ったものは暗い壁面にかけてある鏡に映った自分の像だと気がついた。ところがそれと同時に、無数の甘いささやき声が聞こえてくるようにも思えた。

「おお、シニョール・ジーリオ、あなたはなんとすてきなお方、なんと美しいお方！」

ジーリオは鏡のまえで胸を張り、頭をそらせ、左手を腰に当て右手を高だかとかかげて、悲愴感いっぱいに叫んだ。

「勇気を出せ、ジーリオ、勇気を！　おまえの幸運はきっと手に入る、急いでつかむのだ！」

こうして彼はしゃきっとした足どりで柱廊を行きつ戻りつしはじめ、喉を鳴らしたり咳をしたりしてみたが、墓場の静けさは相変わらず、生きているもののいる気配はまるでない。そこで部屋に通じているにちがいないドアをあれこれ開けてみようとしたが、どれにも鍵がかかっている。

これでは、柱廊の両側から優雅な曲線をえがいて上階につながる大理石の階段をの

68　計算の練習用に使われた金属の玉。

ぼるしかないではないか。

上の廊下に着いてみると、そこも全体の簡素な美しさに似合った装飾がほどこされていた。どこか遠くから、異国風の珍しいひびきの楽器の音が聞こえてくるような気がする――用心しながらそっとすすんでいくと、やがて、まぶしい光がドアの鍵穴から廊下へさしこぼれているのに気がついた。それに未知の楽器の音だと思ったものは、だれか男が話している声だとわかる。ただしなんとも風変わりな声で、あるときはシンバルのひびきさながら、またあるときは低くくぐもった笛の音さながらに聞こえるのだ。ジーリオがドアのところまで来ると、音もなくドアがひとりでに開いた。中に入ったとたん、彼は深いおどろきに打たれて、その場に立ちすくんだ――

そこは堂々たる大広間だった。壁面には紫がかった緋色の斑点のある大理石が張りつめられ、高い丸天井から灯火が吊り下げられていて、その煌々《こうこう》と燃える火がすべてのものに金色の光を注いでいる。奥のほうには、たっぷりと飾り襞《ひだ》をとった金襴《きんらん》の垂れ幕が玉座の天蓋をかたちづくり、その下の五段重ねの高台の上には、目もあやな絨毯を敷いた金張りの肘掛け椅子がある。そこに座っているのが、長い白鬚《しろひげ》をたらし銀色のガウンをまとった、あの小さな老人だった。ブランビラ王女のローマ入城のさい、金色にきらめくチューリップの中に座って学問に余念のなかった老人だ。あのときと同様、威厳ある頭に銀の漏斗《じょうご》をのせ、あのときと同様、鼻にばかでかい眼鏡をかけ、あのときと同様、大きな本を読んでいるが、ただし今回は大きな声で朗読していて、その声がさっき遠くのジーリオにまで聞こえたのだ。本は彼のまえにひざまずいているムーア人の背中にひろげてあり、その両側にはそれぞれ駝鳥が一羽ずつ、堂々たる体軀《たいく》の衛兵のように立っていて、老人が一ページ読み終えるごとに、かわるがわる嘴《くちばし》でページをめくっている。

そのまわりを半円形にとりかこんで座っているのは、百人ほどもいるだろうか、妖精のようにすばらしく美しい貴婦人たちで、衣裳のほうも、妖精ならではのふんわりと豊かで軽やかな豪華さだ。みんなせっせとレース編みをしている。半円のまんなか、老人のまえに、斑岩《はんがん》の小さな祭壇があり、その上に、頭に王冠をいただいたまま深い眠りに沈んでいる姿勢の、二つの小さな不思議な人形が置かれていた。

ジーリオはおどろきからいくらか立ちなおると、来意を告げようとした。ところが口を開こうとしたとたんに、いきなり背中に手荒な拳骨《げんこつ》を一発くらった。少なからず肝を冷やしたことに、なんと彼はいまはじめて、長い槍と短いサーベルで武装したムーア人の列のどまんなかに立っていることに気がついた。ムーア人たちは眼光するどくこっちを睨み、象牙色の歯をむいている。ここはじっとがまんが最上策と、ジーリオは見てとった。——

老人がレースを編んでいる貴婦人たちに読んで聴かせていたのは、おおよそ以下のような話だった。

水瓶座《みずがめ》の火のごときしるしはわれらの頭上にあり、海豚《いるか》[69]はざわめく波にのって東へ向かって泳ぎつつ、靄のかかる川に純粋な水晶のごとき水柱を鼻から噴きあげる！——いまこそ、かつて生じたる大いなる秘密について語るときがきた。その不可思議なる謎を解けば、おまえたちは不運なる滅亡から救われるのだ。——塔の頂きのぎざぎざ壁の上に立ち、魔術師ヘルモートは星辰の運行を観察していた。そこへ歩み来たったのは、朽葉に似た色のガウンに身をつつんだ四人の老人、塔をめざして森を通ってやってきた。塔の足もとにたどり着くと、大音声でうったえた。

「お聞きくだされ！——お聞きを、偉大なるヘルモートよ！——われらの訴えに耳をお貸しあれ、ふかき眠りよりお目覚めあれ！——われらにオフィオッホ王の弓を張る力があるならば、かつて王がしたように、あなたの心臓に矢を射とおすであろうものを。さればそのように風吹きすさぶ高いところで、無感覚な丸太のように突っ立っておられず、下に降りてこられるであろうに！――だが威厳あるご老体よ！　もしお目覚めなきようならば、われらはいくつか投石器を用意してきたゆえ、あなたの胸に閉じ込められた人間らしい感情を呼びさますために、その胸をねらって、ほどよき大きさの石を打ち上げますぞ！――どうかお目覚めを、ご老体よ！」

魔術師ヘルモートは下を見おろし、欄干《らんかん》から身をのりだして言った。その声は、大海原の重おもしいとどろき、近づきくる颶風《ぐふう》の咆吼《ほうこう》さながら。

「下におられる方々、驢馬のように愚かなことをするでない！　わしは眠ってはおらぬ、矢だの石だので起こされるまでもない。あんたがたがなにをお望みか、ほぼ見当はついていますぞ、親愛なる人びとよ！　少々お待ちくだされ、下にすぐ降りていく。――そのあいだ、苺《いちご》でも摘むか、草むす岩場で鬼ごっこでもするか、していなされ――すぐ行くからな」

69　海豚座は天の川のすぐ近くにある星座。

ヘルモートは降りてきて、大きな石の上に座をしめた。その石は、柔らかで多彩な絨毯《じゅうたん》さながらの美しい苔《こけ》におおわれている。すると男たちのうち、腰帯までとどく白い鬚《ひげ》から見て最年長とおぼしき老人が、口をきった。

「偉大なるヘルモートよ、あなたはきっと、わたしの言いたいことをすべて、とうにわたしよりよく知っておいでだ。しかしわたしもまた心得ているのを、あなたに知っていただくために、お話ししなければなりません」

「話すがいい、若者よ！　よろこんで聞こう。あんたのいまの言葉からすると、あんたは子ども靴の時期を脱したばかりだというのに、叡智とまではいかずとも、なかなか鋭い理解力の持ち主のようだからな」

「大魔術師よ、ご存知のように」と、語り手はつづけた、「オフィオッホ王はある日の会議で、臣下たるものはすべからく毎年一定量の機知を王国全機知貯蔵庫に納入する義務を負い、飢饉や渇水が生じたさいには、そこにたくわえた機知を貧しい者たちに支給すべしという議題が論じられていたさなかに、突然、おおせられました。〈人間が倒れる瞬間というのは、彼の真の自我が立ち上がる最初の瞬間なのだ〉。ご存知のように、オフィオッホ王はこの言葉を言い終わるか終わらないかのうちに、じっさいに倒れて、二度と立ち上がらなかった、亡くなられたのです。その同じ瞬間に、リリス王妃も二度と開くことなく目を閉じてしまわれました。おふた方にはお世継ぎの子がいなかったため、枢密院《すうみついん》は後継問題で少なからずとほうにくれました。ようやく宮廷占星術師が、これが工夫の才に長《た》けた男でして、オフィオッホ王の賢明なる治世をこの国になお長年にわたって維持する方法を思いつきました。すなわち、さる有名な精霊界の王者（ソロモン王）が死去したのちのちまでも、精霊たちは王の命令に服しつづけたという故事にならうことを提案したのです。そこで、宮廷指物師が枢密院に呼ばれて、この提案にかなうような、りっぱな台座を黄楊《つげ》材でこしらえました。かくてオフィオッホ王は、からだに最上の香料をしかるべく詰めこまれたのちに、この台座を尻の下にあてがわれて、威風堂々とお座りになっておられたのです。秘密の仕掛けとして、王の腕に結びつけられた紐《ひも》の端が、枢密院の会議室に呼び鈴の紐のように垂れさがっていて、これを引っぱれば王が錫《しゃく》を動かしているように見えます。だれひとり、オフィオッホ王が生きて統治されておられるのを疑いませんでした。

しかしながらここで、不思議なことがウルダルの泉に起きたのです。泉から湧く水でできた湖はきれいに澄みきっていて、それまではみんな、水をのぞきこむのを格別な喜びとしていたのに、いまや、全自然と自分自身が湖に映っているのを見ると、機嫌がわるくなり、怒りだす人が多くなったのです。すべてのもの、とりわけ自分の自我が、さかさまに映っているのを見るなんぞ、あらゆる尊厳、あらゆる人知、苦労して身につけたあらゆる智恵に反するからだ、というのです。そしてついには、明るい湖の発する瘴気《しょうき》が感覚を狂わせ、礼儀にかなった真面目さを愚行に変えてしまうと主張する人の数が、どんどん増えてきました。彼らは怒り狂ってありとあらゆる汚物を湖に投げこみ、そのせいで水は鏡のような澄明さを失って、しだいに濁りがひどくなり、ついには不潔な沼のようになり果てました。

おお、賢明な魔術師よ、このことが国じゅうに多くの不幸をもたらしたのです。なにしろいまではごくごく高貴な人びとすら、たがいに面罵《めんば》しあっては、これこそが賢者の真のイロニーなりと言う始末。けれど最大の禍《わざわ》いが生じたのは昨日のこと、善良なるオフィオッホ王に、かの精霊界の王者と同様のことが起きたのです。不埒《ふらち》な木食い虫めが、いつのまにか台座を食いあらしていて、陛下は上首尾に政務をとっておられたさいちゅうに突然、玉座の間につめかけていたあまたの民衆の目のまえで、台座から転げ落ちておしまいになり、かくて王の逝去はもはや隠しようがなくなってしまいました。わたくし自身、大魔術師よ、陛下の転落のさい、ちょうどあの王錫に結んだ紐を引いたところでして、紐がちぎれてわたくしの顔にしたたかに当たりました。あのような紐引き役は、生涯もうごめんこうむりたいものです。あなたは、おお、賢者ヘルモートよ、いつもウルダルの園の国のことを心にかけてくださった。どうか言ってください、王位継承者にふさわしい方に統治を引き継いでいただき、そしてウルダルの湖がふたたび明るく澄むようになるには、わたくしどもはどうしたらいいのでしょうか」

魔術師ヘルモートはふかぶかと思案にくれていたが、やがて口を開いた。

「九掛ける九夜、じっと待つがいい。さすればウルダルの湖から国の女王が咲き出るだろう！　それまではおまえたちが、できるかぎりうまく国を治めるのじゃ！」

そしてその夜がくると、かつてウルダルの泉だった沼地の上に、火のようにきらめくものが立ちあらわれた。火の精霊たちだ。彼らが光るまなこで沼地をのぞきこんでいると、底のほうから地の精霊たちが、泥をかきわけかきわけ這いのぼってきた。すると干上がった大地から、美しい蓮の花が一輪すっと咲きいでて、その蕚《うてな》の中にはかわいらしい子どもが一人まどろんでいた。これぞミュスティリス王女。魔術師ヘルモートのお告げをうかがいに行ったあの四人の大臣は、この王女を美しい揺りかごからそっと抱きあげると、つつしんで国の統治者におしいただいた。

この四人の大臣は王女の後見役となって、この愛らしい子の養育に力を尽くした。しかし王女が言葉を話せる年ごろになると、深刻な悩みにぶつかった。王女が話しはじめたのは、だれにも理解できない言語なのだ。あまねく各地から言語学者が呼びあつめられて、王女の言語を研究したのだが、悪意ある運命のいたずらか、それらの学者たちは学があればあるほど、賢ければ賢いほど、耳にはまことにわかりやすそうにひびく彼女の言葉を理解できなかった。

蓮の花はそのうちにまた花びらを閉じてしまっていたが、そのまわりにいくつもの小さな泉が湧きでて、水晶のように透明な水を噴きあげていた。これを大臣たちはいたく喜んだ。このぶんなら間もなく沼地に代わって、ウルダルの泉の美しい水鏡がまたきらめくようになるだろうと信じられたからだ。王女の言語については、もうとっくにそうすべきだったのだが、賢明な大臣たちは魔術師ヘルモートに助言を乞おうと決めた。

大臣たちが神秘の森のおそろしげな暗がりに入ってゆき、鬱蒼《うっそう》とした茂みのむこうに、はやくも塔の石積みがかいまみえてきたときのこと、岩の上に座って大きな書物を読みながら考えごとをしている一人の老人に出くわした。魔術師ヘルモートにちがいない。だが夕暮れの寒気のせいか、ヘルモートは黒いガウンに身をつつみ、黒貂《くろてん》の毛皮の帽子をかぶっていて、それが似合わないわけではないのだが、どうも見なれぬ、どことなく陰気な感じを与えていた。それに大臣たちには、ヘルモートの鬚もひどく乱れているように思えた。伸びほうだいの藪《やぶ》さながらだったからだ。大臣たちがうやうやしくお願いのすじを申したてると、ヘルモートはさっと立ちあがり、大臣たちがくずおれ膝をつきそうになったほどの炯々《けいけい》たる眼光で、彼らを睨みすえたあげくに、き、森全体にひびきわたる笑い声をあげた。動物たちがおびえて藪をざわざわと逃げてゆき、鳥たちが死の不安に悲鳴を上げて茂みからばたばた飛び立つほどの笑い！　大臣たちは、このように荒々しい気分でいるヘルモートをこれまで見たことも、話しかけたこともなかったから、おそれをなして神妙に黙したまま、大魔術師がこれからなにを始めるのだろうかと、ひたすら待っていた。だが魔術師は、ふたたび大きな岩に腰をおろして本を開くと、おごそかな声で読みあげた。

暗き広間に黒き石ひとつあり、
そこはかつて王と妃が眠りにとらわれ
声なき蒼《あお》き死の影を額と頬におびて
魔法のお告げの力づよきひびきを待ちしところ！

そしてこの石の下深くに埋められたるは
花より生まれしミュスティリス王女に
生の歓びを与えるべく選ばれし
こよなく貴重な、光りかがやく贈りもの。

そのとき色あざやかな鳥は
妖精たちのやさしき手の編みし網にとらわれ
目くらましは去り、霧は晴れ
仇敵《きゅうてき》みずからも致命傷を負うほかはない！

耳そばだてて、ようく聴け！
眼鏡をかけて、ようく見よ、
大臣の責務をよく果たさんと思うなら！
だが驢馬のごとく愚かなままでいたいのなら、亡びるほかはない！

こう読みおえると魔術師は書物を力まかせにばたんと閉じ、その音はすさまじい雷鳴のようにとどろきわたったものだから、大臣たち全員が腰をぬかして尻餅をついてしまった。一同われにかえったときには、魔術師の姿はもうなかった。大臣たちは祖国のためとあらば、多くのことに耐えずばなるまいと意見が一致した。なにしろ占星術師にして魔術師たるあの口のわるい同輩は、国家最高の柱石たるわれわれのことを驢馬呼ばわりした、しかもそれは今日ですでに二度目、ふだんであればかかることは耐えがたい、と。それにしても大臣たちは魔術師の謎が読み解けたものだから、自分たちの賢さに驚嘆することしきりだった。ウルダルの園に帰りつくとただちに、オフィオッホ王とリリス王妃が一三掛ける一三か月を眠ってすごしたあの広間に行って、床の中央にはめこまれた黒い石を持ち上げると、そのおくふかくの地面に、美しい象牙細工のみごとな小函がみつかった。それをミュスティリス王女に手渡したところ、王女はすぐさま仕掛けの発条《ばね》を押し、蓋《ふた》がぱっと開くと、小函の中に入っていた華奢《きゃしゃ》なつくりのきれいなレース編み道具を取り出した。ところがこの道具を手にしたとたんに、王女はうれしそうな笑い声をあげて、ちゃんと通じる言葉でこう言ったのだ。

「おばあさまがこれをわたしの揺りかごに入れておいてくださったのに、いたずら者のおまえたちが、わたしの宝ものを盗んだのね。もしも森でとんでもないしくじりをしなかったら、それを返してはくれなかったでしょうね！」

そしてすぐさま王女はせっせとレースを編みはじめた。大臣たちがすっかりうれしくなって、一同そろって歓びに跳びはねようとしたちょうどそのとき、突然、王女はみるみる小さく縮んで、かわいらしい磁器の人形になってしまった。大臣たちは最初の喜びが大きかっただけに、悲嘆のほども桁はずれ、その泣きむせぶ声は宮殿じゅうにひびきわたるほどだったが、そのうちにふと一人がなにやら考えこんだあげく、やおらガウンの両袖の端で目を拭いながら言った。

「大臣がた——ご同僚がた——朋友がたよ、どうも大魔術師の言ったとおりで、われわれは——いや、われわれなんてどうでもいい！——いったい謎は解けたのだろうか？——色あざやかな鳥は捕まったか？——レースの網、やさしい手で編まれた網、鳥はその網で捕まるはずだ」

大臣たちの命令一下、王国のもっとも美しいご婦人たち、魅力と優美さからしてほんものの妖精かと見まごう女たちが王宮に集められ、華やかな衣裳で身を飾って、せっせとレース編みをさせられることになった。

だがそれがなんの役に立った？ 色あざやかな鳥はいっこうに姿を見せず、ミュスティリス王女はあいかわらず磁器人形のまま。ウルダルの泉の湧き水は、しだいしだいに涸《か》れてゆき、王国の民はだれもかも、このうえない不機嫌に沈みこんでしまった。四人の大臣は、絶望のきわまで追いつめられ、かつては鏡のように明るく美しいウルダル湖だった沼地のほとりに座りこんで、声を放って慟哭《どうこく》し、魔術師ヘルモートに向かって、このうえなく胸打つ言い回しで、われわれと不幸なウルダルの国を憐れみたまえと哀訴した。すると沼の底からくぐもった呻《うめ》きが立ちのぼったかと思うと、蓮の花が萼《うてな》をひらき、中から魔術師があらわれて、怒りのこもる声で言った。

「不運な者たちよ！——目を眩《くら》まされた者たちよ！——森の中であんたがたと言葉を交わしたのは、わしではない、あれは悪《あ》しき魔神、テュフォン[70]だ。彼がみずから悪質な魔法を使ってあんたがたを愚弄《ぐろう》し、レース編み道具の小函の不吉な秘密を呼びだしたのだ！——もっとも彼は、自分の意図した以上に真実を語ってしまう愚《ぐ》をおかしたがね。妖精のようなご婦人がたの華奢な手がレースを編めば、色あざやかな鳥は捕まるかもしれぬが、本来の謎をよく聴くがいい、これが解ければ、王女も魔法の呪縛《じゅばく》から救われるのじゃ」

老人はここで朗読をやめて立ちあがると、中央の斑岩の祭壇にのせてある小さな人形に向かって語りかけた。

「善良にして卓越せる国王夫妻、オフィオッホ王とリリス妃よ、これ以上巡礼の旅を拒んではなりませぬ、おふたりに差しあげた着心地のよい旅装束を身につけて、すぐにわれわれについて巡礼にご出立《しゅったつ》を！——お味方なるこのルッフィアモンテ、お約束したことはかならず果たしましょう！」

それからルッフィアモンテは、婦人たちの輪をぐるりと見まわして言う。

「さあ、いまこそ、編みものをわきに片付けて、大魔術師ヘルモートの謎めいた箴言《しんげん》を唱えるときですぞ、彼がすばらしい蓮の花の萼から語ったとおりに」

ルッフィアモンテが銀の棒をふって、開いた本を音高く打ち鳴らしながら拍子をとると、婦人たちは席から立ちあがり、魔術師のまわりをびっしりとりかこんで、声をそろえて次のような言葉を唱えたのだった。

いずこにありや、蒼天の太陽が
花盛りの大地の悦楽を燃えたたせる国は？
いずこにありや、もっとも美しい時節の
愉快な喧噪《けんそう》が、真面目さを真面目さから解きはなつ都は？
小さく卵の形にまるまった色鮮やかな世界[71]の中を
空想の落とし子らがたわむれ跳ねるところはいずこ？
たおやかな幽霊たちの力が支配するところは？
自我とはなにものぞ？　自我から生まれ、

70　ギリシャ神話の百の蛇の頭をもつ巨人テューポーン、のちには広く悪の原理の代表者と目される魔神。

非自我でもありえて、おのれの胸を切りさきつつも、
痛みもなしに恍惚をしかと感じさせる自我とは？

その国も、都も、世界も、自我も、すべて見いだされ
自我はおのれが大胆に身をもぎはなした世界を
まったき澄明さのうちに見てとり、
内なる精神は色あせた不満の力ない非難を受けて
惑《まど》わされた感覚のゆえの愚行をば
力づよき人生の真実へと変える。
この王国の扉を開くのは巨匠のすばらしいエッチングの針《ナーデル》、
おどけと悪ふざけでからかいながら、
卑賤《ひせん》としか見えなかったものに支配者の高貴さをさずけ
王と妃を甘美な夢から覚ますであろう。
さらば美しき遥かなるウルダルの国に幸いあれ！

71　この「色鮮やかな世界」というのは劇場を指す。ローマ最古のアルジェンティーナ劇場は、舞台が「卵型」に作られていたという。上図はジャック・カロの作品。舞台が卵型になっている様子が描かれている。

その泉は浄められて鏡のごとくかがやき、
悪霊の鎖は断ちきられ、
そして深き淵よりのぼりくるは幾千もの歓びの声。
だれもの胸が熱意でいかに高鳴るだろうか。
高らかな歓喜にすべての悩みは溶けうせる。
あの暗い森の道にかがやく光は？
おお、遠くからひびいてくる歓声！
女王だ、彼女がやってくる！――いざ、お迎えに！
女王は自我を見出した！　そしてヘルモートの怒りはとけたのだ！

すると駝鳥とムーア人たちが入り乱れて叫び声をあげ、その他たくさんの珍しい鳥たちも、きーきーぴーぴーと鳴きたてた。だがそれらを上回る大声をあげたのはジーリオだ。麻痺状態から醒めたかのように突然正気づいて、なにかの茶番劇のなかに巻きこまれたような気がしてきたのだ。

「なんてこった！　いったいどうしたんだ？　こんなばかげたことはもうやめてく

れ！　分別をとりもどして、おしえてくれないか、どこに行けばブランビラ王女さまにお目にかかれるのか！　わたしはジーリオ・ファーヴァ、地上随一の名優にして、ブランビラ王女のご寵愛《ちょうあい》をこうむり、いずれ高い名誉をお授けいただくであろう者——だからよく聞け！　ご婦人方、ムーア人や駝鳥たち、くだらんおしゃべりなんぞ、やめてくれ！　わたしはそこの老人よりも万事よく知っているんだぞ、わたしこそ、白いムーア人にほかならないからな！」

ようやくファーヴァがいることに気がついた貴婦人たちは、けたたましい笑い声を長ながとあげながら、彼のほうへと押し寄せてくる。ジーリオはなぜかにわかにおそろしい不安におそわれて、なんとかご婦人方から身をかわそうと必死になり、こうでもしなければ逃げられないと、マントを翼のように大きくひろげて、広間の丸天井へと舞いあがった。すると貴婦人たちは彼を追いまわして、大きな布を投げつけてくる。とうとう彼は疲れはてて墜落。そこで貴婦人たちがレースの網を彼の頭からすっぽりかぶせ、駝鳥たちがりっぱな金の鳥籠を運んできて、容赦なくジーリオをそれに閉じ込めた。その瞬間、吊りランプがふっと消えて、魔法の杖がひと振りされたかのように、すべてがかき消えた。

鳥籠は開けはなたれた大きな窓のそばに置かれたので、ジーリオは通りを見おろすことができたのだが、時刻はちょうど人びとが芝居小屋や居酒屋へ流れこむころあい、道路はがらんとして人っ子ひとりいなかった。かわいそうにジーリオは、窮屈な籠に押しこめられたまま、ひとりぼっちでどうしようもない。

「これが夢にみた幸福なのか？」彼はあわれな声をあげた。「ピストイア宮殿に秘められた繊細で壊れやすい不可思議な秘密というのは、こんなものなのか？――おれはしっかり見たぞ、ムーア人、貴婦人、ちび助チューリップ老人、駝鳥たち、ここの狭い門を入っていったときの顔ぶれそのままだ、ただ驢馬と羽根飾りの小姓はいなかったな！　ところがブランビラの姿がない――そうだ、ここにはいないんだ、おれの憧れてやまない美しいひと、おれの愛の熱情の求めるひとは！――おお、ブランビラ！――ブランビラ！――そしておれは、こんなに侮辱的な牢屋で惨めったらしくたばって、白いムーア人を未来永劫《みらいえいごう》演じられないというのか！――おお！　おお！――おお！」

「そこで泣き言をわめいているのはだれだ？」

下の通りから、声をかけてきた者がいる。ジーリオはたちどころに、声の主があの老香具師だとわかって、苦しい胸に一条の光明がさしこんだ。

「チェリオナティ」と、ジーリオはじつにせつせつたる口調で呼びかけた。「親愛なシニョール・チェリオナティ、あなたですね、そこの月あかりに見えるお方は。——ぼくはここの鳥籠の中にいるんです、情けないありさまですよ。——やつらはぼくをここに閉じ込めた、鳥みたいに！——ああ、なんたること！　シニョール・チェリオナティ、あなたは有徳の士、隣人を見捨てたりはなさらない。それに不思議な力をおもちだ。助けてください、ああ、どうかこのいまいましい状態から、助けだしてください！——おお、自由よ、黄金の自由よ、たとえ鳥籠の格子が黄金づくりだろうと、そこに囚われている者以上に、自由の価値をよく知る者があるだろうか？」

チェリオナティはからからと声をたてて笑いだしたが、やがて言った。

「わかったかね、ジーリオ、なにもかも、おまえさんのいまいましい愚かしさ、常軌を逸した空想癖のせいだよ！——そんな笑止千万な仮装でピストイヤ宮殿に入っていけなんて、いったいだれに命じられた？　招かれてもいない集まりに、どうしてもぐりこむ気になったんだ？」

「なんですって？」ジーリオが叫んだ。「どんな服より美しい服、崇拝する王女のまえに着て出るにふさわしい唯一の服を、笑止千万な仮装だと？」

「そのとおりさ」と、チェリオナティ。「まさにその結構な服のせいだよ、おまえさんがそういう扱いを受けたのは」

「というと、ぼくは鳥か？」ジーリオは不満と怒りをぶつけた。

「もちろんだよ」チェリオナティはつづける、「ご婦人たちはあんたを鳥だと思ったんだ、それも、彼女たちがなんとしても手に入れたくてたまらない嘴の黄色いひよっこだとね！」

「なんだと？」ジーリオはかっとなって叫んだ。「このおれさま、有名な悲劇の主役たるジーリオ・ファーヴァが、嘴の黄色いひよっこだと！」

「はてさて、シニョール・ジーリオ」と、チェリオナティ。「がまんするしきゃありませんな、できれば眠るといい、落ち着いて、ぐっすりとね！　あくる日が、なにかいいことを運んでくるかもしれないからね！」

「お願いだ、お慈悲を、シニョール・チェリオナティ、このいまいましい檻《おり》からぼくを出してくれよ！　ピストイア宮殿なんぞに、もう二度と足を踏みいれないから」

「ほんらいならね」チェリオナティが答える。「おまえさんはわしにそんなことを頼

めた義理じゃないよ。いいことをいろいろ教えてやったのに、それをぜんぶ無視して、わしの仇敵のキアーリ師の腕にとびこむ気でいるじゃないか。あいつがな、嘘と瞞《まん》着《ちゃく》で固めた恥ずべき美辞麗句を弄して、おまえさんをこんな悪運につきおとしたんだよ。だがなあ——おまえさんだって、ほんらいはいい子だし、わしはといえば、これまで何度も実証ずみのように、正直で情にもろい阿呆ときてる。やっぱり助けてやることにするか。そのかわりに明日、もうひとつ新しい眼鏡と、アッシリアの王子の歯を買ってくれるだろうね」

「なんでも買いますとも、お望みどおりに。はやく自由にしてくださいよ、自由に！もう息がつまりそうだ！」

そうジーリオが言うと、香具師が目に見えない梯子をのぼってきて、鳥籠の大きな撥《は》ねあげ戸を開け、不運な黄色い嘴の鳥は、そこから外へ這い出そうともがいた。

ところがその瞬間、宮殿の中であわただしい物音がして、きーきーぴーぴー耳ざわりな啼《な》き声が入り乱れてひびいた。

「しまった！」チェリオナティが叫ぶ。「気づかれたぞ、ジーリオ、早く逃げるんだ！」

やけくその力をふるって、ジーリオは籠からすっぽり身をもぎはなすと、大胆にも道路めがけてひとっ跳び、まったく怪我はないと見てとると、ぱっと立ち上がりざま、脱兎のごとく走りだした。

「そうなんだ」とジーリオは、自分の部屋に帰りついて、このまえおのれの自我と闘ったときに着ていた道化じみた衣裳に目をとめるなり、われを忘れて叫んだ。

「そうなんだ、そこにからっぽのまま転がっているぶざまなしろもの、それがおれの自我なんだな。そしてこの王子の服は、暗黒の魔神が黄色い嘴の鳥から盗んでおれに着せ、あの絶世の美女たちが不幸にもおれをその黄色い嘴だと勘違《かんちが》いするように、仕組んだんだ！――おれはばかげたことを言ってるな、それは自分でもわかってるさ。でもそのとおりなんだ。なにしろおれがそもそもおかしくなっちまったのは、おれの自我には肉体がないからだ。さあさあ！　元気を出せ、元気を、おれのだいじな自我さんよ！」

こう言うなりジーリオは、きれいな服を腹だたしげに脱ぎすてて、あの珍妙このうえない仮装を身につけると、コルソ通りをめざして駆けだした。

ありったけの天上の歓びが彼の全身を駆けめぐったのは、優美な天使のような姿の娘が、タンバリンを手にして、彼を踊りに誘ったときだった。

この章に付してある銅版画は、ジーリオがその見知らぬ美女と踊ったこの場面を示している。しかしそのときどういうことがあったのか、詳しい話はまた次章で。

# 第六章

一人の男が踊っているうちに王子になり、失神して香具師の腕のなかに倒れこみ、そのあと夕食の席で料理人の腕前を疑ったこと。――鎮痛薬、そして原因不明の大騒動。――愛と憂愁にしずむ二人の友人の騎士道に則《のっと》る決闘と、その悲劇的結末。――嗅ぎ煙草の有害性と不作法さ。――ある娘のフリーメーソン結社的理念と、新発明の飛行機械。――ベアトリーチェ婆さんが鼻に眼鏡をかけ、また外したこと。

**彼女**　くるくる回って、もっとくるくる、休まずくるくる、愉快な踊り！——ほら、なにもかも、稲妻の速さで飛んで行く！　休んじゃだめ、止まっちゃだめ！——色とりどりの姿かたちが、火をふく花火さながら、はじけ飛んでは夜の闇に消えてゆく。——快感が快感を追い求める、でもなかなかつかめない、まさにそこに、愉しさがあるのね。——なにより退屈なのは、地面に根が生えたみたいに突っ立って、だれの視線にも、だれの言葉にも、受けこたえしなきゃならないこと！　だから、花なんぞになりたくない。それよりずっとすてきなのは黄金虫《こがねむし》、あなたの頭のまわりを、ぶんぶんうるさく飛びまわって、あなた自身の分別の声を、あなたに聞きとれなくさせてやる！　でも分別だって、はげしい快感の渦にさらわれたら、そもそもどこに残っている？　あるときは重すぎて、つなぎの糸が切れて奈落の底に沈んじまうか、あるときは軽すぎて、ふんわり空の霞のなかへ、飛んでいってしまうのでは？　踊っているさなかに、まともな分別を主張するなんて不可能よ。だからわたしたちの旋回《トゥール》とステップがつづいているかぎり、分別はおあずけにしましょ。――だから、あなたのおっしゃることに、受けこたえはいっさいしませんよ、すてきな、すばしっこいお方!――ごらんなさい、わたしを捕まえたと思っても、その瞬間、わたしはくるっと回って逃げてしまうのよ!――ほら、こうして!――ほら、もう一度!

**彼**　そうはさせないぞ!――いや、しくじった!――でもだいじなのは、踊っているとき、バランスをたもつように気をつけること。――だから踊り手は、なにかをバランス棒にして、手にもつ必要があるんだ。だからぼくは幅広の剣を、こうやって振りまわすのさ――それっ! どうだい、この跳躍は? このポーズは? ぼくの全自我を、左足のつまさきの重心にあずけているこの姿勢。――きみは愚かな軽率さと言うけれど、これこそまさに、きみがまるで価値を認めていない分別というものさ。それがなければ、人間はなんにも理解しないし、バランスだって、いろんなことに役立つよ!――え、なんだって?――きみは色とりどりのリボンをひらひらさせて、ぼくと同じに、左足のつまさきで立って、タンバリンを高だかとかかげていながら、あらゆる分別、あらゆるバランスを棄《す》てちまえと、ぼくに要求するのか？――そら、ぼくのマントの裾《すそ》をきみに投げつけるぞ、目潰《めつぶ》しされて、ぼくの腕のなかに倒れこむようにね！――いや、やっぱりだめか！――捕まえたって、そのときにはきみはもういないだろう――すっと消えちまって！　謎のひとよ、いったいきみはだれ？　大気と火から生まれて大地に属し、誘惑するように水の中からこっちをのぞいているひと！　きみはぼくから逃げられやしないよ。それでもきみは下にもぐろうとする、取り押さえたと思うと、空中に舞いあがる。ほんとうのところきみは、いのちに火を点じて生きさせる、あの頼もしい四大精霊なのか？　きみは存在の悲哀か、情熱的欲求か、恍惚か、天来の喜悦か？――だが、いつも同じステップ――同じ旋回！　それでいいんだ、世にも美しいひと、きみの踊りこそ永遠であれ、そこがきみの、いちばんすばらしいところ――

**タンバリン**　もしもし、そこの踊り手さん！　あたしがカタカタ、ガチャガチャ、リンリン鳴るのを聞いて、あたしがくだらないお喋《しゃべ》りで、あんたになにか吹き込むつもりだと、思っているのね。さもなきゃ、あたしはあんたのメロディの、音も拍子もつかめない間抜けだと。だけどほんとは、あんたに音と拍子を守らせてるのは、ひとえにこのあたしですからね。だからあたしの音をよく聴いて、聴いて、聴いて！

**剣**　やあ、踊り子さん、あんたはおれのことを、鈍くて、調子っぱずれの木偶《でく》の坊で、役たたずだと思ってるな。でもね、おれがびゅんびゅん、宙をきって唸っているからこそ、あんたの踊りの調子も拍子も、おのずとそれに乗ってゆくのさ。――おれさまは剣にしてツィターなのさ、だから歌と響き、打撃と突きで、空気を切り刻めるんだ。――あんたに調子と拍子を守らせてるのは、おれさまだぞ。だからおれが空気を切る音を、よく聴け、聴け、聴け！

**彼女**　ますますぴったり、息が合うようになっていくわ、わたしたちの踊りは！――すごい、なんというステップ、なんという跳躍！――どんどん大胆になる――大胆に、それでもうまくいく、わたしたち、踊りがますますよくわかってきたからよ！

**彼**　ほほう！　無数の火の環《わ》が、ぼくたちをとりかこんでいるようじゃないか！　なんという楽しさ！――豪華な花火よ、おまえはけっして燃えつきない、おまえの燃料は、時間と同様、無限だからな――だが――止まれ――止まれ。ぼくに火がつく――火の中に墜落するぞ。

**タンバリンと剣**　しっかりつかまって――わたしたちを放さず、つかまっているのよ、踊り手たち！

**彼女と彼**　たいへん！　目がまわる――渦に――旋風に――巻きこまれそう――まっさかさまに！

――ジーリオ・ファーヴァが絶世の美女と踊ったなんとも風変わりな踊りを、言葉にして一語一語言い表すとこんなふうになるのだが、あの美女はやっぱりブランビラ王女そのひと以外ではありえなくて、彼はこのうえなく典雅な身のこなしで彼女と踊りぬき、ついには歓声をあげんばかりの喜悦に頭がくらくらして、意識を失いかけたのだった。だが失神はしなかった。むしろジーリオは、タンバリンと剣から再度しっかりつかまっていろと警告されて、美女の腕の中に身を投げたような気がするのだが、これもじっさいとはちがう。彼を抱きとめた胸は王女のではなくて、老チェリオナティの胸だった。

「解《げ》せませんな」と、チェリオナティが言いはじめた。「どうしてなんです、王子さま（いくらおかしな変装をなさっていても、ひと目であなただとわかりましたよ）、いつもは思慮ある理性的なお方なのに、こんなにひどく騙《だま》されておしまいになるとは。

ちょうどわたしがここに居合わせて、あなたを腕に抱きとめられたからよかったものの、あの蓮っ葉女は、あなたの眩暈《めまい》をいいことに、あなたを誘拐しようとしていたんですよ」

「ありがとう」と、ジーリオ。「あなたのご好意には感謝しますよ、シニョール・チェリオナティ。でもぼくがひどく騙されたというのは、まるっきり腑に落ちないな。あの呪わしい眩暈のせいで、王女のなかでも最高に優しくて美しい王女との踊りがつづけられなかったのは、残念でならないがね。あの踊りを最後までやりとおせていたら、ぼくは完璧に幸福になれただろうに」

「なんですって?」チェリオナティがつづけた。「なんとおっしゃる。あなたと踊っていたのがほんとうにブランビラ王女だと、信じておいでですか?——ちがいますよ!——ひどいペテンというのはそこなんです。王女は身分の卑しい者をあなたにあてがっておいて、心置きなく、ほかの男との恋の戯れを追えるようにしたのですからね」

「まさか」ジーリオは叫んだ。「ぼくが騙されたなんて——」

「考えてもみてください」と、チェリオナティ。「もしもあなたのお相手役がほんとうにブランビラ王女だったとしたら、もしもあなたが踊りを最後までめでたく踊りおえたとしたら、その瞬間に大魔術師ヘルモートが、あなたと花嫁をおふたりの王国へお連れするために姿をあらわしたはずです」

「それはそうだ」と、ジーリオ。「しかし、おしえてくれないか、いったいどうしてこんなことになったのか、ぼくはそもそもだれと踊っていたのか！」

「お話しいたしますとも」と、チェリオナティ、「聴いていただかねばなりません。でも、およろしければあなたの宮殿にお供して、殿下よ、そこで落ち着いてあなたとお話しさせていただきましょう」

「では、そこへ案内してくれないか！　じつは白状すると、さっきの王女らしきひととの踊りで精根尽きはてて、まるで夢のなかをさまよっているよう、いまはほんとのところ、ここローマのどこにぼくの宮殿があるのか、わからないんだ」

「どうぞ、ついてきてください、殿下！」

そう声をかけるなり、チェリオナティはジーリオの腕をとって歩きだした。

ふたりがまっすぐに行ったさきは、ピストイア宮殿だった。早くも玄関の大理石の階段の上に着いて、宮殿を上から下まで眺めわたしたとき、ジーリオはすぐにチェリオナティに言った。

「これがほんとうにわが宮殿か、それを疑う気はないが、そうだとすると、ぼくはおかしな宿主たちに襲われたことになるぞ。やつらは二階のいちばんりっぱな広間で、ばか騒ぎをやっていて、宮殿がまるでやつらのもので、ぼくのものじゃないみたいに振るまっていた。見慣れぬ盛装でめかしこんだ図々しい女どもが、高貴で分別のある者を——どうか聖者たちよ、ぼくをお護りください、思うにそれは館《やかた》の主《あるじ》たるぼく自身の身におきたことなんです——珍しい鳥だと思いこんで、妖精の華奢な手で編んだ網で捕らえなくてはと、大騒動をひきおこした。どうもぼくは、恥ずべき鳥籠に押しこまれたような気がするよ。だからここには二度と入りたくない。なあ、チェリオナティ、今日のところは、ぼくの宮殿はどこかべつのところにあるってことにしないか、そう願えればとてもありがたいんだがな」

「あなたの宮殿は、殿下！」と、チェリオナティが答える、「けっしてここ以外にはありえません。ここから踵《きびす》を返してよその家へ行くなど、礼節に反します。わが王子よ！　ここでわれわれがすること、されることはすべて、真実ではなく、徹頭徹尾うそっぱちのカプリッチョだとお考えになればいい。そうすれば、あそこの上階でやりたい放題をやっている頭のおかしい連中に、ちっとも煩わされずにすみますよ。さあ、安心してお入りください！」

「しかし、おしえてくれ」ジーリオは、扉を開けようとしたチェリオナティを引きとめて叫んだ。「いったいブランビラ王女は、魔法使いのルッフィアモンテをはじめ、貴婦人、小姓、駝鳥、驢馬などたくさんのお供を引き連れて、ここへ入ったんじゃなかったのか？」

「おっしゃるとおりですがね、でもこの宮殿は少なくとも王女のものであるのと同様に、あなたのものでもありますから、さしあたりはお忍びであっても、お立ち寄りになるのになんの支障もありません。すぐに慣れてわが家のようにお感じになりますよ」

そう言ってチェリオナティは宮殿の扉を開けて、ジーリオをさきに押し込んだ。玄関広間は真っ暗で、墓場のような静けさだった。だがチェリオナティが一つのドアをそっと叩くと、まもなく一人の小柄な、とても感じのいいプルチネッラが、火をともした蠟燭を両手にしてあらわれた。

「ぼくの見まちがいでなければ」と、ジーリオが声をかけた、「まえにお見受けしたことがあるようだね、シニョール、ブランビラ王女の馬車の屋根に乗っているところを」

「はい、さようで」と、プルチネッラ。「あのときは王女さまにお仕えしておりました、いまでもある程度はそうですが、でもおもに、あなたさまの自我の常時の小姓を勤めさせていただきます、殿下！」

プルチネッラは蠟燭をかかげて、到着したばかりのふたりを豪華な一室に案内すると、つつましく引き下がりながら申すには、王子さまのご命令とあらば、いつでも、どこでも、ボタンのひと押しで、ぱっと跳びだしてまいります、ここの下の階では、わたくしめは唯一、お仕着せ姿の道化者ではございますが、威勢のよさと機敏さのおかげで、ありったけの召使いの役を一人でぜんぶこなせます、と。

「ほう！」ジーリオは、贅沢に飾られた部屋を見まわしながら叫んだ。「ほう！　これでやっと、ほんとうにぼくの宮殿、王子にふさわしい部屋にいると納得がいくな。いつかぼくの座元がこういう書き割りを描かせたが、金を払わなかったので画家が催促すると、座元が横っ面《つら》を張りとばしたものだから、道具方が復讐の女神用の松明《たいまつ》で、座元をさんざんになぐったっけ！——そうだ！——ぼくは王子の本来の居場所にいるんだ！――でもシニョール・チェリオナティ、あなたはあの踊りのことで、ぼくをひどい錯覚から救い出してくれるんでしたね。話してください、お願いします！　さあ、まずは座りましょう！」

ジーリオとチェリオナティのふたりがふんわりしたソファに腰をおろすと、チェリオナティが話しはじめた。

「いいですか、殿下、王女のかわりにあなたに押しつけられたあの女は、ほかでもありません、ジアチンタ・ソアルディという名の、かわいいお針子です！」

「そんなばかなことが！」と、ジーリオが叫んだ。「その娘《こ》は、みじめな一文無し喜劇役者ジーリオ・ファーヴァを、恋人にしているはずだぞ？」

「確かに」と、チェリオナティ。「しかしこんなふうに考えられないでしょうか？　まさにこのみじめな一文無し喜劇役者、この芝居の王子を、ブランビラ王女はところかまわず追いかけまわしていて、だからこそ、あなたにお針子を押しつけなさった。そうすればあなたが、とんでもない妄想めいた誤解からその娘に惚れてしまって、彼女を芝居の王子から引きはなしてくれるかもしれない、と」

「なんて考えだ」と、ジーリオ。「なんて卑劣な考え！――しかし、チェリオナティ、これはみな不埒《ふらち》な悪霊の魔法にすぎなくて、それがすべてをめちゃめちゃに紛糾させているんだ。ぼくを信じてくれ、こんな魔法なんぞ、この勇敢なる手がこれなる剣で打ち砕いてやろう。厚かましくもわが王女に愛されるなんて役回りになった、その浅ましい奴をやっつけてやる」

「そうですな」チェリオナティがいたずらっぽい笑みを浮かべて言う。「そうなさるといい、殿下。わたし自身にとっても、あのばかな人間がすこしでも早く追っ払えるなら、それに越したことはありませんね」

このときジーリオは、プルチネッラがどんな用事でもすると言っていたことを思い出した。そこで、ひと目につかないところにあったボタンを押してみると、たちどころに、ひょいとプルチネッラがあらわれた。彼は約束どおり、いくつもの異なる召使い役をこなせたから、料理係、酒蔵係、食卓係、お酌係を一人で兼務して、おいしそうなご馳走をあっというまにととのえた。

ジーリオはたっぷり賞味したあとで気がついたのだが、やはり料理と葡萄酒に関しては、すべてが一人きりの手で用意され、運ばれて、供されると、どれもこれも嗜好の点では同じになってしまうことが強く感じられて、どうもいけない。チェリオナティが言うには、ブランビラ王女はまさしくそのせいでプルチネッラを当面、彼女の側仕《そばづか》えから外しているのではなかろうか、なにしろ彼は早とちりしがちな自惚《うぬぼ》れ屋で、なんでも自分ひとりでやりたがり、そのためにこれまでしばしば、同じように思い上がったアルレッキーノと喧嘩になったそうな。――

語り手はこの物語を、最高に奇想天外な原作カプリッチョを正確に模写するようにして語ってきたのだが、この箇所には原作に一つ、ちょっとした空隙《くうげき》がある。音楽的に言うなら、ある調から他の調への転調のつなぎとなる移行句が欠けているのだ。そしてしかるべき準備いっさいなしに、いきなりがーんと、新しい和音が鳴りひびく。そう、このカプリッチョは解決なしの不協和音で不意打ちに中断されている、と言ってもいいだろう。つまり王子は（彼はジーリオ・ファーヴァにほかならず、しかもジーリオ・ファーヴァを殺すと息巻いているのだが）、突然におそろしい腹痛におそわれ、それをプルチネッラの料理のせいにしたが、チェリオナティが鎮痛薬を飲ませると、まもなく眠ってしまい、そのあと、大音響がとどろいた、というのだ。――だがこの音がなにを意味するのかも、王子もしくはジーリオ・ファーヴァがチェリオナティともども、どうやってピストイア宮殿から逃れたのかも、だれにもわからないときている。

このあとの続きはおよそ以下のとおり。

日が傾きはじめたころ、コルソ通りに一人の仮面の人物があらわれて、その桁はずれの異様な姿のせいで、みんなの注目をひいた。頭には二本の雄鶏の羽根を飾った珍妙な縁なし帽、そして象の鼻型のでかい鼻をつけた仮面をかぶって、そのうえにばかでかい眼鏡、大きなボタンのついた胴着、加えて、きれいな空色に深紅の縞入りの絹のズボンに、薔薇色の靴下、深紅の紐付きの白い靴、そして脇にはすらりと美しい細身の剣。

親愛なる読者は、この装束にはすでに第一章でお馴染《なじ》みだから、仮面のかげにひそんでいるのはだれあろう、ジーリオ・ファーヴァだと、先刻ご承知のはず。この仮装の男がコルソ通りを二、三回往復するかしないかのうちに、やはりこのカプリッチョにたびたび登場する素っ頓狂なカピターノ・パンタローネ・ブリゲッラ[72]が、怒りに目をぎらつかせて跳びかかってきた。

「やっと会えたな、呪われた役者め！——けがらわしい白いムーア人め！　もう逃がさんぞ！――剣を抜いて、身を護れ、臆病者、さもないとこの木剣を、貴様のどてっ腹に突きとおすぞ！」

向こう見ずのカピターノ・パンタローネはこうわめきながら、幅広の木剣をびゅんびゅんと振りまわす。ジーリオはこの予期せぬ襲撃にあわてず騒がず、落ち着きはらってこう答える。

「まことの騎士のしきたりのなんたるかも知らずに、いまここでわたしに決闘をいどもうとは、いったいぜんたい、なんたる不作法者か？　聴くがいい、わが友よ！　わたしが白いムーア人だとほんとうにお認めならば、わたしがりっぱな英雄にして騎士であることも、ご存知のはず。空色のズボンと薔薇色の靴下と白い靴を身につけているのは、まことの宮廷作法に従ってのこと。アーサー王の宮廷流の舞踏会服だぞ。だがわたしの腰に光るはわが名剣、貴殿が騎士道にのっとって打ちかかってこられるなら、そして貴殿がハンスヴルスト[73]のローマ流翻案版ではないのならば、こちらも騎士にふさわしく受けて立とう！」

「お赦《ゆる》しくだされ、白いムーア人殿」と、相手が言う。「英雄にして騎士であるお方に払うべき礼儀を、ほんの一瞬であろうと度外視いたしたことを、お赦しくだされ！

しかし、それがしもまた、まことに王侯の血をひく者ゆえ、貴殿と同様、すぐれた騎士物語本を読んでおおいに得るところあったことをお見せしよう」

この口上を述べるなり、王侯の末裔《まつえい》たるカピターノ・パンタローネは数歩うしろにさがって、ジーリオにたいして剣をかまえると、じつに好意のこもった口調で言う。

「これでよろしいかな？」

ジーリオは優雅な身振りで挨拶を返すと、剣を鞘《さや》から抜きはらう。対戦がはじまった。見ている者にもすぐわかったのだが、カピターノ・パンタローネもジーリオも、こういうときの騎士の闘い方をまことによく理解していた。左足はしっかり大地に踏んばったまま、右足のほうは、あるときはぐいと踏みだして果敢な攻撃に出るかとおもえば、あるときは後ろへ引いて防御の姿勢をとる。きらめく刃と刃がぶつかりあい、電光石火の突きがつづく。はらはらさせるような熱戦がひとわたりすすむと、戦士たち

---

72　コメディア・デラルテの代表的な三つの役どころである軍人、老人、下僕を、一身に帯した名前。

73　一七―一八世紀にドイツの代表的な喜劇的人物となった道化で、名前のヴルストはソーセージのこと。

はひと休みせざるをえなかった。両者はたがいに見つめあい、一騎打ちへの熱中が相手への情愛へと変じて、たがいにしっかと抱きあって号泣。やがて闘いは改めてまた、さきに倍する力と俊敏さをもってはじまった。しかしジーリオが、相手方のよく計算された突きをかわそうと剣をはじき返したとき、その切っ先が、ジーリオのズボン左膝下の蝶結びリボンに突きささったままになり、蝶はあわれな悲鳴とともに落ちてしまった。

「待った!」と、カピターノ・パンタローネが叫ぶ。傷をしらべてみたが、たいしたことはない。二針か三針で蝶結びはまた縫いつけられた。するとカピターノ・パンタローネが言う。

「それがしは、剣を左手にもちかえたい。木剣の重みで、右腕がだるくなってしまったわ。貴殿のは軽い剣だから、そのまま右手でつかえばいい」

「めっそうもない」とジーリオ、「そのような不公平な仕打ちをするわけにはいかん。わたしも左手に剣をもつぞ、そのほうが貴殿を狙いやすいから、好都合だ」

「さあ、わが胸に来たれ、高貴なる朋輩よ」

カピターノ・パンタローネがこう叫び、両戦士はふたたび相抱擁し、自分らのあっ

ぱれな振る舞いに感動のあまり、声を放って泣くやら啜《すす》りあげるやら、そしてたちまち猛然と闘いの再開。

「待った！」

こんどはジーリオが叫んだ。自分の剣の切っ先が、相手の帽子の鍔《つば》に突きささったのに気がついたときだ。相手は、最初なんの損傷も認めようとしなかったが、そのうちに鍔が垂れさがって鼻にかぶさってきたため、ジーリオの気高い援助活動を受けいれざるをえなくなった。鍔の傷はたいしたことがなく、帽子はジーリオがかたちをととのえると、元どおりの上品なフェルト帽に。両戦士はつのる愛情をこめて目を見交わした。それぞれすでに、相手があっぱれ勇敢な騎士たることを確認しあっていた。二人は抱き合い、涙し、そしてまた新たな対決の炎が燃えあがった。ジーリオが隙《すき》を見せ、相手の剣を胸にうけ、気を失って、あおむけに倒れた。

この悲劇的な結末にもかかわらず、ジーリオの亡骸《なきがら》が運びさられたとき、民衆はコルソ通り全体を揺るがすほどの笑い声をあげたし、カピターノ・パンタローネのほうは、冷然として幅広の剣を鞘におさめて、誇らしげな足どりでコルソ通りをくだっていった。——

「そうさ」と、ベアトリーチェ婆さんが言う、「きまってるよ、あの憎ったらしい香具師じじいのシニョール・チェリオナティが、またここに姿を見せて、あたしのかわいい子を狂わせようなんてしたら、追っ払ってやるさ。しかも結局のところ、ベスカーピ親方まで、あいつのばかげた目論見《もくろみ》に賛成してるんだからねえ」

ベアトリーチェ婆さんの言い分は、ある程度は正しいと言えるだろう。なにしろチェリオナティが、どこか優雅さのただようお針子、ジアチンタ・ソアルディをわざわざ訪ねてくるようになってからというもの、彼女の内面がまるごと、それまでとはすっかり変わってしまったように見えるからだ。まるで永遠に覚めない夢にとらわれてしまったかのようで、ときおり口を開けば、いったい正気なのかと婆さんが心配になるような、とんでもなく混乱したことばかり言う。彼女の頭の中心にはある考えが居座って、それをめぐってすべてがぐるぐる回っている。好意ある読者には、第四章を読んだあとすでに推察おできになるように、それは、金持で立派な王子、コルネリオ・キアッペリが彼女に恋していて、求婚してくるだろうという考えだ。これにたいしてベアトリーチェが言うには、理由はわからないものの、チェリオナティはジアチンタになにやら入れ智恵しようと目論んでいる。もしも王子の恋がほんものなら、もうとっくに恋人を住まいに訪ねてきていいはずじゃないか、ふつう王子といえば、この道では無粋《ぶすい》なやからじゃないのだから、彼がどうして来ないのか納得がいかない。それにチェリオナティが握らせてくれた何枚かの金貨にしても、王侯たるものの気前のよさとは縁遠い。とどのつまり、コルネリオ・キアッペリ王子なんて、まるっきり存在しないのでは？　もしほんとうにいるとすれば、老チェリオナティが、彼女も知るとおり、聖カルロ教会まえの屋台で群衆に語ったあのアッシリアの王子、臼歯を一本抜いてもらったあと行方知れずになって、許嫁《いいなずけ》のブランビラ王女が探しているという、コルネリオ・キアッペリのことじゃないのかねえ。

「わかるでしょ？」ジアチンタが目をきらきらさせて叫ぶ。「秘密全体を解く鍵は、そこなのよ。なぜあの高貴な王子さまが、こんなに用心ぶかく身を隠しているのか、理由はそこにあるのよ。彼はあたしへの恋にすっかりのぼせあがっているから、ブランビラ王女に見つかって文句をいわれるのが怖くてならないのに、ローマを離れる決心がつかない。だからおかしな変装をしてはじめて、なんとかコルソ通りに出てくることがおできになる。コルソこそ、彼が無上に優しい愛のまぎれもない証《あか》しを、あたしに示してくださった場所なのよ。でもいつかきっと、あの誠実な王子さまとあたしのうえに、金色の幸運の星がはっきりと輝くときがくる。——ねえ、おかしな気取り屋の喜劇役者のことを覚えてる？　いつもあたしのご機嫌をとりに来ていた、ジーリオ・ファーヴァとかいう名前のひと」

老婆が言うには、あいつを思い出すのに、とくべつな記憶力なんて要るものか、だってあの貧乏なジーリオは、お作法も知らないどこぞの王子に比べりゃずっとましな奴だし、つい一昨日もここに来て、あたしが用意してやった美味しい食事を、うまいうまいと食べたじゃないか。

「ねえ、お婆さん」とジアチンタ。「ブランビラ王女がその貧乏くさい奴のあとを追いまわしているって話を、信じる？——チェリオナティが確かな話だと言ってたわ。でもね、王子さまがあたしとのことを公《おおやけ》にするのをまだ躊躇《ちゅうちょ》なさっているのと同じに、ブランビラ王女だって、以前の恋にけりをつけて、喜劇役者のジーリオ・ファーヴァを彼女の玉座の隣に引きあげるには、いろいろと懸念がおありなのよ。でも王女がジーリオに手を差しのべた暁には、王子さまも幸せいっぱいで、あたしの手をとってくださるのよ」

「ジアチンタ」と、婆さんが叫ぶ、「なんてばかなこと言ってるの、空想ばっかり！」

「それにね」と、ジアチンタはつづける、「王子さまがこれまで恋人を部屋に訪ねて来たことが一度もないって、あんたは言うけど、とんでもないまちがいよ。王子さまがどんなにすてきな手を使って、だれにも気付かれずにあたしに会いにくるのか、あんたには思いもよらないことだもの。でも知っていてちょうだいな、あたしの王子さまは、ほかにもいろいろと、ごりっぱな長所や知識をおもちばかりか、偉大な魔法使いでもあるのよ。いつか、夜に来てくださったときなんか、とってもちっちゃくて、かわいらしくて、食べてしまいたいくらい愛くるしいお姿だったわ、もちろん食べようなんて気はおこしませんけどね。でもあんたのいるときだって、このちっぽけな部屋のどまんなかに、突然お出ましのことがよくあるのよ。でもあんたには、ひとえにあんた自身のせいで、王子さまの姿も、そのとき繰りひろげられるすばらしい光景も見えないんだわ。あたしたちの狭い部屋がぐんとひろがって、大きくて豪華な広間になるの、大理石の壁に、金糸入りの絨毯、ダマスクス織りの寝椅子、黒檀《こくたん》と象牙のテーブルや椅子。でもなによりすてきなのは、壁という壁がすっかり消えてしまって、恋しいあの方と手をとりあって、およそ想像できるかぎり最高に美しい庭園をそぞろ歩くとき。お婆さんが、この楽園にそよぐ天国のような匂やかな風を嗅《か》ぐことができないのも、不思議はないわね、なにしろ嗅ぎ煙草を鼻にいっぱい詰め込むいやな習慣があって、王子さまのいるところでさえ、煙草入れを懐から取り出すのをやめられないんだもの。でもせめて、耳をふさいでいるそのほっぺたの湿布を取ったらどう？そうすれば、庭園の歌声が聞こえるわよ、それを聴くと意識がすっかりとりこになって、どんな浮世の悩みだって、そう歯痛だって、消えてしまう。たとえあたしが、王子さまのキスを両方の肩に受けたって、はしたないなんて思ってはだめ。だってあんたも見ればわかるでしょ、キスを受けた瞬間、そこに美しさといい、色と艶《つや》といい、最高にすてきな蝶の翅《はね》が生えてきて、あたしはひらひらと舞いあがる――空を高く、高く。――ああ！――こうやって王子さまといっしょに紺碧《こんぺき》の空をゆくのは、それこそはじめて味わうほんとうの歓びよ。――天と地のもつすばらしさのすべて、この世界の創造以来の竪穴《たてあな》にひそんでいて予見されるだけだったすべての富、すべての宝が、陶然となったあたしの目のまえに浮かびあがってくる。そのすべてが――すべてがあたしのもの！　ねえ、お婆さん、あんたに言わせると、王子さまはけちんぼで、あたしを愛しているのに貧乏のままにほったらかし、というわけね？――でもひょっとすると、王子さまが目のまえにいるときだけ、あたしは金持になる、と思っているかもしれないけれど、それもちがうのよ。見て、お婆さん、いまあたしが、王子さまとそのすばらしさを口にしただけで、その瞬間、ほら、あたしたちの部屋がこんなにきれいに飾られたでしょ。ごらんなさいよ、この絹のカーテン、この絨毯《じゅうたん》、この鏡、なによりすてきなのはあの豪華な戸棚、豊かな中味にふさわしい外見ね！　扉を開けさえすれば、棒包みの金貨がごろごろと、あんたの前掛けの中に転がり落ちてくるわよ。それに、この身ぎれいな女官や侍女や小姓たちをどう思う？　王子さまはこの者たちにご下命になったのよ、廷臣がずらりとあたしの玉座のまわりに侍《はべ》るようになるまで、あたしに仕えるようにって」

こう言いながらジアチンタは、例の戸棚のまえに歩みよった。好意ある読者がすでに第一章でご覧になった衣裳戸棚である。そこには、ベスカーピ親方の注文でジアチンタが飾りを仕上げた、とても豪勢だがたいへん奇抜でもある服が吊してある。彼女はいま、それらの衣裳を相手になにやらひそひそ話しはじめた。

老婆は頭を振りふりジアチンタのすることを見ていたが、やがて言いはじめた。

「かわいそうに、ジアチンタ！　あんたはひどい妄想のとりこになっちまった。聴罪司祭さまを呼んできて、この部屋にとりついている悪魔を追っぱらってもらうことにするよ。——でも言っとくけどね、なにもかもあの二人のせいだよ、王子のことをあんたの頭に吹きこんだ、あの頭のいかれた香具師と、あんたに突拍子もない仮装用衣裳の仕事をさせた、あのばかな仕立屋がいけないんだ。——でも、叱ろうってんじゃないよ！——考えなおしておくれ、あたしのやさしい子、大好きなジアチンタ、もとどおりのいい子になっておくれよ！」

ジアチンタは黙って椅子に座って、片手で頭を支えたまま、もの思いに沈んでぼんやり目のまえを見つめているばかり！

「そしてもしも」と、婆さんはつづける、「もしもあたしたちのジーリオが浮気なんかやめにしたら——ちょっとお待ち——ジーリオだよ！　そうだ！　あんたがそうやって座っているのを見ていたら、ジアチンタ、いつかジーリオが小さな本から読み聞かせてくれたお話を思い出したよ——お待ち——お待ちよ——あれはあんたにぴったりだ」

婆さんは、衣裳飾りに使うリボンやレースや絹の端切《はぎ》れなどを入れた籠《かご》の底から、きれいな装丁の小型本を取り出すと、やおら鼻に眼鏡をかけてから、ジアチンタのまえにかがみこんで読みはじめた。

あれは森の小川の寂しい苔《こけ》むす岸辺だったろうか、ジャスミンのかおる四阿《あずまや》の中だったろうか？――いや――いま思い出した、あれは夕陽のさしこんでいる小さな親しみぶかい部屋だった、わたしはそこに彼女がいるのを見たのだ。低い肘掛け椅子に座って、右手で頭をささえていたので、褐色の巻き毛が気ままに乱れて、白い指のあいだからこぼれ落ちていた。左手は膝の上で、ほっそりした腰に巻いた絹のリボンのほどけた先をもてあそんでいた。その手の動きにつれて足もおのずと動くらしく、たっぷりと襞をとった服の裾からのぞいているつま先が、そっと、そっと、上下する。ほんとうなのだ、じつにすばらしい優美さ、この世ならぬ愛らしさの魅力が、彼女の姿全体にあふれていたから、わたしの心臓は名状しがたい恍惚感にふるえた。ギューゲスの指輪[74]がどんなに欲しかったことか。彼女に見つかってはいけない、わたしの視線に気がついたら、彼女は夢か幻のようにかき消えてしまうだろう、と心配だったのだ！――甘くやさしいほほえみが口もとと頬にたゆたい、ルビーの赤さの唇から洩《も》れたひそやかな吐息が、燃える恋の矢となってわたしを射た。愕然としたのは、はげしい歓びの予期せぬ痛みに、われしらず彼女の名を呼んでしまったかと思ったからだ！——いや、だいじょうぶ、彼女はわたしに気がつかない、わたしを見ていない。——そこでわたしは思いきって、彼女の目をのぞきこむ。その目はこちらを凝視しているように見えたけれど、その優雅さあふれる鏡に映っているものは、なんと不思議な魔法の園、その中にこの天使の姿のひとは移ってしまっていることが、はじめてわかった。いくつものきらめく空中楼閣が門を開き、そこから色とりどりの陽気な人たちが流れでてきて、楽しげな歓声を上げながら、世にも美しい彼女に、世にもすばらしい豊かな贈りものをもってくる。しかしこれらの贈りものこそまさに、彼女の気質のもっとも内奥から胸を衝《つ》き動かしているすべての希望、すべての渇望そのものなのだ。まぶしい胸もとをおおうレースが、しだいに高く、しだいに激しく、百合の花のように波打ち、ほのかな肉色が頰を明るませた。というのも、いまはじめて音楽

74　ギューゲスは紀元前七世紀のリューディアの国王。自分の姿を見えなくする魔法の指輪を手に入れ、王妃を誘惑し国王を殺害して王位を簒奪《さんだつ》した僭王《せんおう》として、プラトンの『国家』第二で論じられている。

の秘密が目ざめて、天上の音楽をかなでつつ、至高なるものを語りだしたからだ――これはほんとうのことだ、わたし自身がこのとき、あの不思議な鏡に映る場面の中、魔法の園の中に、じっさいにいたのだから。


婆さんは本をぱたんと閉じると、鼻から眼鏡をはずして言った。

「なかなか小ぎれいで結構なお話だね、だけどなんてまあ大袈裟な言い回しなんだろうねえ。要するにさ、ぼうっと夢想にふけって空中楼閣をこしらえている美しい娘ほど、優美なものはない、官能も頭脳もある男にとって、これ以上に誘惑的なものはない、そう言ってるだけだものね。さっきも言ったけど、これはあんたにそっくり当てはまるよ、ジアチンタ。王子さまだの、彼の魔法だの、あんたのしゃべったことはみんな、あんたが浸りきっていた夢を言葉にしただけのものじゃないか」

ジアチンタは椅子から立ち上がりながら、はしゃいだ子どものように手をたたいて答えた。

「ほんとうにそうなら、だからこそあたしは、いま読んでくれたお話の、その優美な魔法の姿のひとに似ているってことでしょ？――そしてお婆さん、あんたがジーリオの本からなにか読もうとしたとき、あんたの唇から思わず知らず流れでてきたのは、王子さまの言葉だったのよ」

# 第七章

身なりのいい若者がカフェ・グレコでひどく迷惑な話をもちかけられたこと、座元が改悛《かいしゅん》したこと、ある俳優の張りぼて模型がキアーリ師作の悲劇がもとで死んだこと。——双生児王子。——慢性二元論と、考えることがいつも互いに逆の目が悪いせいで、ものがあべこべに見え、自分の国を失って散歩もできない男。——言い争い、喧嘩、訣別。

好意ある読者は、この物語で作者にあっちこっち遠くまで引っぱりまわされて、くたびれてしまったなどと、よもや苦情はおっしゃいますまい。なにせ端から端までわずか数百歩ほどの狭い範囲内に、コルソ通りも、ピストイア宮殿も、カフェ・グレコ等々もおさまっていて、ウルダルの園の国にちょっと一跳びするのをべつとすれば、話はいつも簡単に歩いてまわれるこの狭い範囲にとどまっていますからね。そこでいまも、これからちょっと何歩か歩いていただけば、好意ある読者は、またあのカフェ・グレコにご到着と相成りまする。そう、四つまえの章で、香具師《やし》のチェリオナティがドイツの若者たちを相手に、オフィオッホ王とリリス妃の奇妙で不思議な話を語った、あの店に。

さて！――カフェ・グレコにはぽつんと一人、きちんとした身なりの感じのいい若者が座っていて、なにやら物思いにとっぷり浸っているようす。そこへ二人の男が入ってきて、若者に近づき、二回、三回、「シニョール――もしもし、シニョール！」

とたてつづけに声をかけた。それを聞いてはじめて夢から覚めたように、若者は丁寧で上品な口調で、なにかご用でしょうかと訊ねた。

キアーリ師——つまりここでちょっと補足すると、この二人の男というのは、だれあろう、有名な詩人であり、それ以上に有名な戯曲『白いムーア人』の作者であるキアーリ師と、悲劇をやめて道化芝居に鞍替《くらが》えしたあの座元なのだが——、そのキアーリ師がさっそくまくしたてはじめた。

「わがシニョール・ジーリオ、いったいどうして雲がくれしてしまったのかね？　あんたを見つけるのに、ローマじゅうを探しまわらにゃならんとはねえ。——ほら、ここに前非を悔いた罪人を連れてきましたぞ、わたしの説得力、わたしの言葉の力が、この人を改悛《かいしゅん》させたのだよ。あんたにたいしておこなった不当な仕打ちのすべてを償いたい。あんたのこうむった損害のすべてを、たっぷりと補償したいと言ってますぞ！」

「そうだとも」と、座元が口をはさんだ。「そのとおりだ、シニョール・ジーリオ、わしの無理解、わしの不明を、率直に認めるよ。——わしとしたことが、おまえさんの天才を見損なうとはねえ。たとえ一瞬だろうと、おまえさんだけがわしの頼りだということを疑うとはねえ！――どうか、もどってきてくれないか、わしの劇場でまたあらためて世間の賞賛を、万雷の拍手を受けてくれ！」

若くて感じのいい男は、司祭と座元の両人をいぶかしげに見ながら答えた。

「あなたがたのご用向きが、ぼくにはわかりかねますね。――ぼくとは無縁の名で呼びかけられたし、ぼくのことについての話も、まるっきり知らないことばかりだ――まるで旧知の仲のようなお扱いだが、これまで一度でもお会いした記憶は、ぼくにはありませんよ！」

「むりもないよ、ジーリオ」と、座元が目に涙を浮かべて言う、「おまえさんがわしなんか知らんとばかりに、邪険《じゃけん》に扱うのも当然だよ。なにしろわしは大馬鹿者だったからな、おまえさんを舞台から追っぱらったりして。しかしなあ――ジーリオ！　和解を拒まないでくれよ！――さあ、握手をしてくれ！」

「思い出してくれ、シニョール・ジーリオ」司祭が座元の話に割って入った。「わたしのこと、白いムーア人のことを考えてくれ。あんたはこの感心な男の舞台のほかでは、もう名声も名誉も得られないんだよ。この男はアルレッキーノをその一座ともども追んだして、わたしの悲劇を上演するという幸運をあらためて手に入れたんだ」

「シニョール・ジーリオ」と、座元がつづける、「おまえさんの給金は、おまえさん自身に決めてもらおう。そうさ、白いムーア人の衣裳だって、好きに選んでいいよ。それで紛《まが》いものの金モール何尺か、金箔《きんぱく》の何箱か、よけいに費用がかかったってかまわないさ」

「言っておきますがね」と、若者が叫んだ、「あなたがたのおっしゃることはなにもかも、ぼくにとっちゃ訳のわからない謎ですよ」

「なんだと」いまや座元は怒り心頭に発してわめいた。「これでわかったぞ、シニョール・ジーリオ・ファーヴァ、おまえのことがすっかりわかった、すっかりな。――あの呪われたサタンめが――名は言わずにおくぞ、わしの唇が毒にやられるといけないからな――あいつがおまえを網にかけたんだ、がっちり爪で押さえこんでいるんだ。――おまえは契約を結んだ――契約したんだな。だがな、はっはっは、後悔したってもう遅いぞ、もしもおまえがあのごろつき、妄想に駆られてばかばかしいことを考えてるあの哀れな仕立屋のところで――」

「お願いしますよ」と、若者がいきりたった座元の話をさえぎった。「お願いだから、シニョール、そんなにかっかとしないで、落ち着いてください！　これでわかりましたよ、完全な誤解だと。ぼくのことをジーリオ・ファーヴァという名の役者だと、かんちがいなさったのでしょう？　聞くところでは、ローマでかつては名優として名を馳《は》せてはいたものの、じつはものの役には立たない大根だったそうですね」

司祭と座元の両人は、幽霊でも見るかのように若者をまじまじとみつめた。

「おそらく」と若者はつづける、「あなたがたはローマを離れていて、いまもどってこられたばかりなのでしょうね。さもなきゃ、いまローマじゅうで話題になっている話をご存知ないなんて、解《げ》せませんよ。お気の毒ながら、ぼくがその噂をあなたがたに最初にお聞かせする役まわりらしい。あなたがたにとって、たいへんだいじな人らしいお探しの役者、ジーリオ・ファーヴァは、昨日コルソ通りで決闘にたおれました。——死んだものとぼく自身は確信しています！」

「こりゃ傑作だ！」と司祭が叫ぶ。「いいぞ、なんともみごとな傑作！——有名な役者、ジーリオ・ファーヴァが、昨日、ばかばかしい瘋癲《ふうてん》男の突きをくらって、二本足を高くつきあげてひっくりかえったというわけですな？　シニョール、きっとあなたはローマには不案内で、われわれのカーニヴァルのおふざけをよくはご存知ないですな。さもなきゃ、みんながその死体らしきものを持ちあげて運んでいこうとしたのは、じつはただのボール紙でうまくこしらえた模型で、だから群衆がどっと笑いこけたんだと、おわかりになったはずですよ」

「ぼくには」と若者はつづける、「じっさいどの程度まで、悲劇役者のジーリオ・ファーヴァが肉も血ももたないボール紙にすぎなかったのか、わかりません。しかし確かなのはこうです。解剖の結果、彼の体内にはキアーリ師とかいうご仁の悲劇作品で演じた役が、いっぱいに詰まっていることが判明、そして医師たちは、ジーリオ・ファーヴァが敵手からうけた突きが致命傷となった原因を、もっぱらおそるべき飽食に帰している、つまり、まったく活力のもとにならない食べものばかり摂《と》りすぎたせいで、消化の基本原理がことごとく攪乱《かくらん》されてしまったことによる、と見ているのです」

若者の言葉に、まわりからいっせいに笑い声がはじけた。

というのもこの奇妙な会話のあいだに、カフェ・グレコはいつのまにか常連客、なかんずくドイツの芸術家たちでいっぱいになっていて、この連中が会話中の三人を取りかこんでいたからだ。

最初に怒りだしたのは座元だったが、こんどは司祭がもっとすさまじいいきおいで内なる憤激をぶちまけた。

「なんだと、ジーリオ・ファーヴァ！　きさまはそれを狙ったんだな、コルソ通りで流された醜聞はみんな、きさまのせいだ！——見てろ、復讐してやる——ぶちのめしてやる——」

侮辱された司祭が、さらに下品な罵詈雑言《ばりぞうごん》を浴びせかけ、座元といっしょに若者につかみかかろうとさえしたので、ドイツの芸術家たちがふたりを取りおさえて、かなり手荒にドアから放りだした。ちょうどそのとき店へ入ろうとしていた老チェリオナティは、わきをふっとんでいったふたりの背に、「道中ご無事で！」と声をかけた。

身なりのいい若者はチェリオナティに気がつくと、いそいで駆けよって手をとり、部屋の奥まった一隅へつれていって話しはじめた。

「もう少し早く来てくれていたら、あのうるさいふたりから解放してもらえたのになあ、シニョール・チェリオナティ。あいつらはぼくを役者のジーリオ・ファーヴァだとすっかり思いこんでいて、その役者を、ぼくは昨日コルソ通りで——ああ、あなたもご存知ですね！——いつもの不幸な発作を起こして、刺し殺してしまったんだ。あのふたりは、ひどく不愉快な話をもちかけてきた。——ねえ、ぼくはほんとにあのファーヴァと取りちがえられるほど似ているんだろうか？」

チェリオナティは丁重に、ほとんどうやうやしいと言えるほどの口調で答えた。

「確かに、お顔に関しましては、疑いようもなくあの役者によく似ておいでです。ですからあなたの分身を片付けてしまうのは、ひじょうな得策だったわけでして、それをあなたは鮮やかな手ぎわでお果たしになりました。あのどうしようもないキアーリと、彼の座元につきましては、どうかわたくしめにお任せください、わが王子さま！あなたの完全なご回復をさまたげかねない心配事は、すべてわたくしが取りのぞいてさしあげましょう。芝居の興行主と脚本作家を仲たがいさせるなんてことほど、たやすいことはございません。双方、いきりたって取っくみあい、喰らいあって、最後はあの二頭のライオンの話のように、戦いの場に殺し合いの恐ろしい記念として残るのは二本の尻尾《しっぽ》だけ、ということになるのがおちですよ。――ともかく、あのボール紙の悲劇役者と似ておいでのことなぞ、お気になさってはいけません！　たったいまも聞こえてきましたが、さっき追跡者から殿下を救ってくれたあそこの若者たちも、やっぱり殿下はジーリオ・ファーヴァにちがいないと信じていますからな」

「ああ、シニョール・チェリオナティ」と、身なりのいい若者が声をひそめて言う。

「お願いだから、ぼくの正体をばらしたりしないでくださいよ！　なぜぼくが完全に回復するまで身を隠していなければならないか、ちゃんとご承知でしょう」

「ご心配無用です、王子さま」と香具師。「ご身分を明かさずに、あなたのことをあの若者たちに話してみましょう、彼らの敬意と友情をかちうるのに必要なぶんだけ、そしてあなたのご身分とお名前を訊こうなんて気を、起こさせないように心して。まず当面は、わたくしどものことは眼中にないふりをして、窓の外を見るか、新聞を読むかしていてください！　しばらくしてから、わたくしどもの会話にお加わりになればいいのです。しかしわたくしの話で、居心地わるい思いをなさることがないように、殿下とそのご病気に関するところだけは、本来そういうことがらに適した言語、いまのところ殿下はご理解になれない言語で、話すことにいたしましょう」

シニョール・チェリオナティはいつものように、若いドイツ人のあいだに席をとった。彼らはいまなお大笑いしながら、身なりのいい若者につかみかかろうとした司祭と座元を、さっさと店からおっぽりだした顚末《てんまつ》を話題にしていた。すると何人もが老香具師に、あそこの窓辺にもたれている男は、ほんとうに有名な役者ジーリオ・ファーヴァではないのかと訊く。チェリオナティが、いや、ちがう、さる名門出の若い外国人だと説明すると、画家のフランツ・ラインホルトが（読者はすでに第三章で彼に会って、話を聞いておいでですよ）、あの外国人とジーリオ・ファーヴァがそっくりだとみんな言うけれど、ぼくは納得できないね、と言いだした。確かにこの二人の口、鼻、額、目、体つきは、外形では似ていると認めざるをえないけれど、容貌の精神的表情こそが、そもそも相似性をはじめて生みだすのであって、このことをおおかたの肖像画家、というより似顔絵描きは理解していないから、ほんとうに似た絵なんか描けるわけがない。まさにこの表情が、この二人では天と地ほどのちがいがあるから、あの外国人がジーリオ・ファーヴァだなんて、ぼくにはとても思えない。ファーヴァの顔は、そもそもからっぽで、なんにも表現していないが、あの外国人の顔には、ぼく自身にもその意味が理解しがたいなにか奇妙なものがある、と。

若い連中は老香具師に、またなにか話を聴かせてくれとせがんだ。このまえのオフィオッホ王とリリス妃の話のようなものがいい、あれはとてもおもしろかった、いやむしろ、あの物語自体の第二部を話してほしい、それをあなたはピストイア宮殿で、ご友人の魔術師、ルッフィアモンテもしくはヘルモートから聞いてご存知のはずだ、と言いたてる。

「なんですと？」と、香具師は叫んだ。「第二部とはなんです、第二部とは？　いったいわしはこのまえ、不意に口をつぐんで咳ばらいしてから、この続きはいずれまた、と言ってお辞儀でもしたっていうのかな？――しかもわしの友人の魔術師ルッフィアモンテが、すでにピストイア宮殿で、あの話の後日譚《ごじつたん》を朗読して聞かせている。あの講義を聞き逃したのは、諸君がわるいのであって、わしの責任じゃない。あのときは当世流行のように、知的好奇心にあふれるご婦人方も聴講しておりましたなあ。ここでわしが話をもう一度繰りかえしたりしたら、いつもわれわれとともにいて、あの講義も聞き、万事をすでにご承知の方々を、ひどく退屈させてしまいますぞ。つまりわしの言うのは、『ブランビラ王女』と題するカプリッチョの読者のこと。この物語には、われわれ自身も登場して、ひと役買っているのですぞ。――そういうわけで、オフィオッホ王とリリス妃の話も、ミュスティリス王女と色あざやかな鳥の話もなし！　だがな、わしのことなら話してあげよう、それがべつの面でお役にたつようならね、薄っぺらな諸君！」

「どうして薄っぺらだと？」ラインホルトが訊く。

「それはな」と、チェリオナティ親方はドイツ語で先をつづけた。「このわしのことを諸君は、ただ滑稽味があるからおもしろおかしく聞こえて、しかも諸君の望む暇つぶしにもってこいのメールヘンを、折にふれてきみらに語るためだけにいる人間、としか見ていないからだよ。しかし言っておくがな、わしを創りだした詩人は、それとはまったくちがうわしを思い描いていたのだ。もしも詩人が、きみらにこんなふうにいい加減に扱われているわしを見たら、こいつはなんと落ちぶれたことかと思うだろうよ。――まあ、いいだろう。諸君はみんな、わしの深い知識からすれば受けて当然の尊敬も畏怖《いふ》の念も、示してはくれない。たとえば医学の知識についても、わしが基本的な専門教育をまるっきり受けてないくせに、自家製の薬を秘薬と称して売りつけ、この薬ひとつでどんな病気も治せると主張しているなどと、侮《あなど》った見方をしておいでだ。しかし、もっとましなことを諸君にお教えする時がきましたな。ここからはずっと、ずっと遠いところ、たとえペーター・シュレミール[75]がひと足七マイルの長靴

75　シャミッソーの『ペーター・シュレミールの不思議な物語』の主人公は、悪魔に自分の影を売り渡して辛酸《しんさん》をなめつつも、ひと足七マイルの魔法の長靴を得て、自然研究のために世界中を駆けめぐる。注28参照。

で行っても、丸一年はかかるにちがいないほど遠い国から、さる若い、ひじょうに優れた男が、わしの有益な治療術で病気をなおしてもらいたいと、この地に来ておりましてね。その病気というのが、およそ世にある病いのうち、もっとも奇妙であると同時に、もっとも危険だと言えるほどのしろもので、その治療法はじっさいのところ、魔術師として聖別された者にしか伝授されない、さる奥義にもとづいている。その若者はつまり、慢性二元論《ドゥアリスムス》の病いにとりつかれているのです」

「なんですって？」みんなが笑いながら口ぐちに叫んだ。「なんておっしゃいました、チェリオナティ親方？　慢性二元論？――聞いたこともない――」

「さては、また例によって」とラインホルト、「とんでもない荒唐無稽《こうとうむけい》な話でぼくたちを煙にまいて、あとは知らん顔をきめこむ魂胆ですね」

「おやおや」と、香具師が応ずる。「わが息子、ラインホルトよ、選《よ》りにも選ってきみがそんなふうにわしを批難してはいけないねえ、なにしろわしはいつも、しっかりきみの味方をしてきたじゃないか。それにきみは、わしの思うに、オフィオッホ王の物語をただしく理解して、みずからウルダルの泉の澄んだ水鏡に見入ったこともあるようだからね。そこで――しかし諸君、病気の話をもっとつづけるまえに、言っておこう。わしが治療を引き受けた病人というのが、ほら、あそこで窓の外を眺めている若い男、きみらが役者のジーリオ・ファーヴァだと思った男なのだ」

一同、好奇心いっぱいの目をその外国人に向けた。そしてみんなの一致した意見によると、たしかに彼の容貌は、才気の豊かさをうかがわせるけれど、どこか不確かな、混乱したところがあって、危険な病気を推察させる。結局のところその病気は、内面にひそむ狂気に起因するのではないか、ということになった。

「ぼくの思うに、チェリオナティ親方」と、ラインホルトが言う。「あなたのおっしゃる慢性二元論というのは、自分の自我が二つに分裂してしまって、そのために自分の人格がみずからを堅持できなくなっている、あの奇怪な、愚かしい状態のことにほかなりませんね」

「わるくないね」香具師が応ずる。「わるくない見方だ、わが息子！　だが正鵠《せいこく》を射てはいないぞ。しかしわしの患者の奇病について説明しろと言われても、それを諸君に明快に教えられるかどうか、心もとない。とりわけきみらは医師ではないから、術語はいっさい使わずにすまさなければならんからな。――さて！――そのあたりは成り行きに任せるとして、まずは、きみらに注意をうながしたいことがある。われわれを創作してくれた詩人、この詩人にたいして、われわれは現実に存在したいのならいつも従順でなければならないわけだ。ところが彼は、われわれが存在し活動したのはいつのことか、時代をまるっきり特定していない。だからじつに好都合なことに、わしは時代錯誤を犯すことなしに、こう前提することができる。きみらはさるドイツのたいへん才知ある著作家[76]の著作を読んで、双子《ふたご》の皇太子のことを知っている、とね。さる王女が（またしても同じほど才知に富んだドイツの著作家[77]の言い方によると）いつもとはちがう状態になられた、つまりおめでたである。民衆は王子の誕生をせつに待ちのぞんだが、王女はこの期待をはるかにしのいで、二人のまことにかわいらしい王子を産むという、まさしく二倍の成果をあげた。この子らは双生児なのだが、腰のところでつながっていたから、二人というより一人と言えた。宮廷詩人は、将来の王位継承者がそなえるべき徳のすべてを容《い》れるには、一人の人間の身体では足りないと、自然が見たからだと主張したし、大臣たちは、二倍のめでたさにいささか当惑気味の国王を慰めて、手が四つあれば、王錫も剣も力づよくふるうことができるし、四手《ア・クァトル・マン》で奏されるならば、統治ソナタ全体がいっそう華麗にひびきましょう、と言ったのだが——そう、確かに！——この手のあらゆる慰藉《いしゃ》にもかかわらず、あれこれとむりからぬ憂慮を生じさせてしまう事情はたんとあったのだ。最初からしてすでに大きな難題となったのは、じっさいに皇太子が座れて、しかも見た目にも優美な型の椅子を考えだすことだった。将来の玉座にふさわしい形に見合うものにしなければという、当然の配慮がはたらいたからだ。同様に、哲学者と仕立屋の合同委員会は、三六五回の会議をかさねたすえにようやく、もっとも快適にしてかつ優雅な形の二人用ズボンを考案したのだった。しかしいちばん困ったことは、双子それぞれの感覚と意識が完全にくいちがっていて、それがますます顕著《けんちょ》になってきたことだ。片方の王子がふさぎこんでいると、もう一方の王子ははしゃいでいる。一方が座ろうとすると、他方は走りたがる――二人の性向がまったく一致しないのだ。それでいて、一方はこういう気質、もう一方はああいう気質というふうに、特定の気質をもっていると主張

76 ゲオルク・クリストフ・リヒテンベルク（一七四二―九九）、ドイツ啓蒙期の自然科学者・思想家。一七九九年版の『ゲッティンゲン懐中カレンダー』に寄せた彼の論文が、結合双生児の皇太子について語っている。

77 ジャン・パウル（一七六三―一八二五）は「『巨人』への喜劇的補遺」（一八〇〇―〇一）の中でこの同じ双生児王子の話に触れている。

することもできない。というのも、一方の気分が他方に反映して、とめどなく変化してゆき、一方の性質が他方の性質へと移りかわっていくように見えるのだが、おそらくこれは、身体の結合に次いで精神の合生も生じたためで、まさにそれがこの最大の内的分裂をひきおこしたのだ。――この二人はつまり相手といつも反対のことを考えて、じゃましあうので、自分の考えがほんとうに自分の考えたものか、それとももう一人が考えたものか、さっぱりわからなくなる。これを混乱と呼ばずして、混乱の名に値するものなどこの世にあろうか。さて諸君、こんなふうにつむじ曲がりに考える双子の王子が、一人の人間のなかに病原物質《マテリア・ペッカンス》として居ついている場合を想定してみたまえ。そうすればわたしの言っている病気がどういうものか、おわかりになるだろう。その病気の作用はとりわけ、自分で自分のことがさっぱりわからなくなるところにあらわれるのだ。――」

その間、いつのまにかあの若い男が会話の一座に近づいてきていたのだが、みんなが話のつづきを期待するように黙って香具師に目を向けているのを見ると、丁重に一礼してから口をきった。

「いかがでしょうか、みなさん、ぼくもお仲間に加わってもかまいませんか？　ぼくが完全に健康で元気いっぱいならば、どこでも歓迎してもらえるでしょうが、きっとチェリオナティ親方がぼくの病気について、いろいろと不思議なことをお話しになったでしょうから、その本人に煩わされるのは願いさげにしたいと、お思いかもしれませんが」

ラインホルトが一同になりかわって、新来の客を歓迎すると請けあい、若い男は一座のうちに席を占めた。

香具師は若者に、指示したとおりの食養生を守るようにと、あらためてきびしく注意を与えてから、店を出ていった。

だれかが部屋を出ていったとたんに、その人のことを話題にするのはよくあることで、このときもそうなった。とりわけ若い男は、彼の風変わりな主治医について、つぎつぎと質問をあびせられた。彼が断言したところによると、チェリオナティ親方はたいへんりっぱな学識があり、ハレ大学とイェーナ大学で受けた講義を大いに役立ててもいて、完全に信頼にたる人物だ。ほかの点でもたいへん好ましい、まずまずの男なのだが、ただ一つ、それもかなり大きな欠点がある。つまり、しばしばひどく寓意的《アレゴリー》な思考にはまりこんでしまうことで、それで彼はじっさいに損をしている。

治療を引き受けている病気についても、きっとチェリオナティ親方は、およそありそうもないような話をなさったのだろう、と。そこでラインホルトが、この若者の体内には双子の皇太子が宿っているという、香具師の主張を説明してやった。

「ほら、ごらんなさい」と、若い男は優雅にほほえんで言った。「これでおわかりでしょう、みなさん。これもやはり、まぎれもないアレゴリーですよ、それでいてチェリオナティ親方は、ぼくの病気をじつに正確に認識している。あまりに幼いときから眼鏡をかけていたせいで、目がおかしくなったにすぎないと、ご存知なのです。ぼくの検眼鏡がどこか狂っていたにちがいない。なにしろいまでは、たいていのものが残念ながらあべこべに見えるのです。だからこのうえなく深刻なことが、逆におかしくてたまらないことに見えたり、反対に、おもしろおかしいことが、ひどく深刻に思えたりする。そのせいで恐ろしく不安になって、立っていられないほどの眩暈《めまい》がすることもしばしばです。チェリオナティ親方のお見立てでは、恢復のためには頻繁《ひんぱん》にしっかりした運動をつづけることがだいじだとか、でもねえ、どうやって始めたらいいのでしょうね？」

「それなら」と、一人が声をあげた、「シニョール、脚はしっかりしておいでのようだから、ぼくがおすすめできるのは――」

その瞬間に、読者にはすでにおなじみの人物が店に入ってきた。有名な仕立屋の親方、ベスカーピだ。

ベスカーピは若い男のほうにつかつかと歩み寄ると、深ぶかと一礼してから話しかけた。

「わが王子さま！」

「王子さまだと？」みんなは口ぐちに叫んで、若い男におどろきの目を向けた。だが彼のほうは顔色ひとつ変えずに言う。

「はからずも偶然がぼくの秘密を明かしてしまいましたね。そうです、みなさん！ ぼくはたしかに王子、それも不幸な王子なのです、ぼくの相続分であるすばらしい強大な王国を、むなしく望み見ているばかりなのですから。だからさっきも言ったように、しかるべき運動をすることが不可能なのは、ぼくには土地がまったくない、運動するための空間がないからなのです。なんといっても、ぼくはこんなに小さな容れものの中に閉じ込められているせいで、たくさんの姿の者がもつれ合い、ぶつかり合い、鉢合わせし合って、ぼくはどうしても明確さに到達できない。それがとても困ることなのです。ぼくはもっとも内なる本来の性向からすれば、澄明さのなかでしか生存できないのですからね。しかしぼくの主治医と、有為《ゆうい》ちゅうの最有為の大臣たるこの人が尽力してくれたおかげで、ぼくは王女のなかでもっとも美しい王女との喜ばしい結婚によって、本来あるべき健康と偉大さと力強さを、また取りもどせるだろうと思います。みなさん、ぼくの国を、ぼくの首都をお訪ねくださるよう、つつしんでご招待もうしあげます。そこではみなさんも、本来のわが家にいると感じられ、ぼくのもとを離れたくないと思われることでしょう。なぜなら真の芸術家生活は、ぼくの国でしか送ることができないからです。どうか、ぼくが大口をたたいているとか、見栄っ張りの大法螺《おおぼら》吹きだとか、思わないでください！　なによりもまず、ぼくをまた健全な王子にしてください、自分の国の者たちのことがよくわかり、彼らがたとえ逆立ちをしていてもちゃんと見わけがつく王子に。そうなれば、ぼくがどんなにみなさんに好意をもっているか、ご自分の目と耳で確かめられるでしょう。約束は守りますよ、アッシリアの王子、コルネリオ・キアッペリたる名にかけて誓います！——いや、名前と祖国は当面言わずにおきましょう、いずれ時が来ればおわかりになる。——では、ぼくはこれからこの優れた大臣といくつかの重要な国事について相談しなければなりませんで、そのあとは、ばか話にも少々寄り道したり、裏庭を散歩しながら、堆肥《たいひ》温床に気のきいた機知ある言葉がいくつか芽を出していないか見てまわったりします！」

こう言うと若い男は仕立屋の親方と腕を組んで、ふたりそろって出ていった。

「どう思う？」と、ラインホルトが言った。「これはいったい、どういうことなんだ？　まるでメールヘンじみた悪ふざけの仮面劇みたいに思えるね、ありとあらゆる登場人物が入り乱れて、輪のなかでどんどんスピードをあげて回るものだから、どいつもこいつもまるで見分けがつかなくなっちまうよ。われわれも仮面をつけてコルソ通りへ行こうじゃないか！　昨日、あのすさまじい決闘に勝ったカピターノ・パンタローネが今日もあらわれて、奇想天外なことをあれこれおっぱじめそうな気がするよ」

ラインホルトの予想どおりだった。かのカピターノ・パンタローネは、なお昨日の勝利のかがやかしい栄光につつまれているかのように、もったいぶった荘重な足どりでコルソ通りを行きつ戻りつしていた。ただし、いつものようにおかしなことを始めてはいなかったものの、それでもその際限《さいげん》のない荘重さのせいで、いつもの彼の持ち味をほとんど上回るほど、滑稽なようすに見えてはいたのだが――。

好意ある読者はつとにお察しだろうが、この仮装に身を隠している人物がだれなのか、いまではははっきりおわかりだろう。そう、コルネリオ・キアッペリ王子、ブランビラ王女の花婿となる果報者にほかならない。そしてブランビラ王女はといえば、そう、蠟《ろう》の仮面で顔をかくし、豪華な衣裳に身をつつんで、コルソ通りを威風堂々と歩んでいるあの美しい貴婦人こそ、彼女自身にちがいない。この貴婦人はカピターノ・パンタローネにすでに目をつけていたらしい。というのも、彼が彼女をよけて通れないように、巧みに彼のまわりを巡り歩いていたのだが、それでも彼はうまく身をかわして、重おもしい漫歩をつづけていたからだ。だがついに、彼が急ぎ足で歩み去ろうとしたとたんに、貴婦人が腕をつかんで、甘い、やさしい声で話しかけた。

「そう、あなたですね、わたしの王子さま！　歩きぶりからも、ご身分にふさわしい衣裳からも（こんなきれいな服をお召しになっているなんて、はじめてですね）、あなただとわかりますよ！——どうしてお逃げになるの？——あなたのいのち、あなたの希望であるはずのわたしが、おわかりにならないの？」

「あなたがどなたなのか、ほんとに存じあげませんねえ、お美しい方！」と、カピ

ターノ・パンタローネ。「というよりむしろ、あえて推測する気もない、これまでさんざん手ひどく欺《だま》されてきましたからね。王女がみるみるお針子に変じたり、喜劇役者がボール紙人形になったりとね。でも、もう決心しましたよ、どんな幻想も空想ももう受けつけまい、そんなものに出会ったら、その場で容赦なく叩きこわしてやる、とね」

「それなら」と、貴婦人が憤然として叫んだ、「まずあなたご自身をやっつけておしまいなさい！　あなたそのものが、シニョール、幻想にほかならないのですからね！――いいえ、そうじゃない」彼女はおだやかな、やさしい口調になってつづけた。「いとしいコルネリオ、あなたはご存知ね、どんな王女があなたを愛しているのか、遠い国からはるばるやってきて、どんなにあなたを探し、どんなにあなたのものになりたいと願っているのかを！――それにあなたは、わたしの騎士でありつづけるとお誓いになりませんでした？――どうなの、いとしいお方！」

貴婦人はまたあらためてパンタローネの腕をつかんだ。ところが彼はとんがり帽子を脱いで彼女のほうに差しだし、幅広の剣を手元に引きつけて言った。

「ごらんなさい！――わたしの騎士たる徽《しるし》はもう棄てた。雄鶏の羽根はわが開き兜[78]

から抜けおちた。貴婦人たちへの奉仕の誓いはもう取り消しずみだ。彼女たちはみな、忘恩と不実で報いるばかりだからな！」

「なんですって？」貴婦人はいきりたって叫んだ。「狂ったの？」

「その額にきらめくダイアモンドで」と、カピターノ・パンタローネはつづける、「わたしをせいぜい照らすがいい！　色あざやかな鳥からむしった羽根で、せいぜい風を送ってよこすがいい――どんな魔法にも負けるものか。ちゃんと知ってるぞ、あの黒貂帽子の老人の言うとおりだ、わたしの大臣は驢馬並みで、ブランビラ王女は惨めったらしい貧乏役者を追いまわしているとね」

「まあ！」貴婦人はさらに怒りをつのらせた。「わたしにそんな口のききかたをなさるなら、こっちだって言いましょう。あなたが憂愁《ゆうしゅう》の王子ぶるおつもりでも、わたしにはあなたが惨めったらしいとおっしゃるあの役者のほうが、はるかにかけがえのない人に思えますよ。あの人はいまのところ、ばらばらに壊れているけれど、わたし

78　頭部と顔の全体をおおう閉じた兜にたいして、顔面の開いた兜をこう呼ぶが、ここでパンタローネは自分の帽子を騎士ふうに兜 Helm とみなしているにすぎない。

が何度でもちゃんと縫い繕《つくろ》わせてあげられる。あなたはさっさとあのお針子、ちびのジアチンタ・ソアルディのところへ行くがいいわ。噂では、あなたはいつもその娘の尻を追い回しているとか。彼女をあなたの玉座に上げるがいい、まだひとかけらの国土もなくて、どこにも据え場所のない玉座にね！――では、さようなら！――」

そう言い捨てると、貴婦人は足早にその場を去っていったが、そのうしろ姿に向かってカピターノ・パンタローネは鋭い怒声をあびせた。

「高慢ちきめ――不実者め！　おれの愛にたいする報いがこれか？――だがこっちだって自分を慰めるすべを知ってるぞ！――」

# 第八章

コルネリオ・キアッペリ王子が鬱々《うつうつ》として心慰まず、ブランビラ王女のビロードの上靴に接吻したこと、だがやがてふたりとも、レースの網に囚われてしまったこと。――ピストイア宮殿の新しい奇蹟。――二人の魔術師が駝鳥の背に乗ってウルダルの湖をわたりゆき、蓮の花のなかに座を占めたこと。――ミュスティリス女王。――おなじみの人物たちの再登場、そして『ブランビラ王女』と題するカプリッチョの悦《よろこ》ばしい終幕。

このところずっと、朋友カピターノ・パンタローネ、というよりはむしろアッシリアの王子、コルネリオ・キアッペリは（というのも、好意ある読者はすでにご承知のとおり、あの突拍子もなくばかげた仮装の中にひそんでいるのは、この高貴な身分のお方にほかならないからだ）、そう！　このお方はすっかり気落ちして、なすすべを知らないかのようだった。なにしろこのあいだもコルソ通りで大声あげて、自分は王女のなかでも最高に美しい王女を失ってしまった、もはや二度と会えないとあらば、絶望のきわみ、われとわが身をこの木剣で刺しつらぬいて果てようぞ、と悲嘆にくれていた。ところがこの嘆き節をうたうときの身振り手振りが、なんとも滑稽きわまりない見ものだったから、やがて彼のまわりに、ありとあらゆる仮装の連中がおもしろがって集まってきた。

「彼女はどこにいる?」と、彼はあわれな調子で訴える。「いったいどこにいるのか、わがやさしの花嫁よ、わが甘美なるいのちよ！——こんなことのためにわたしは、いちばんりっぱな臼歯をチェリオナティ親方に抜いてもらったのか？　だからあっちの隅、こっちの隅と、自分のあとを追いかけまわして、自分自身を見つけようとしてきたのか？　そうさ！――げんに自分を見つけはしたが、それも結局、愛も歓びも、しかるべき領地も、なにひとつもたないままに、惨めな生活を嘆きかこつためだったのか？　みなの衆！――王女がどこに雲がくれしているのか、ご存知の方がおいでなら、どうか黙っていないで、わたしがここでこんなふうにむだに泣き言を並べないですむように教えてくれ。それともすぐにあの絶世の美女のところへ行って、こう告げてくれ。騎士のうちもっとも忠誠心ある騎士にして、花婿のうちもっとも粋な姿の花婿が、ひたすらな憧憬と熱望に身を焦がして、ここで思いっきり暴れている、もしも王女がすぐに来て、そのやさしい目からこぼれる月光の雫《しずく》で、彼の恋の炎をしずめてくれなければ、その業火《ごうか》に第二のトロイア[79]たるローマ全土が焼きつくされてしまうだろう！」

79　ローマ建国神話によると、トロイアの英雄アイネイアースがトロイア落城後に苦難のすえイタリア半島に来て、ローマ建国の礎《いしずえ》を築いたとされる。

群衆がどっと笑った。だがそのあいまにひと声、鋭く叫んだ者がいる。

「いかれた王子よ、ブランビラ王女に迎えにこいだと？——ピストイア宮殿のことを忘れたのか？」

「ほほう」と王子。「黙れ、おせっかい焼きの黄色い嘴《くちばし》め！　檻《おり》から逃げられたことを、ありがたいと思え！——みなの衆、わたしをよく見て、言ってくれ、このわたしこそ、レースの網につかまるはずの、ほんものの色あざやかな鳥ではないか？」

群衆はまたしても爆笑した。ところがその瞬間、カピターノ・パンタローネは忘我の境におちいったかのように、へなへなと膝をついた。彼の目のまえに、彼女が、あの絶世の美女が、愛嬌《あいきょう》と優雅さにあふれて立っていたのだ。コルソ通りにはじめて姿を見せたときと同じ服を着ていたが、ただ帽子はかぶってなく、その代わりに額に、色あざやかな羽根を束ねた総飾《ふさかざ》りを立てた、みごとにきらめく冠をつけていた。

「ぼくはきみのものだ」と、王子は恍惚感きわまって叫んだ。「ぼくはなにもかもぜんぶ、きみのもの。兜につけた羽根を見てくれ！　これはぼくがかかげる白旗だ、天使のようなきみに、無条件で服従するというしるしに！」

「そうこなくてはね」と王女。「あなたは裕福な支配者であるわたしに、服従しなくてはいけなかったのよ。だってそうしなければ、あなたにはほんらいの落ち着き場所がなく、惨めな王子のままでいるしかないのですもの。さあ、わたしに永遠の忠誠をお誓いなさい、わたしの専制的支配のこのシンボルにかけて！――」

こう言って王女が小さくてきれいなビロードの上靴[80]を片方脱いで、王子に差しのべると、彼は厳粛に、いのちあるかぎり永久《とわ》に変わらぬ忠誠を守ると王女に誓ったのち、上靴に三度くちづけした。するとそのとき、高らかに唱和の声がひびきわたった。

「ブランブーラ・ビル・バル――アラモンサ・キキブゥルヴァ・ソン゠トン！」

ふたりは、豪華なガウンをまとった貴婦人たちに取り巻かれていた。好意ある読者はご記憶にあるだろう、第一章でピストイア宮殿に列をなして吸いこまれていった、あの貴婦人たちだ。その背後には一二人の盛装したムーア人が立っているが、その手にあるのは長槍ではなく、すばらしい色をきらめかせる丈高い孔雀《くじゃく》の羽根で、それを彼らはゆらゆらと振りうごかして風を送っている。貴婦人たちがレースの網を二人にぱっと投げかけた。網はどんどんきつく二人をからめとり、ついには、ふかい夜の

80 Pantoffel と呼ばれる室内用の履き物は、家庭での女房の専制的支配のシンボルでもある。

闇につつみかくしてしまった。

だがいまや、賑やかにホルンとシンバルと小太鼓のひびきわたるなか、霧のとばりのようなレースの網がはらはらと解《ほど》けおちると、ふたりはピストイア宮殿の中、それもほんの数日まえに俳優ジーリオ・ファーヴァが闖入《ちんにゅう》した、あの同じ広間にいるではないか。

しかしそこは、あのときよりも華やかに、ずっとりっぱに見える。広間を照らす吊りランプはたった一つだったのに、いまは百もあろうか、それらがぐるりと吊されていて、あらゆるものがまるで炎のなかに置かれているようだ。高い丸天井をささえる大理石の円柱にはすべて、豪華な花綱が巻きつけてある。天井の風変わりな葉型装飾には、判然とはしないが、ときには色あざやかな鳥の羽根、ときには愛くるしい子ども、ときには不思議な動物の姿に見える図柄が組みこまれていて、生きて動いているように見えるし、玉座の天蓋から垂れる金色の緞帳《どんちょう》のここかしこからは、やさしい乙女たちの親しげに笑みかける顔が、ほんのり明るく浮かびあがる。貴婦人たちはこのまえと同様、輪になって立ちならんでいるが、着ているものはいちだんと華やかで、レース編みもしていない。その代わりに、金の花瓶から美しい花をとって広間に撒《ま》き

ちらしたり、薫香のたちのぼる香炉を振ったり。だが玉座に立っているのは、なんと、やさしく抱擁しあう魔術師ルッフィアモンテとバスティアネッロ・ディ・ピストイア侯爵だ。この侯爵がすなわち香具師チェリオナティにほかならないことは、いまさら言うまでもないだろう。王家のあのカップル、つまりコルネリオ・キアッペリ王子とブランビラ王女の背後には、なんとも彩《いろど》りゆたかな長衣に身をつつんだ小柄な男が立っていて、きれいな象牙の小函を両手でささげもっている。小函の蓋は開いていて、中にはきらきら光る小さな縫い針が一本入っているだけだが、男は晴れやかな微笑をうかべて、その針をじっと見つめている。

魔術師ルッフィアモンテとバスティアネッロ・ディ・ピストイア侯爵は、ようやく抱擁を解いて、なお何度か握手をかわしていたが、やがて侯爵が遠くにひかえた駝鳥たちに力づよい声で呼びかけた。

「おうい、そこの者たち！　あの大きな本をもってまいれ。ここにいるわが友、ルッフィアモンテ殿に、残りの部分をすっかり読んでいただくのだ！」

駝鳥たちは翼をばたつかせて走ってゆき、大きな本をもってきて、ひざまずいているムーア人の背中にのせてページを開いた。

魔術師は長い白鬚を生やしているにしては、ひどく端正で若わかしく見える。彼は本のそばに近づき、咳ばらいをしてから、以下の詩句を読みあげた。

イタリア！――陽光ふりそそぐ明るい空の国、
地上の悦楽に点火して、ゆたかに花開かせる国よ！
おお、美しきローマよ、そこの楽しげな雑踏は、

仮装行列の時節となれば、真面目さを真面目さから解き放つ！
愉快にふざけまわるのは空想の落とし子たち、
小さく卵の形にまるまった彩りゆたかな舞台の上で。

これこそ愛嬌あふれる幻《まぼろし》たちの支配する世界。
おのれの守護精霊が自我から非自我を産むかもしれぬ、
おのれの胸を断ち割るかもしれぬ、

存在の苦悩を高き愉悦に転じてくれるかもしれぬ。
国土、都、世界、自我――すべてがいまや
見いだされた。澄みきった空のような明晰さで、

愛するふたりはおのれ自身を認識し、いまや誠を契りあい
人生の深い真実がふたりを照らす。
もはや青ざめた気鬱《きうつ》の弱よわしい咎《とが》めだてによって、

賢《さか》しらな愚行が感覚をまどわすことはない。
巨匠の奇蹟の針が王国の鍵を開けたのだ。
とっぴょうしもない魔法のおふざけ、

それは守護精霊に高貴な支配者の位をさずけ、
夢から生へと目覚めさせうるだろう。
聴け！　甘美な波の音がもう始まっている、

あらゆるものが鳴りをひそめて、その音に耳をそばだてる。
天空はほのかに紺碧にきらめきたち、
遠くの泉と森がざわめき囁きかわす。

あらわれよ、幾千もの無上の歓喜にみちた魔法の国よ、
憧憬に門をひらけ、変身への憧れに、
憧憬が愛の泉におのが姿を見てとるとき！

水嵩《みずかさ》が増してくる——いざ！　流れに躍り込め！
力のかぎり闘うのだ！　岸はもう近い、
着けば無上の歓びが燃えきらめくだろう！

魔術師は本をばたんと閉じた。その瞬間、彼が頭にのせている銀の漏斗《じょうご》から、熱い靄《もや》がもうもうと立ちのぼって、広間をどんどん濃く満たしていった。すると鐘と竪《たて》

琴《ごと》とラッパの音がひびきあうなか、すべてのものがざわざわと動きだし、入り乱れて大波のように揺れた。丸天井は高く伸びひろがって天空となり、円柱はそびえたつ棕《しゅ》櫚《ろ》の木々に変じ、金色の緞帳は落ちて、花咲きにおう大地となり、大きな水晶の鏡は、溶けて澄みきった湖と化した。魔術師の漏斗の熱い靄はいまではもう消えさり、かぐわしい涼風が、見はるかすかぎり美しい茂みと、樹木と、花々にみちた魔法の園を、さわやかに吹きわたる。いちだんと高らかに音楽が鳴りひびき、明るい歓声がわきおこり、幾千もの声が歌いだす。

幸あれ！　美しいウルダルの国に幸あれ！
泉は浄められて鏡のようにきらめく、
魔神の呪いの鎖は断ち切られた！

突然、すべてがぴたりと鳴りをひそめた——音楽も、歓声も、歌も。深いしじまのなか、魔術師ルッフィアモンテとバスティアネッロ・ディ・ピストイア侯爵が、それぞれ駝鳥の背にとび乗って、湖のまんなかへと向かう。そこには蓮の花が、灯《あか》りを点じた島のように湖面からすっくと伸びている。ふたりはこの蓮の花弁のなかに降りたつ。湖のまわりに集まった人のうち、遠目のきく者たちには、魔術師たちが小函から、とても小さいけれどとてもきれいな磁器人形を取りだして、花弁のなかに置くのがはっきり見てとれた。

このとき、あの愛のカップル、つまりコルネリオ・キアッペリ王子とブランビラ王女が、それまでの失神状態からよみがえって、鏡のような明るい湖を思わずのぞきこんだ。ふたりは湖の岸辺にいたのだ。ところが湖面にうつるおのれの姿を見たとき、ふたりは自分自身をはじめて認識し、おたがいをまじまじと見つめ、声をあげて笑いはじめた。そのなんとも不思議な笑い方は、かのオフィオッホ王とリリス妃の笑いと似ているとしか言いようがない。そしてふたりは陶然となって相抱擁した。

このようにふたりが笑ったそのとき、おお、なんとすばらしい奇蹟！　蓮の萼《うてな》から神々しい女人像があらわれたかと思うと、その背丈がみるみる伸びて、頭が天空にまで達した。だが足のほうは、湖の深い底にしっかりと根をおろしているらしいのが、見てとれる。その頭上にきらめく冠の中には、魔術師と侯爵が座っていて、喜びに浮かれて歓声をあげる民衆を見おろしている。

「われらが気高《けだか》き女王ミュスティリス万歳！」

そう叫ぶ人びとの声に和して、魔法の国の音楽が朗々とひびきわたる。

するとふたたび、幾千もの声が歌いはじめる。

まこと、深い淵から無上の喜びが立ちのぼり、

光を放ちつつ天空へと飛びゆく。

見よ、われらをかちえた女王を！

この神々の長《おさ》のまわりには甘美な夢がただよい、

彼女の歩むところ、豊かな宝の鉱脈が口をひらく。――

真の存在をこよなく美しい生の芽生えにおいて理解した者、

それはおのれを知って――笑った者！

真夜中すぎ、群衆があちこちの劇場からどっと流れでてきた。窓から外を眺めてい

たベアトリーチェ婆さんは、窓を閉めてひとりごちた。

「さて、準備万端ととのえるころあいだね、もうすぐみなさん、お出《い》でだろう。そのうえ、シニョール・ベスカーピさえごいっしょだろうね」

このまえ、ジーリオにすてきな食品でいっぱいの籠をかついで階段をのぼらせたときと同様、今日も婆さんはおいしいご馳走の材料をたっぷり買いこんであった。けれどもうあのときのように、台所とは名ばかりの狭苦しい穴蔵と、シニョール・パスクワーレの貧相な小部屋で、窮屈な思いをしながら動きまわる必要はない。それどころかいまでは、大きな竈《かまど》と明るい部屋が好きに使えるし、お客を迎えても、紳士淑女がたがゆったり動きまわれる手ごろな大きさの部屋が三つ四つもあって、そこにはしゃれたテーブル、椅子、その他まずまずの家具がそろっている。

婆さんはテーブルを部屋のまんなかへ押しやって、そのうえにきれいなリネンをひろげながら、にんまり笑みを浮かべてつぶやいた。

「ふむ！――なんとまあ、ご親切なお方だろうねえ、シニョール・ベスカーピは。あたしたちにきれいな住まいをあけてくれたばかりか、必要なものはなんでも、たっぷりととのえてくだすったんだもの。これでもう貧乏とは、永久におさらばだろうね！」

ドアが開いて、ジーリオ・ファーヴァがジアチンタと入ってきた。

「いとしいひと、抱擁させてくれ！」と、ジーリオが言う。「心の底から言わせてくれ、きみと結ばれたあの瞬間からというもの、ぼくははじめて、生きることの純粋な喜びに満たされるようになった。――きみがスメラルディーナ[81]その他、ほんとうの冗談が生んだ役柄を演じるのを見るたびに、あるいはまた、ぼくがブリゲッラや、トルッファルディーノその他のおどけた夢想家として、きみの脇をつとめるたびに、ぼくの内面に、とんでもなく大胆で巧妙なイロニーのつくりだす一つの世界がまるごと開けてきて、ぼくの演技を熱く燃えあがらせるんだ。――でも、おしえてくれよ、今日はいったいどんなとくべつな才能の霊が、きみにのりうつったんだ？――あんなふうにきみが深い内面から、とことん優艶《ゆうえん》な女性的フモールを稲妻のようにきらめかせるなんて、これまでいちどもなかったなあ。あんなふうに大胆に、気まぐれのかぎりをつくしているときのきみは、言いようもないほど愛らしかったよ」

「あたしも」ジアチンタはジーリオの頬にかるく接吻しながら答えた。「あたしも、あなたについて同じことを言いたいのよ、いとしいジーリオ！　今日はあなただって、これまでになくすばらしかった。それにあなた自身は気がついてなかったかもしれないけど、あたしたちのあの山場のシーンを、お客さんたちがいい気分で笑いころげているものだから、半時間以上も即興でつづけたのよ。——でもね、そもそも今日がどういう日か、思い浮かばないの？ どんな宿命的な時刻に、とくべつな霊があたしたちにのりうつったのか、気がついてないの？ あれがちょうど一年まえの今日だったことを、憶えてないの？ あたしたちがすばらしく澄んだウルダルの湖をのぞきこんで、自分たちが何者なのかを知った日よ！」

「ジアチンタ」と、ジーリオは喜ばしいおどろきに打たれて叫んだ。「ジアチンタ、なんのことを言ってるんだ？——ぼくにとって、あれはもう過ぎたことだった、美しい夢のようにね、あのウルダルの国——ウルダルの湖！——でも、そうじゃないんだね！ 夢じゃなかった——ぼくらは自分たち自身を知ったんだ！——おお、ぼくのたいせつな王女さま！」

「おお、あたしのたいせつな王子さま！」と、ジアチンタ。

---

81 コメディア・デラルテの小間使い役。

そしてふたりはまたあらためて抱き合って、声をあげて笑いながら、かわるがわる叫びたてた。

「あそこがペルシャ——あっちはインド——でもこっちはベルガモ——ここはフラスカティ——ぼくらの王国は、隣国どうし——いえ、いえ、それは一つの同じ王国、そこを統治するのはあたしたち、強大な王侯夫妻、それは美しくもすばらしいウルダルの国そのもの——ああ、なんという喜び！——」

そしてこんどは歓声をあげて部屋じゅうを跳ねまわり、またも抱き合い、接吻し、笑いこける。

「あのふたりときたら」と、ベアトリーチェがそのあいまにぶつくさ言う、「まるで羽目をはずした子どもじゃないか！——結婚して丸一年にもなるってのに、まだ恋愛ごっこ気分で、いちゃついたり、跳ねまわったり——おっと、あぶない！テーブルのグラスがあたしのほうへ飛んできそうだよ！——ほれ、シニョール・ジーリオ、あんたのマントの端をあたしのシチューに突っ込まないでおくれよ——シニョーラ・ジアチンタ、その磁器には手を出すんじゃないよ、壊さないでおくれ！」

けれどふたりは、婆さんの注意もなんのその、あいかわらず本領を発揮しつづける。

そのうちにようやく、ジアチンタがジーリオの腕をつかまえて、その目をまっすぐに見て言った。

「でも、ジーリオ、あなたは彼を見て、だれなのかすぐわかったの？　あたしたちのうしろで、彩り鮮やかな長衣を着て、象牙の小函をささげもっていたあの小柄な男の人――」

「もちろんさ」と、ジーリオ。「わからないわけがない、ジアチンタ。あれは創造の針を手にしたシニョール・ベスカーピその人だもの。いまではぼくたちの大事な座元、ぼくたちをはじめて、内面的本質に見合う姿に仕立てて舞台にのせてくれた人だ。それに、だれにも想像もつかなかったといえば、あのとっぴょうしもない老香具師《やし》が――」

「そうよ」と、ジアチンタが口をはさむ。「破れマントに、孔《あな》だらけの帽子の、あの老チェリオナティが――」

「それがほんとは、あの伝説的な老侯爵バスティアネッロ・ディ・ピストイアだったとはね」

こう言ったのは、ちょうど部屋に入ってきた恰幅《かっぷく》のいい、りっぱな身なりの男だった。

「まあ！」と、ジアチンタがうれしさに目をかがやかせて叫んだ。「なんと、侯爵ご自身のお出まし？——うれしいかぎりです、あたしとジーリオのささやかな住まいをお訪ねいただいて！——どうか、いやとはおっしゃらずに、ささやかな食事をごいっしょに。そうすれば、いろいろおしえていただけますね、ミュスティリス王女や、ウルダルの国や、あなたのご友人たち、魔術師ヘルモートもしくはルッフィアモンテなど、そもそもどういう事情がからんでいるのか、あたしにはまださっぱりわからなくて」

「いやいや、説明の必要はないよ、わしのかわいい子」とピストイア侯爵は、おだやかにほほえんで言った。「きみはきみ自身を知って賢くなった、そしてあの向こう見ずな男まで、きみの夫になれるほど、少なからず賢明にさせたね、それで十分なのだ。——いいかね、わしは香具師をやっていたくらいだから、謎めいていると同時に大言壮語とも聞こえる言葉を、いくらでも撒きちらすことはできる。こんなふうにも言えるよ。きみは空想力だ。きみの翼は、天翔《あまが》けるにはまずフモールを必要とする。だがフモールという身体がなければ、きみはただの翼にすぎなくて、風にもてあそばれて空中をあてどなく漂うだけだ、とね。だがそうは言わないでおこう。あまりに比喩的表現に入りこみすぎると、過ちを犯しかねないという理由からだけでもね。この欠点は、すでにコルネリオ・キアッペリ王子がカフェ・グレコで、老チェリオナティに正しくも指摘して非難したところだ。わしはただ、邪悪な魔神がほんとうに存在するということだけは言っておこう。黒貂の帽子に、黒い部屋着姿で、大魔術師ヘルモートの名を騙《かた》って、ふつうの善男善女ばかりか、ミュスティリスのような王女たちにさえ魔法をかけられるような魔神だ。そいつは陰険にも、王女の魔法を解きうるのは、彼がけっして起こりえないと思っている奇蹟のみだと定めた。その奇蹟というのは、劇場という名の小世界に、一組の男女が出現すること。しかもこの男女は、真の空想力、内面の真のフモールによって生気を吹きこまれているばかりか、そういうときの気分や心情を、鏡に映して見るように客観的に認識して、それがそのまま外面の生活にあらわれでるようにできなくてはならない。つまり、劇場というあの小世界が、その中に閉じ込められている大きな世界では、それは強力な魔法のようなはたらきをするのだ。だからお望みなら、こう言ってもいい、少なくともある意味では、劇場というのは人びとがのぞきこむことのできるウルダルの泉なのだ、とね。――きみたちを見て、愛すべき子どもたちよ、きみたちならきっとあの魔法を解く奇蹟を実現してくれると、わしは信じて、すぐに友人の魔術師ヘルモートに手紙を書いた。彼がすぐ来てくれて、わしの宮殿に入ったことも、わしらがきみたちにどんなに手を焼いたかも、もうご承知だね。それにしても、もしもカロ画伯がひと役買って、ジーリオ、きみの舞台衣裳からきみの戯画をひねくりだしてくれなかったとしたら――」

「さようでしたな」と、侯爵につづいてやってきたシニョール・ベスカーピが口をはさんだ。「さよう、派手な舞台衣裳だった――しかしこの愛すべきカップルのことはともかく、わたしのこともどうかお忘れなく。わたしだってこの大仕事に、一枚嚙んでおりましたからな！」

「もちろんそうだ」と侯爵。「なにしろあんた自身が、不思議なご仁でしたからな、つまり、奇想天外な衣裳をつくれて、それをやはり奇想天外な人間に着せたいと願っている仕立屋。だからわしはあんたに協力してもらったのだし、最後には、イロニーとほんもののフモールが重きをなす、稀有《けう》な劇場の座元になってもらったのだ」

「わたしは」と、シニョール・ベスカーピがじつに明るい微笑を浮かべて言う、「わたしはいつも自分のことをこんなふうに感じていましたよ、裁断ですべてが、言うなれば形式や様式といったものが、ただちにぶちこわされてしまわないように気を配っている人間だとね！」

「言い得て妙だ！」とピストイア侯爵が叫ぶ。「名言だよ、ベスカーピ親方！」

さて、ピストイア侯爵とジーリオとベスカーピが、あれこれと話をしているあいだ、ジアチンタは優美な仕草でまめまめしく動きまわりながら、ベアトリーチェ婆さんにつぎからつぎと急いで花をもってこさせては、その花々で部屋とテーブルを飾り、たくさんの蠟燭《ろうそく》に火を灯した。これですっかり明るくなり、お祝いの席の雰囲気になったところで、侯爵をむりやり安楽椅子に座らせた。椅子は、ほとんど玉座と見まがうほど、りっぱな布や絨毯《じゅうたん》でおめかししてあった。

侯爵は腰をおろすまえに、こう話したのだった。

「どこのどなたかわからないが、われわれみんながひじょうに怖れずにはいられない人物、というのもその人は、きっとわれわれにきびしい批判をくだし、われわれが存在することを否定さえしかねませんからな、そういう批評子がひょっとするとこう言うかもしれん。このわしがこれという動機もないのに、こんな夜中にここへのこのこ顔を出したのは、ひとえにそいつのためだ、と。つまり、ミュスティリス王女というのは結局のところブランビラ王女その人なのだが、彼女を魔法から解放するのに、きみたちはどうかかわったのか、そこのところをこの批評子にきちんと説明するためだとね。しかしそれはちがいますぞ。よろしいか、きみたちに言っておこう。わしは今回もそうだが、今後も、きみたちの認識が危殆《きたい》に瀕《ひん》したときには、いつでもやって来る。そうするのは、きみたちとともにあの想いをまた活《い》きいきと甦《よみがえ》らせるためだ。賞《ほ》むべきかな、生と自分自身と自分の全存在を、ウルダルの泉の、あのすばらしい陽光に照りはえる鏡面に映しだし、認識しえた者、それのできたわれわれとすべての者たちは、なんと豊かで幸福なことか、と——」

ここで突然、おお、好意ある読者よ、この本の編者がお話を汲《く》みあげてきた泉が、涸《か》れてしまった！　あとはただ曖昧模糊《あいまいもこ》とした風説が伝わっているだけで、それによるとピストイア侯爵もベスカーピ座元も、この若夫婦のところでマカロニとシラクサ酒をご機嫌でご賞味なすったとか。それに推測するに、この幸せいっぱいな夫婦には、なんといってもミュスティリス王女や大魔術師とさまざまなお付き合いをするようになったからには、この夜も、またその後も、さぞかし不思議なことがいろいろと起きたことだろう。

そのあたりのさらなる消息を伝えうる人がいるとすれば、それはカロ画伯だけだろう。

# 解説

識名《しきな》 章喜《あきよし》
（慶應義塾大学教授）

ベルリン、クロイツベルク区の集合墓地（イェルザーレム教区墓地）に眠るE・T・A（エルンスト・テオドール・アマデウス）・ホフマンの墓碑には「E・T・W・ホフマン、一七七六年一月二四日、プロイセン国ケーニヒスベルク生、一八二二年六月二五日、ベルリンにて没。大審院判事。職務において、詩人として、作曲家として、画家として優れた業績を残す。友人一同により建立」と、その四十六年の生涯の多才《マルチ・タレント》ぶりが簡潔に記されている。もっとも当時のドイツでは職業的作家として自立できるのはまれなケース（ロマン派の作家ティークくらいか）で、貴族出のお金に困らない境遇になければ、たいていの詩人・作家は法曹界に身を置く官吏か牧師（または教師）、軍人を本務として食べていくしかなかった。ホフマンの場合は、モーツァルトに傾倒するあまり、本名のW（ヴィルヘルム）をアマデウスのAに代えて通名としたように、夢は音楽家（楽長《カペルマイスター》）としての成功にあった。作家になったのは三十代後半であり、音楽批評を書いているうちに文学の自由さに触れて才能が開花したのである。

一八〇六年、ナポレオンのワルシャワ侵攻によって当地のプロイセン政庁が瓦解すると、法務官僚だったホフマンは解職され、プロの音楽家としての活路を見出そうと決意する。ホフマンが求人に応じて赴いたのは南ドイツの古都バンベルクだった。カトリックの司教座のあったこの小都市の劇場で、一八〇八年から音楽監督（指揮者兼劇場付き作曲家）として活動を始めた。だがホフマンはここで音楽家としての挫折を味わう。楽団員や支配人と揉め、ルーティン化した劇音楽の作曲を嘆き、その憂《う》さを音楽批評の筆に託した。バンベルクでの五年の歳月はホフマンにとって修業時代となった。

ナポレオン戦争のさなか一八一三年〜一四年にかけては、ドレスデンとライプツィヒで公演を行う私設の巡回歌劇団の指揮者に雇われるが、ここも長続きせず、座元と大喧嘩して馘首《かくしゅ》される。この頃書かれたのが本古典新訳文庫のホフマン・シリーズ一冊目に収録されている『黄金の壺』である。音楽家の人生に行き詰まったかにみえたホフマンだったが、ナポレオン失脚後の一八一四年九月、プロイセン王国の首都とし

ベルリンのイェルザーレム教区墓地にあるホフマンの墓（撮影＝識名）

て秩序を回復したベルリンに戻り、友人の勧めもあって当初は無給であったが、法務省、その後大審院に復職を果たす。

一八一六年は戦争に翻弄され、夢も破れかけたホフマンにとって幸運の女神がようやく微笑みかけた年だったのではなかろうか。四月に大審院判事任官の辞令が下り、国家からの俸給を保証された。バンベルクの書肆《しょし》クンツから出た『カロ風幻想作品集』(一八一四、一五)が好評を博し、長篇『悪魔の霊薬』第二巻や名作「砂男」を含む『夜景作品集』第一巻など出版が相次いだうえ、ホフマン自身が畢生《ひっせい》の大作と位置づけていたフケー台本のオペラ『ウンディーネ』がベルリンの王立劇場《シャウシュピールハウス》でついに初演の運びとなった。ホフマンにとってまさに万事めでたく進んだ年のクリスマスに間に合うように書かれたのが『くるみ割り人形とねずみの王さま』である。

本書に収められた二篇は、一〇年にも満たないホフマンの短い創作活動期のなかで最も脂ののった時期の作品である。ベルリンの大審院で実務を几帳面にこなしつつ、文名の高まるにつれ、殺到しはじめた出版社側の注文に律儀に応じて、一気呵成に書きあげられたものだ。ともに幻想文学の古典として評価の定まったホフマンの代表作でもあり、座談の名手だったと言われるホフマンの流れるような語りの文体の魅力を味わうことができる。

## 一　『くるみ割り人形とねずみの王さま』――クリスマスの愉悦

クリスマス・シーズンになると、待降節《たいこうせつ》と呼ばれる一二月二五日の前のおよそ四週間、ドイツに限らず、世界中の劇場でチャイコフスキーのバレエ『くるみ割り人形』（一八九二年初演）が上演される。またそのバレエ組曲の有名なナンバー（例えば「行進曲」、「金平糖の精の踊り」、「花のワルツ」など）だけでもクリスマスコンサートのプログラムに上ることが多い。このバレエは、原作こそＥ・Ｔ・Ａ・ホフマンとされているものの、『三銃士』で有名なフランスの文豪アレクサンドル・デュマ（一八〇二～七〇）が息子（同じアレクサンドル一八二四～九五）と合作で翻案した『はしばみ割りの物語』（一八四五）を基にしており、さらにバレエでは主人公の少女の名前はマリーからクララに変えられている。クララは原作ではマリーがプレゼントにもらう新しい人形の名前である。バレエやオペラではしばしば原作の入り組んだ筋が単純化される。作品全体の鍵となる「固いくるみのメールヘン」を入れ子にした説話構造をそのまま舞台にするのはたしかに難しい。しかしこれこそがホフマンの語りの要諦でもある。

『くるみ割り人形とねずみの王さま』（以下『くるみ割り』と略記）は、クリスマスの時期に間に合うように準備され、子ども向けに執筆された「メールヘン」だが、大人が子どもに語りかけるどこかおどけたところのある文体ゆえに、ホフマンの創作の特徴である遊戯性、はぐらかしや謎かけといった語りの技法が比較的わかりやすい形で味わえる。より複雑化した自我をめぐる遊戯が展開される『ブランビラ王女』を読む前に、ホフマンの手の内を知っておくためには最適の作品といえるだろう。

『くるみ割り』は、オペラ『ウンディーネ』の台本で世話になったフケー男爵や知人の作家コンテッサの作品とともに編纂された『童話集』の一篇である（後に『ゼラーピオン同人集』に再録）。ホフマンはこのアンソロジーに短篇「よその子」も寄稿し、さらに収録されたメールヘンの全作に扉絵と末尾の装飾絵一二葉を描いている。

『くるみ割り』の舞台、医事顧問官シュタールバウム家のモデルは、ワルシャワ時代からの友人でホフマンの最初の伝記作者となったユーリウス・エドゥアルト・ヒッツィヒ（ユダヤ名はイッツィヒ。一七八〇〜一八四九）である。ヒッツィヒには、長女オイゲーニエ、次女マリー、その弟フリッツ（後に建築家になる）の三人の子がいた。メールヘンでは長女の名はルイーゼ、フリッツが兄で、マリーはその妹とされ、微妙に変えてある。メールヘンの出版された一八一六年一二月の段階で「七歳になったばかり」という設定に一番近いのは一八〇九年生まれのマリーだった。

物語の主人公はその幼いマリーであって「くるみ割り人形」ではない。ホフマンの作品タイトルの面白いところは、『ブランビラ王女』もそうだが、往々にして表題に挙げられた人物が主役ではない点だ。ゲーテやシラーの正攻法のネーミング（『若きウェルテルの悩み』、『ファウスト』、『ヴィルヘルム・テル』）に比べると、どこか奇をてらったような印象もあるが、意表をつくタイトルには本来の主人公と密接に関わる人物が選ばれている。

謎めいていて魅力に溢れるのは、創意に満ちたクリスマス・プレゼントを持ってくるドロセルマイアーおじさんだろう。昔も今もドイツのクリスマスは、日本のお正月に似て、家族を中心とした団欒の場である。シュタールバウム家のクリスマスに毎年常連のように招かれる上級裁判所顧問官のドロセルマイアーはどういう親戚筋なのだろう。子どもたちの「名付け親」を務めるほどシュタールバウム家に近い位置にいる親戚だとすれば、姓の違いから、マリーの母方の兄か弟というところか。しかし姻戚関係の詳細は一切語られてはいない。また独身男だからこそ孤独なクリスマスにならないように、家族の一員として迎えられているのだろう。ドロセルマイアーは、短篇「砂男」で子どもたちを震えあがらせた醜いコッペリウスと好対照をなしている。コッペリウスが錬金術の実験に手を染め、主人公を破滅に導く悪魔とすれば、ドロセルマイアーは時計修理に通じた「手さきのとても器用なひと」で、「来るときにいつも、子どもたちの喜びそうなものをポケットにしのばせている」(一一頁)。でっぷり太って大柄なコッペリウスが子どもの目玉をほしがる邪気に満ちた大人なのに、「ちびで痩《や》せっぽち」のドロセルマイアーの右目は「目玉のかわりに大きな黒い眼帯《がんたい》」で覆われている。

ドロセルマイアーはホフマンの語りの世界にたびたび登場する、現実の世界と幻想の世界の両方に足場をもち、両世界を架橋する魔法使いに準じた存在である。上級裁判所顧問官の語る「固いくるみのメールヘン」には、彼と同名のクリスティアン・エリアス・ドロセルマイアーなる宮廷付の時計師兼秘術師が出てくるが、これは分身なのだろうか。マリーは真夜中に、帰宅したはずのドロセルマイアーが居間の壁掛け時

『童話集』所収の『くるみ割り人形とねずみの王さま』
に収録されたホフマンの自筆画

計に腰かけているのを目撃するが、ここは彼が時間を統《す》べ、無時間的なメールヘンの世界と現実の世界とを自在に越境できる特権的な媒介役であることを示す印象的なシーンである。

二番目に置かれた「プレゼント」の章の冒頭で、読者の子どもたちに呼びかける語り手が初めて登場する。「このお話を読んでいるか、あるいは読んでもらっているきみ」とやさしく語りかけるように読み手に注意をうながすのは、ホフマン作品にしばしば途中から突然登場し「好意ある読者よ」と呼びかける虚構の語り手である。彼もまたメールヘンの登場人物の一人に数えられる。『くるみ割り』はこの語り手の物語（シュタールバウム家のクリスマスの出来事）と、上級裁判所顧問官ドロセルマイアーを語り手とする「固いくるみのメールヘン」とが、作者（＝ホフマン）によって統合された構造をとっている。ホフマンの語りは現代のメタ小説の単純ではあるが先駆的試みと言えなくもない。

「固いくるみのメールヘン」によれば、ねずみのマウゼリンクス夫人の呪いでピルリパット姫は、「不細工なでっかい頭」に「口は耳までぱっくり裂けている」生けるくるみ割り人形になってしまった。彼女を元に戻す王命を受けたのが上級裁判所顧問官と同名の時計師ドロセルマイアーである。二人のドロセルマイアーの関係について語り手側は口を噤《つぐ》んでいるし、聴いている子どもたちも質問しない。ホフマンはあえて登場人物の相関や時系列の因果関係を曖昧にし、読者を宙吊り《サスペンス》の状態に放ったまま語りを一方的に先に進めるので、それを瑕疵《かし》と見る現代の読者もいるかもしれない。メールヘン内メールヘンで人物や事件の因縁が説明されているようで、語られない部分も多く、すっきりしない。だが語りの空白に読者がいろいろ憶測する余地も生まれ、ホフマンは確信犯的にその手法を採っている。

語り手のドロセルマイアーも話のついでに説明しているように、ドイツ語で「固いくるみを割る」という言い回しは「難題を解く」という比喩であるのだが（八八頁）、クリスマスとくるみに関連して、さまざまな民間伝承が残されている。『ドイツ迷信事典』によれば、若い女の子がクリスマスにお祝いの食事の残飯を、割ったくるみの殻に入れテーブルに置き、顔を洗って拭わずにおくと、夢のなかで将来のお婿さんがやってきて顔を乾かしてくれる、という言い伝えがあるらしい。またくるみは多産豊穣の象徴とされ性的な含意があるという。形状が睾丸に似ているからだ。くるみ割り人形にされた若いドロセルマイアーは時計師ドロセルマイアーの従弟の息子ということだが、「まだ髭を剃ったこともブーツを履いたこともない」(八一頁)青年として紹介される。このメールヘンが結婚の物語として完結することを考えると、なかなか意味深な設定ではないだろうか。

前半の山場は、くるみ割り人形に率いられたおもちゃの兵隊が、「首から七つの頭が生え」たねずみの王さまの軍勢と繰り広げる戦闘場面(「不思議なものたち」と「合戦」の章)にあると思われるが、空気を切り裂き破裂する砲弾の音が、パロディか冗談としか形容しようのない擬音語・擬態語《オノマトペ》の連射で笑わせてくれる。ナポレオン軍とプロイセン・ロシア同盟軍によるドレスデン包囲戦に遭遇し、九死に一生を得たホフマンの体験が迫真性を生んだのか、ドイツ文学のなかでこれだけ豊かなオノマトペ表現を使いこなしているのは、音楽家だったホフマンならではと思いたくなる。子ども向けの民間メールヘンを集めた『グリム童話集』にもオノマトペが頻出するが、グリム兄弟が学者だったせいだろうか、使い方はどちらかと言えば抑制的だ。それに比べホフマンの作品は大人向けでもやたらと多い。Hi Hi や Ho Ho、Ei ei! といった肉声をそのまま書き込んでいるのが面白く、漫画家のセンスに近いものすら感じてしまう。

『くるみ割り』は、一九世紀の家庭のクリスマスを文学の題材とした最初の試みの一つと言われている。なかでもひときわ美しい情景描写が含まれているのは、後半の「人形の国」と「首都」の二章だろう。「パパの旅行用の狐皮コート」の袖口から「梯《はし》子《ご》がするするおりて」、マリーが通り抜けた先に、まぶしい光のシャワーと甘い匂いが待っている。視覚のみならず五官すべてを満足させる「見る目のある人だけに見える世にもすばらしい不思議」の世界が広がっている。チャイコフスキーのバレエでもここが見どころ聴きどころになっている。

　メールヘンの結び、マリーはニュルンベルクの甥ごのドロセルマイアー＝魔法の解けたくるみ割り人形と、どこへ行ったのだろう。ほんとうにお菓子の王国だろうか？この結論は一見ハッピーエンドのようだが、詩人となって桃源郷アトランティスへ消えた『黄金の壺』のアンゼルムスのように、別世界へ移ったとすれば、七歳になったばかりだった少女のマリーはどのような変容を体験したのか。イヴからわずか数日の間に（挙式までは一年）少女から女へと生まれ変わったというのだろうか。

　ドロセルマイアーおじさんが「子どもたち、わたしの時計はみんなちゃんと動くようになったから、わたしはもう反対しないよ」と宣言したところで、現実に立脚した物語は終わり、その後の求婚の場面は夢のおまけ、という読み方もできるし、マリーがどこか違う黄泉《よみ》の国に旅立って、現実から消えてしまった、という解釈も成り立つ。この結末を暗示する哀しい事実がある。マリーのモデルとなった友人ヒッツィヒの末娘マリーは不幸なことに、このメールヘンの出版から六年後の一八二二年一月に、わずか一三歳で病没した。ホフマンはヒッツィヒに宛てて次のようなお悔やみの手紙を書いている。「奇妙としか言いようがない――今だから言えるのだけれど――あの娘にはどこか独特のところがあったような気がします。彼女が真剣な思いにひたっているように見えたときに、彼女の表情（とりわけじっと凝視するような瞳）に、早世の相を垣間見たことがたびたびありました。――貴君も知ってのとおり、あの子が幼いころから病気がちで、とくに生まれて間もない頃は病弱だったことを私はまったく知らなかったのですが。――」（ヒッツィヒ宛て書簡、一八二二年一月一八日付）

こう書いたホフマンもそれから半年もたたずに病いに倒れた。マリーと若いドロセルマイアーが王国へと旅立っていった後を追うように。

## 二　『ブランビラ王女』――テクストの迷宮

### 二元論に収まらない対立・対比の構図

　創作メールヘンとして書かれた『くるみ割り人形とねずみの王さま』に対し、『ブランビラ王女』には「ジャック・カロ風のカプリッチョ」という副題が付けられ、ホフマンの作品のなかでは小説でもメールヘンでもない一風変わった位置を占める。「カプリッチョ」は「狂想曲」と訳されることもあるように元々は音楽用語（さらには美術用語）として定着していった言葉である。語源はラテン語のcapra（「山羊」）であり、「山羊の跳躍」という意味からイタリア語の「気ままに」という意味が生まれた。音楽では形式にとらわれず自由に変奏を行う様式であり、「ファンタジー（幻想曲）」から派生した概念とも捉えられている。バッハの鍵盤曲にも「カプリッチョ」と題されたものがある。

「カプリッチョを自称しているくせに、メールヘンとの違いは紙一重、まるでメールヘンそのもののような」（二六八頁）と語り手がわざわざ釈明する物語であるのに、なぜあえてメールヘンとしないのか。その理由として考えられるのは、舞台がドイツではなく謝肉祭のローマ、主人公もイタリア人が中心であること、さらにイタリアの即興喜劇コメディア・デラルテの世界を描いたジャック・カロの版画に着想を得、その版画を挿絵に使って、一瞬を切り取った版画の場面から「勝手気ままに《カプリッチョ》」人物が動きだし、珍事が連続するまったく新しいタイプの幻想物語となっていることである。

ジャック・カロ（一五九二〜一六三五）はフランス、ロレーヌ出身、ホフマンの最初の刊行本となった『カロ風幻想作品集』の題名にも採り入れられたお気に入りの版画家、戯画家である。カロと言えば、魚や動物の頭をした人間の戯画（鳥獣戯画のヨーロッパ版）が有名だが、異質なもの同士を大胆に組み合わせ、グロテスクで滑稽な表象世界を演出するカロの手法はホフマンの創作原理に影響を与えている。

一八二〇年一月の誕生日に、ホフマンは友人の医師フェルディナント・コレフから二四葉の連作版画「スフェッサニアの踊り」（「スフェッサニア」はナポリの民俗舞踏の名前）をプレゼントとして贈られた。そのうちの八葉を基に小説の構想をあたため、同年一〇月に『ブランビラ王女』は出版された。ホフマンは選んだ八葉を挿絵として使うためにわざわざベルリンの版画師カール・フリードリヒ・ティーレに特注している。原画を彫りで複製するため、左右が逆になっている。銅版複製だから当たり前だが、そういう制作事情を織り込み済みであると意識した記述が第六章のジーリオとカピターノ・パンタローネの剣劇の場面、両者が剣を右手ではなく左手に持つあたりに認められる（三六五頁）。他にもホフマンは背景の人物や建物を消させ、代わりに対《つい》となる登場人物の足元に、フライパンの上の卵焼きのような丸舞台を配している。一説によるとローマのアルジェンティーナ劇場の舞台が円形だったらしい。第八章で魔術師ルッフィアモンテが朗誦する謎めいた詩句がある。「仮装行列の時節となれば、真面目さを真面目さから解き放つ！／愉快にふざけまわるのは空想の落とし子たち、／小さく卵の形にまるまった彩りゆたかな舞台の上で。」（四一五頁）。この意味を解く鍵はまさに挿絵にある。

『ブランビラ王女』の挿絵については、カロの原画ではなく、初版の本来の挿絵をテクストと不可分のものと捉えるべきであり、本文庫版も初版の挿絵を採用している。原画と本の挿絵の左右があべこべという裏事情は、本物と偽物《コピー》・複製の対照関係にとどまらない、この作品に埋め込まれたありとあらゆる対立・対比の構図の視覚的隠喩でもあろう。男と女、王族と庶民、天上と地上、真面目と滑稽（不真面目）、悲劇と喜劇、狂気と正気、夢(幻想)と現実、オリエントとヨーロッパ、イタリアとドイツ、黒と白(「白いムーア人」という言葉に注目)。異なる立場や正反対の価値観がぶつかり、あるいは入れ替わり、ときには相互浸透しながら、単純な二項対立・二元論に収まりきらない。代わる代わる別の相手と組みながら倦《う》むことなく回転を続ける舞踏のように物語は読み手を幻惑へ誘う。ハイネが「頭がくらくらする」と評し(「ブランビラ王女に理性を失くさないような奴は、そもそも失くすべき理性《あたま》がない」)、ボードレールが「高等美学の経典《カテシスム》」と絶賛したゆえんである。一九世紀初頭に書かれた作品であるにもかかわらず、その独創性が現代の私たちを魅了してやまない。

主人公のジーリオは、自分の認識に確信が持てず、目の前の事態にただあっけにとられるしかないとき、やたらと「地面に打ち込まれた杭みたいに」立ちつくすのだが、作中繰り返し用いられるこのフレーズには、舞踏の軽やかさと正反対の現実に束縛された不自由さが象徴的に表現されている。

**コメディア・デラルテのかたちを借りて**

カロの連作銅版画「スフェッサニアの踊り」は、カロがメディチ家のコジモ二世の庇護を受けフィレンツェに滞在していた時期（一六一二〜）、コジモが振興をはかっていたコメディア・デラルテの人物群像をモデルに制作された。一六世紀の半ばにイタリアで誕生した即興喜劇「コメディア・デラルテ（Commedia dell'arte）」のarteには、「商業」の意味があり、ルネサンス期の宮廷で一般的だった素人演劇とは違い、専門の役者によって演じられた「商業喜劇」を指す。大まかな筋と場面の順番だけが決まっているだけで、セリフの細部や駄洒落《だじゃれ》のネタは役者の即興芸に任せられ、合間に音楽や踊り、曲芸や手品なども挟んだ喜劇であった。

この喜劇の主役は若いカップルで、彼らをとりまくのが、イタリア各地を代表して集まってきた、人間の弱さ（好色《スケベ》、吝嗇《ドケチ》、暗愚《マヌケ》、見栄っ張り《キザ》、陰険、意地悪）の見本のようなコメディア・デラルテ独特の滑稽な脇役たちである。役者はそれぞれ定番の半仮面と象徴的な衣装で登場する。主な役柄については本文の訳注に記されているとおりだが、重複をいとわずに役柄を整理しておこう。

老人役としては、不恰好に大きな帽子をかぶり白いレース襟に黒ずくめの服を着たドットーレがいる。知識を鼻にかけた衒学ぶりを笑いものにされる人物だが、出身地のボローニャは中世以来の大学町だ。パンタローネはヴェネチア人、黄色い靴に深紅の上下、丈の長い黒のマントを身につけ、女の尻を追い回すケチで間抜けな商人。下僕役がたくさんいるが、ベルガモ出身はブリゲッラとアルレッキーノ。前者は、白ズボンに緑の胴着で悪巧みの天才だ。後者は道化役で、とぼけていながら、実は一番賢い。ナポリ出身のプルチネッラは、おしゃべり好きで、甲高い声を出す「小さな雄鶏」という異名にふさわしい役柄。古ズボンにとんがり帽子で人をかつぐのが得意。さらに鉄砲をかついだ猟師のトルッファルディーノ、臆病なくせに黒髭をはやして大ぶりの剣をさしている大法螺吹きの軍人カピターノ、女性脇役にはお色気をふりまくコロンビーナ（「小鳩」の意）がいる。役柄を列挙するだけで、彼らが自己矛盾を抱えた喜劇的人物とわかる。コメディア・デラルテを演ずるイタリア人の旅芸人一座はヨーロッパ中で人気を博し、ドイツの喜劇の発展にも影響を与えた。

ホフマンはコメディア・デラルテの世界に自分の作風と通底する、遊戯性と過剰、異質な要素の共存を見ていた。そのため複数の役柄を組み合わせて正体不明の仮装的人物を創りあげ、さらに色とりどりの晴れ着で登場させた。一方、当時のドイツの舞台、とくにゲーテとシラーによって確立されたヴァイマルの劇場が規範としたのは道徳性であり、荘重で格調高い発声法、悲劇の厳粛さが重んじられていた。あえてイタリアに題材を求めたのには、コメディア・デラルテの明るさと軽さを、混沌と過剰が支配する色彩感豊かな異国風幻想世界へ接続するには、ローマの謝肉祭というなんでもありの自由な場しか考えられなかったからだろう。

## 解釈の網から逃げてゆくテクスト

『ブランビラ王女』は解釈に二の足を踏んでしまう作品だ。というより生半可なテクスト解釈を拒むホフマンの強烈なオリジナリティーの集積体である。だから難しい理屈をこねずにどう読んでもいいのかもしれない。筋が錯綜しているうえ、登場人物の行動がときに中断され、人物の同一性がたえず疑われるように書かれているため、多くの真面目すぎる読者を悩ませてきた。俳優の主人公ジーリオ・ファーヴァと美しいお針子ジアチンタの恋愛話を軸としながら、ジーリオがパトス過剰の悲劇俳優からコメディア・デラルテの喜劇役者への転身をはかる物語だが、ジーリオが尻を追い回したブランビラ王女がジアチンタで、ジアチンタが結婚を申し込まれた相手の王子がジーリオということが最後に明かされるまで、読者はジーリオが狂っているのか、ジアチンタが夢を見ているのか、思い込みと錯誤と語りならぬ騙《かた》りによって、混乱させられる。

主人公ジーリオは自我同一性の不安から病んでいるようにも見えるし(「慢性二元論」病)、まわりが真面目な彼をかついでいるようにも見える。とりあえずそういう大筋の流れのなかに、『くるみ割り』と同じ趣向でメールヘン内メールヘンとして挿入されるのが、インドの魔術師ルッフィアモンテの語る「オフィオッホ王と、リリス王妃と、ウルダルの泉の水鏡」をめぐる北欧神話である。しかもこの挿話は、虚構の「語り手」が「おおもとの物語の核心へと導いてくれるかもしれない」(二四四頁)ヒントとして紹介しているのだが、ルッフィアモンテの話を友人の老チェリオナティが座談で披露する、引用の引用という形式をとっている。

憂鬱症《メランコリー》を病むオフィオッホ王は結婚を期に発狂し、「レースの編み目以外のものに注意を払うこと」なく、笑ってばかりのリリス王妃。大魔術師ヘルモートが投げかける「思考が直観を破壊した」という言葉を考えるうちに永遠の眠りにはいった国王夫妻は、ヘルモートの魔法のプリズムが溶けて生じた「ウルダルの泉」に「自分や世界があべこべに映っている」のを見て正気に返る。これが挿話の内容だが、これには続編があって、ローマの謝肉祭に現れた老ルッフィアモンテがレースをひたすら編み続ける貴婦人たちを前に語るのが、国王夫妻の死後にウルダルの泉から生まれた王女ミュスティリスの物語である。彼女に遺されたレース編み道具で、彼女が編み物を始めると、なんと磁器人形になって新たな課題がつきつけられる。この寓意は「織物《テクスト》」を編む（テクストの原義は「織物」）という文学創作の秘密に関わってこよう。

冒頭に小さいが気になるエピソードが置かれている。ジアチンタがちょっとした不注意から指を刺して出血し縫製中の白いドレスに血をつけた、と後悔する間もなく、ドレスには染み一つついていないことがわかる場面。それと頭に血がのぼって興奮したジーリオを外科医の瀉血《しゃけつ》治療で落ち着かせる場面。二人がともに血を流す意味を考えてみるのも一興か。男と女では血を流す意味が異なっている。ジアチンタの指のけがは、メールヘンでしばしば遭遇するエピソードである。糸巻きのつむが指に刺さっていばら姫が深い眠りにつくのは、悪い妖精の呪いを解く結婚相手の王子にめぐりあうためであるし、白雪姫の実母が針で指を刺し、雪の上にしたたり落ちた血を見て、美しい娘の誕生を願うのは出産にかかわる出血が暗示されているのだろう。「ウルダル国」の物語を紡ぐ編み物の針がミュスティリス王女に委ねられたとすれば、『ブランビラ王女』のテクストを編むのはジアチンタの針なのだろうか。老ルッフィアモンテの話を聞き終えた貴婦人たちはこんな言葉を唱和する。「この王国の扉を開くのは巨匠のすばらしいエッチングの針《ナーデル》」(三三六頁)。あのカロの版画もその挿絵も彫刻針《ナーデル》によって生まれたものだ。版画と編み物の針を通して『ブランビラ王女』というテクストが成立するのである。

一方で「抜歯手術」を受けて忽然と姿を消したアッシリアのキアッペリ王子と香具師《やし》チェリオナティが売りつける王子の歯の模型の意味もよくよく考えてみると奇妙だ。王子がジーリオの分身とすれば、ともに出血をともなう治療法である刺絡と抜歯はどういう意味があるのか。「砂男」に出てくる晴雨計売りのコッペリウスも眼鏡や望遠鏡を押し売りしていたが、香具師チェリオナティが路上で売りさばく「白くて長い尖った歯」と「ばかでかい眼鏡」の抱き合わせ販売にどういう意味が隠されているのか。抜歯は、フロイトが「砂男」の分析で指摘した眼玉＝睾丸をくりぬかれる男子の去勢恐怖の別パターンだろうか。細部にこだわると、次から次へと謎が深まるのがホフマンを読む面白さで、語り手が読者に辿るべき連関を何も示唆していないからなおさらである。

## イロニーとフモールの詩学

ホフマン研究において繰り返し論じられているのが『ブランビラ王女』に凝縮された「イロニー（Ironie）」と「フモール（Humor）」の詩学である。文芸学一般の概念としてそれぞれ「皮肉」と「諧謔（またはユーモア）」と訳すこともできなくはないが、ドイツ文学では、初期ロマン派が用い始めた概念（「ロマンティシェ・イロニー」）として、単純に訳せない面がある。「皮肉」と言ってしまうと、それは他者への批判的言及と解釈されてしまいかねない。ロマン派が唱えたイロニーは、フリードリヒ・シュレーゲルによれば「無制約なるものと制約を受けたものとの、完全なる伝達の不可能性と必要性との解決不可能な相剋の感情」を含む「逆説の形式」であり、「自己創造と自己破壊の絶え間のない交替」であった。このあまりに哲学的な概念を作品で実践したのがホフマンの『ブランビラ王女』、というのがドイツの文学研究の共通認識である。イロニーは、執拗に反復される自己言及（反省）の運動であり、絶対的自我（フィヒテ）という誇大妄想が無限に暴走するがごとき破壊的な性質をそなえている。

これに対しもともとラテン語の「湿り気」という語から派生したのが「フモール（ユーモア）」である。フモールによってイロニーの自己批判の仮借なさが和らげられる。フモールは人間の弱さや生活の不如意、過酷な運命に対し、温かい宥和的なまなざしで距離をとる。イギリス流のユーモアはよく知られるところだが、ドイツでこの概念が定着しはじめるのはイロニー同様ロマン派の時代からである。いかにもドイツらしいのは、哲学的な議論を通して美学の分野で受け容れられた点だ。ジャン・パウルは、フモールには「理念との対照を通して有限なものを破壊する逆さまに崇高なもの」が含まれているという。この笑えない晦渋《かいじゅう》さがドイツ人にとっての「フモール」だ。

『ブランビラ王女』は、真面目一辺倒で思弁的なドイツ人にイタリア人をお手本として「内面の真のフモール」を注入する物語と読めないこともない。「思考が直観を破壊する」から面白味が失せてオフィオッホ王も憂鬱症を患うのだ。空想力の翼が天翔《あまが》けるには「まずフモールを必要とする」（四二六頁）。ピストイア侯爵のこの言葉はホフマンの詩学にほかならない。

## 三　音楽家ホフマンの復権

大島かおり訳による本古典新訳文庫のホフマン第一弾『黄金の壺／マドモワゼル・ド・スキュデリ』では、「スキュデリ」がヒンデミットのオペラ『カルディヤック』の原作になっていた。また第二弾『砂男／クレスペル顧問官』では、所収の三つの短篇がオッフェンバックのオペラ『ホフマン物語』の原作である。本文庫の二作も音楽と深く結びついた作品だ。

『くるみ割り人形とねずみの王さま』は前述のようにチャイコフスキーのバレエであまりに有名だが、『ブランビラ王女』の方も音楽と関わりがある。二〇世紀前半にこの作品はオペラになっているのである。ドイツではヴァルター・ブラウンフェルス（一八八二〜一九五四）の『ブランビラ王女』（一九〇八、改訂版一九二九／三〇）が、一九〇九年にシュトゥトゥガルト歌劇場で初演された。一方、原作とかなり距離を置いて自由に改作したのが、イタリアのジャン・フランチェスコ・マリピエーロ（一八八二〜一九七三）の『カロ風のカプリッチョ』（一九四二年初演）である。

シェーンベルクやバルトーク、ストラヴィンスキーらと同じ世代に属する新時代を担う作曲家たちが、『ブランビラ王女』のオペラ化を試みたのは興味深い。『ブランビラ王女』には音楽家がどうしても舞台化したいと思う何かがあるのだろう。ホフマンの『ブランビラ王女』を「語られたオペラ」として読むと、舞台で実現できなかったホフマンの夢が見えてくるのかもしれない。

音楽家としてのホフマンは、モーツァルトやハイドンの呪縛から脱しきれなかった二流とする見方が強いものの、近年、再評価の動きが出てきている。本訳書が底本としているドイツ古典叢書版『ホフマン全集』の編纂者の一人、音楽学者のゲアハルト・アルロッゲンの研究により、散逸した作品も含め八五曲までが確認された。たしかに大作曲家の、注文に応じて「量産」されたとしかいいようのない曲数に比べれば少ないかもしれないが、それをもって素人作曲家と断じてしまうのはいかがなものか。

ここへきて徐々にホフマンのオペラや管弦楽、室内楽の上演や録音が増えてきたのは嬉しいかぎりだ。音楽史から忘れられた作曲家の未発見曲の発掘を進めるドイツのcpoレーベルからホフマンのCDがかなりの点数出ており、最近の新譜では初期のオペラ『愛と嫉妬』(ミヒャエル・ホーフシュテッター指揮、ルートヴィヒスブルク城祝祭管、世界初演）、『ミサ曲／ミゼレーレ』（ルーペルト・フーバー指揮、ケルン放送響・放送合唱団）、『交響曲、序曲集』（M・A・ヴィレンス指揮、ケルン・アカデミー）といった魅力的な選曲紹介が続いている。作家以外のホフマンの側面にも光があてられ、一つのジャンルに収まりきらない型破りな才能の全体像が明らかになりつつある。

＊

本書に収められた二篇は二百年も前に書かれた作品なのに、現代の私たちが驚くほどアクチュアルなテーマや小説技法が詰めこまれている。現実と虚構の境界があいまいになり、自意識の危機が分身を生み、夢と狂気すれすれのところで幻想がはばたく。視覚の全面的な支配に抗《あらが》おうともがく近代の文学者の苦悩などおかまいなく、またコンピュータ・グラフィックスが当たり前のようになった時代でもけっして古びることのない豊かな視覚的幻想を言葉で操れたのが、大魔法使いE・T・A・ホフマンだったのである。

# ホフマン年譜

一七七六年

一月二四日、東プロイセンの首都ケーニヒスベルクに、上級裁判所弁護士クリストフ・ルートヴィヒ・ホフマンと、やはり法曹人の家庭出の妻ルイーゼ・アルベルティーネの三男として誕生。

一七七八年　二歳

両親が離婚し、精神を病んだ母親とともにその実家に引き取られ（長男ヨーハン・ルートヴィヒは父のもとに留まる、次男は幼時に死亡）、法律家で独身の伯父オットー・ヴィルヘルム・デルファーと、芸術に理解のある伯母ヨハンナ・ゾフィー・デルファーに養育される。この家ではしばしば家庭音楽会が催され、幼いホフマンにピアノの手ほどきをしたのもこの伯父である。

一七八六年　一〇歳

小学校の級友で生涯の友となるテオドール・ゴットリーブ・フォン・ヒッペルと知り合う。学校では学科より音楽と絵に熱中。

一七九〇年　一四歳

教会オルガニストのポドビエルスキー

のもとで音楽を、画家ゼーマンのもとで絵を学ぶ。

一七九二年　一六歳

カントで有名なケーニヒスベルク大学に入学、法律を学ぶが、関心はもっぱら音楽と絵画。楽器演奏・作曲や文学作品の習作を始める。

一七九四年　一八歳

音楽教師を始めて、若い人妻ドーラ・ハットとの恋に落ちる。

一七九五年　一九歳

第一次司法試験に合格、ケーニヒスベルク裁判所の司法官試補となる。

一七九六年　二〇歳

三月に母が死去。ドーラとの恋を清算すべくシュレージエン州グローガウへ転勤。

一七九八年　二二歳

六月、第二次司法試験に合格、ベルリンの大審院勤務を認められる。大都会での生活と芸術家たちとの交遊を楽しみ、ロマン主義運動にも触れる。

一八〇〇年　二四歳

三月、プロイセン領ポーランドのポーゼン高等法院の陪席判事に任命されて赴任。しかしいまだに無給。この地の社交界で自作の歌芝居《ジングシュピール》やカンタータを上演する。

一八〇二年　二六歳

高官たちの戯画をカーニヴァルでばらまいた元凶として当局に睨まれ、僻地プロックへ左遷。七月、ポーゼン市役所書記の娘、ミハリーナ・ロレル＝チシンスカと結婚して任地に赴き、「国外亡命」のような生活を送りながら作曲と執筆に励む。

一八〇四年　二八歳

ようやくワルシャワに配転。ここでの三年間に、「音楽協会」の設立、歌芝居《ジングシュピール》の作曲・上演、自作交響曲の指揮者として登場するなど、活発な音楽活動をおこなうが、一八〇六年末、ナポレオン戦争でプロイセンが敗れ、ワルシャワは占領されて、職も住む家も失う。

一八〇七年　三一歳

六月、職を求めて単身ベルリンへ。ポーゼンに残してきた妻は重病、二歳の娘が死去。窮乏生活がつづく。

一八〇八年　三二歳

新聞に出した求職広告でバンベルク劇場音楽監督の地位を得て、九月、妻子とともに赴任したが、指揮者デビューは失敗に終わる。音楽教師として糊口をしのぐ。

一八〇九年　三三歳

二月、初の文学作品「騎士グルック」が『一般音楽新聞』に掲載され、以後、同紙にたびたび音楽評論を寄稿するようになる。のちにホフマンの最初の出版者となるクンツと昵懇《じっこん》になる。

一八一〇年　三四歳

フランツ・フォン・ホルバインが再建したバンベルク劇場の支配人補佐となり、当代ドイツきっての黄金時代を迎えたこの劇場の作曲家・舞台装飾家・衣裳係として活躍する。

一八一二年　三六歳

二月、ホルバインの辞任とともにホフマンも劇場を去る。歌唱レッスンの弟子ユーリア・マルクへの恋に苦しみ、絶望と貧困のうちに創作に打ち込んで、「ドン・ファン」を書き、オペラ『ウンディーネ』の構想を練る。

一八一三年　三七歳

二月末、ヨーゼフ・ゼコンダを座長とするライプツィヒ・ドレスデン巡回オペラ団の指揮者として迎えられ、フランス軍とドイツ・ロシア軍の対峙するなかで音楽活動。「黄金の壺」を書きはじめる。

一八一四年　三八歳

二月、オペラ団を解雇され、パンのために諷刺漫画・作曲・文筆活動に集中。五月に他の小編とともに『カロ風幻想作品集』第一、二巻を出版（全四巻。翌年にかけて刊行）。ヒッペルの助力でプロイセン法務省に復職が叶い、九月にベルリンに出る。出版作品が好評を得て、音楽論集「クライスレリアーナ」各編や、長編小説『悪魔の霊薬』など、旺盛な執筆がすすむ。

一八一五年　三九歳

一月、「大晦日の夜の冒険」を書き上げる（『カロ風幻想作品集』第四巻に収録。この作品集は一八一九年に二巻本にまとめて改訂版が出る）。一一月、「砂男」

を書く（『夜景作品集』第一巻に収録）。

一八一六年　四〇歳

四月、大審院判事に任命され、給料がもらえるようになる。八月、オペラ『ウンディーネ』が王立劇場で初演され、その成功が作曲家としての名声をもたらし、作家としても売れっ子になって、はじめて経済的にも安定する。『悪魔の霊薬』第二巻、『夜景作品集』第一巻（第二巻は翌年）出版。「クレスペル顧問官」を執筆。『くるみ割り人形とねずみの王さま』を執筆、『童話集』に収録され刊行。

一八一七年　四一歳

七月、王立劇場が火災で焼失して『ウンディーネ』の上演は絶える。

一八一九年　四三歳

年初、大病で生死をさまよう。『ゼラーピオン同人集』第一、二巻、『ちびのツァッヘス』、『マドモワゼル・ド・スキュデリ』ほかの出版。一〇月、扇動的秘密運動調査のための国王直属委員会のメンバーに任ぜられ、警察の逮捕の不法性を衝く意見をつぎつぎと具申する。

一八二〇年　四四歳

二月、「体操の父」ヤーンへの告発の無効を宣し、当局と対立する。この年、『ゼラーピオン同人集』第三巻、『ブランビラ王女』、『牡猫ムルの人生観』（第一部）などを出版。

一八二二年　四六歳

一月、執筆中の『蚤の親方』の諷刺的挿話が警察省長官の逆鱗に触れて、原稿が押収され、審問が要求されたが、病状悪化のため審問は延期される。脊髄の病で全身に麻痺がすすむなか、『蚤の親方』を口述で完成させて四月に公刊。最後の短編「隅の窓」と「無邪気」を口述したのち、六月二五日、ついに息をひきとる。

# 「訳者あとがき」に代えて

大島　通義《みちよし》

この書物の訳者＝大島かおりは、昨年の大晦日の夕刻、外出から帰宅した際、石畳のうえで転倒し、その際の頭部打撲がもとで意識を失った。救急病院での手術と治療にもかかわらず、今もなお意識を取り戻せないでいる。本書の初校のほぼ四分の三に赤字を入れ終わったところでのことである。

かおりがこの時点で手がけていた翻訳は、本書とみすず書房での一件だったが、そのいずれについても彼女は、途中で加齢にともなう能力の低下から出版社にご迷惑をかけることにならないか、懸念していた。「おおきな仕事はこれを最後にする」――これが、お引き受けすることを決めた際の彼女の言葉だった。だが、思いもかけない出来事としてこの懸念は現実となった。そのため、本書の「解説」の執筆については急遽、識名章喜さんを煩わせることとなり、光文社の編集部にも多大のご迷惑をおかけすることになってしまった。長年連れ添ってきた者として、彼女に代わってこの旨を読者の皆様にご報告し、彼女が訳者としての責めを果たし得なかったことについてご理解を乞う次第である。

なお、初校でかおりが校正し残した分については、彼女の本書についての理解と翻訳方針を尊重しながら、編集部が適切に完成させてくださったことを、ここに申し添えておきたい。

かおりが翻訳を業としようと考えるようになったのは、一九六〇年代中頃のことである。大久保和郎さんのご指導を得ながら、七〇年前後に訳書を世に送るようになって、爾来四〇余年。その生活が事実上これで区切られることから、傍らでこれを見続けてきた者としてひと言、身贔屓となることを恐れながら、彼女の仕事ぶりについて記すのをお許し頂きたい。

彼女は、翻訳が性に合っていた、というか、言葉について考えることが好きだった。そのひとつの表れは、何かにつけ、よく調べていたことだ。ある時代、ある風土のなかで使われていた英語なりドイツ語なりに、どのような日本語を対応させれば、その原意を伝え、あるいは原風景を思い描いて頂けるのか、その答を見出すべく、類書や辞書、事典類の検索に彼女は多くの時間と労力を割いていた。そして、もうひとつこだわっていたのは、読者が、その思考の筋を乱されることなしに読み下せるように、訳文を構成することだった。

これらのことを翻訳論としてまとめてみないかというお誘いが、時にはあったようだが、彼女は終始これをお断りしていたらしい。それは自分の得手ではないと考えていたのだろう。これと似たことは、「解説」と「訳者あとがき」についても言える。とりわけ「訳者あとがき」を書く段になると、多くの場合「ぼやき」の声が聞こえてきたものである。彼女のどの訳書でも「あとがき」が比較的短いのは、あるいはその所為《せい》かも知れない。「問題は、翻訳そのものにある」という意識がそこでは働いていたと、私には思われる。

これらのことが独りよがりの思い込みでなかったかどうか、その判断を下すのは読者である。かおりとしては、すべてを成し遂げたうえでこれを仰ぎたかったことだろう。残念と言う他ない。

ともあれこの間、彼女の訳書を読み、時には叱正をもって彼女を励まし支えてきてくださった読者、編集者の皆様に、かおりに代わって、心からの御礼を申し上げたい。

二〇一五年三月一七日

本書では「乞食」という、現代においては差別的であるために用いるべきでない語が用いられている箇所があります。これらは本書が成立した一九世紀初頭ヨーロッパの社会状況と当時の未成熟な人権意識に基づくものですが、編集部では本作の歴史的価値および文学的価値を尊重し、原文に忠実に翻訳することにいたしました。差別の助長を意図するものではないということを、ご理解ください。

編集部

kobunsha classics
光文社古典新訳文庫

くるみ割《わ》り人形《にんぎょう》とねずみの王《おう》さま／ブランビラ王女《おうじょ》

著者　ホフマン
訳者　大島《おおしま》かおり

2015年4月20日　初版第1刷発行

発行者　駒井 稔
印刷　萩原印刷
製本　ナショナル製本

発行所　株式会社光文社
〒112-8011東京都文京区音羽1-16-6
電話　03（5395）8162（編集部）
03（5395）8116（書籍販売部）
03（5395）8125（業務部）
www.kobunsha.com


ISBN978-4-334-75309-2 Printed in Japan

## いま、息をしている言葉で、もういちど古典を

長い年月をかけて世界中で読み継がれてきたのが古典です。奥の深い味わいある作品ばかりがそろっており、この「古典の森」に分け入ることは人生のもっとも大きな喜びであることに異論のある人はいないはずです。しかしながら、こんなに豊饒で魅力に満ちた古典を、なぜわたしたちはこれほどまで疎んじてきたのでしょうか。

ひとつには古臭い教養主義からの逃走だったのかもしれません。真面目に文学や思想を論じることは、ある種の権威化であるという思いから、その呪縛から逃れるために、教養そのものを否定しすぎてしまったのではないでしょうか。

いま、時代は大きな転換期を迎えています。まれに見るスピードで歴史が動いていくのを多くの人々が実感していると思います。

こんな時わたしたちを支え、導いてくれるものが古典なのです。「いま、息をしている言葉で」――光文社の古典新訳文庫は、さまよえる現代人の心の奥底まで届くような言葉で、古典を現代に蘇らせることを意図して創刊されました。気取らず、自由に、心の赴くままに、気軽に手に取って楽しめる古典作品を、新訳という光のもとに読者に届けていくこと。それがこの文庫の使命だとわたしたちは考えています。

このシリーズについてのご意見、ご感想、ご要望をハガキ、手紙、メール等で翻訳編集部までお寄せください。今後の企画の参考にさせていただきます。
メール　info@kotensinyaku.jp

光文社古典新訳文庫　好評既刊

黄金の壺／マドモワゼル・ド・スキュデリ
ホフマン
大島かおり　訳
美しい蛇に恋した大学生を描いた「黄金の壺」、天才職人が作った宝石を持つ貴族が襲われる「マドモワゼル・ド・スキュデリ」ほか、鬼才ホフマンが破天荒な想像力を駆使する珠玉の四編！

砂男／クレスペル顧問官
ホフマン
大島かおり　訳
サイコ・ホラーの元祖と呼ばれる、恐怖と戦慄に満ちた傑作「砂男」、芸術の圧倒的な力とそれゆえの悲劇を幻想的に綴った「クレスペル顧問官」などホフマンの怪奇幻想作品の代表傑作3篇。

変身／掟の前で　他2編
カフカ
丘沢　静也　訳
家族の物語を虫の視点で描いた「変身」をはじめ、「掟の前で」「判決」「アカデミーで報告する」。カフカの傑作四編を、〈史的批判版全集〉にもとづいた翻訳で贈る。

訴訟
カフカ
丘沢　静也　訳
銀行員ヨーゼフ・Kは、ある朝、とつぜん逮捕される…。不条理、不安、絶望ということばで語られてきた深刻ぶった『審判』は、軽快で喜劇のにおいのする『訴訟』だった！

車輪の下で
ヘッセ
松永　美穂　訳
神学校に合格したハンスだが、挫折し、故郷で新たな人生を始める…。地方出身の優等生が、思春期の孤独と苦しみの果てに破滅へと至る姿を描いた自伝的物語。

★続刊

## 薔薇とハナムグリ　モラヴィア／関口英子・訳

官能的な寓話「薔薇とハナムグリ」、眠り続けるモグラの怪物とその夢に操られる島民を描く「夢に生きる島」。現実にはありえない不条理な世界をリアルに、悪意を孕む筆致で描いた、二十世紀イタリアを代表する作家モラヴィアの傑作短篇十五篇。

## 書記バートルビー／ベニート・セレーノ　メルヴィル／牧野有通・訳

法律事務所で書記として雇った青年バートルビー。寡黙で勤勉だが、決まった仕事以外の用事を頼むと、やんわりと、しかし頑なに拒絶するのだった。やがて雇い主の一切の頼み事を聞かなくなり……人間存在の不可解さ、奥深さに迫る名作二篇。

## 二十世紀の怪物　帝国主義　幸徳秋水／山田博雄・訳

「帝国主義は『愛国心』を経《たていと》とし、『軍国主義《ミリタリズム》』を緯《よこいと》として、織りなされた政策ではないだろうか」。明治三十四年刊行。レーニン、ホブソンに先駆けて複雑な帝国主義の本質をえぐりだした、日本を代表する社会主義者・幸徳秋水の〝世界的な古典〟。